Diogenes Taschenbuch 23277

Philippe Djian

Heißer Herbst

Roman
*Aus dem Französischen von
Ulrich Hartmann*

Diogenes

Titel der 1998 bei
Éditions Gallimard, Paris,
erschienenen Originalausgabe:
›Sainte-Bob‹
Copyright © 1998 by Philippe Djian
und Éditions Gallimard
Die deutsche Erstausgabe
erschien 1999 im Diogenes Verlag
Umschlagzeichnung von
Tomi Ungerer

Veröffentlicht als Diogenes Taschenbuch, 2001
Alle deutschen Rechte vorbehalten
Copyright © 1999
Diogenes Verlag AG Zürich
www.diogenes.ch
200/01/8/1
ISBN 3 257 23277 2

*Alle Geschichten
sind Liebesgeschichten.*

Robert McLiam Wilson

Je dümmer eine Entscheidung ist, desto leichter ist sie zu treffen. Und wenn man sie erst mal getroffen hat, weiß man wenigstens, was man von sich zu halten hat.

»Josianne«, sagte ich zu ihr, »wie oft soll ich noch wiederholen, daß mein Haus dir immer offensteht?«

Eigentlich war sie ja der letzte Mensch, den ich unter meinem Dach haben wollte. Aber seht, unser Denken ist derart verkorkst, unsere wirklichen Beweggründe sind so undurchsichtig, so belastend, daß man lieber eine einfache Dummheit macht, als sich weiter den Kopf zu zerbrechen.

Es gibt Herbsttage, die besonders günstig sind, den Keim für künftige Schererei en zu legen. An dem bewußten Tag war ideales Wetter. Die Luft war lau, das Licht angenehm, und auf der großen Straße unter den Fenstern meines Büros floß der Verkehr zwischen den Ahornbäumen mit ihrem leuchtend roten und den Kastanien mit dem sich gelb färbenden Laubwerk ruhig dahin. Fast alle meine Akten waren erledigt und lagen gestapelt in einer Ecke auf meinem Tisch. Die Kaffeemaschine funktionierte, ich hatte die Nacht mit Jackie verbracht, eine ziemlich befriedigende Nacht, und ich hatte allein gefrühstückt, in Hemdsärmeln, auf einer schattigen Terrasse, wo ich einigermaßen sicher war, keinem zu begegnen. Ich trug außerdem ein Paar neue

Mokassins, die ich mir immer wieder ansehen mußte, so erstaunt war ich darüber, wie leicht und weich sie waren (unter der Sohle saßen kleine harte Gumminoppen, die den Gang abfedern, den Fuß entspannen, damit die Ermüdung der Beine reduzieren und die Stimmung ihres Besitzers heben sollten).

Kann man sich einen fruchtbareren Boden vorstellen? Es war 14 Uhr 30, mein Arbeitstag war beendet. Wenn sie von mir verlangt hätte, aus dem Fenster zu springen, hätte ich es vielleicht getan.

Gab es da nicht jemanden, der ohne einen Funken Mitgefühl seine Hände in Unschuld gewaschen hatte, als man mich meinem Schicksal überließ? Aber ja doch! Wenn ich mal von einer Schachtel Pralinen absah, die ich einen Monat später erhielt, mit ein paar Zeilen von ihr, die mich ermuntern sollten, an etwas anderes zu denken.

Als ich ihr an jenem Abend die Tür aufmachte, wie ich es versprochen hatte, hielt sie mir eine zweite Schachtel hin, die absolut identisch aussah. »Du magst doch Pralinen, oder?« fragte sie und drang in mein Haus ein. Ich bezahlte ihr Taxi und holte ihr Gepäck aus dem Kofferraum. Der Chauffeur sagte mir, es sei eine schöne Nacht und auf dem Weg zum Haus sei ihnen ein Fuchs begegnet.

»Mein Gott! Ich liebe dieses Haus!« seufzte sie.

Sie setzte sich auf ihren alten Platz, fast drei Jahre später, streifte ihre Schuhe ab und zog die angewinkelten Beine hoch, als wäre nichts geschehen.

»Na los, Luc, mein Lieber, komm her und gib mir einen Kuß«, sagte sie dann.

Ich ging zu ihr hin, solange ich mich noch dazu in der Lage fühlte. Als ich mich über sie beugte, hätte ich für die Dauer einer Sekunde nicht sagen können, ob ich Lust hatte, sie zu schlagen oder sie in meine Arme zu schließen. Vielleicht beides, wenn ich genauer darüber nachdenke.

Mit Mühe richtete ich mich wieder auf und holte uns schleunigst was zu trinken. Es gab nichts anderes, um das Brennen im Magen zu bekämpfen, unter dem ich chronisch litt, seit man mir jenen Schlag verpaßt hatte. Keine Pille, kein Kräutertee, kein Mittelchen nutzte was. Ich konnte mich jeweils gerade noch zum Sofa schleppen, mich zusammenkrümmen und, die Arme über dem Bauch verschränkt, die Stirn an die Knie gepreßt, mit verzerrtem Mund gequält warten, daß es langsam besser wurde. Bis zu dem Tag, als Sonia, Paul Dumonts Frau, vorbeikam und mich dort so liegen sah. Sie überlegte und kam auf die Idee, mir ein Glas Portwein zu trinken zu geben, während ich Mühe hatte, auch nur die Zähne auseinanderzukriegen. Ergebnis? Ich schaffte es, ein paar Minuten später aufzustehen, und genehmigte mir noch einen, nachdem ich mir den Schweiß von der Stirn gewischt hatte.

Es passierte mir immer noch, daß ich mich vor Schmerz zusammenkrümmte. Sei es, daß ich nicht zu Hause war und zu weit weg von einer Bar oder einer meiner Reserven. Sei es, daß ich zu Hause war, mich die Attacke aber aus irgendeinem Grund blitzartig überfiel. Ah! Wie lang diese Minuten schienen, bevor der Alkohol wirkte! Als bräuchte ich diese Tortur unbedingt, um zu wissen, daß die Wunde noch offen war – und frisch wie am ersten Tag! Ehrlich!... Seht mich an: Hatte ich jemals die Absicht gehabt, irgend etwas zu vergessen? Hatte ich, beim Namen meiner verstorbenen Mutter, nur einmal, ein einziges Mal Lust dazu gehabt? Im Ernst. Ich war weit davon entfernt, wieder auf die Beine zu kommen. Und es war nicht der Alkohol, der mich umbringen würde.

Paul hatte mich am Nachmittag angerufen, um zu fragen, ob er seinen Rasenmäher zurückhaben könnte. Ich hatte ihn nicht benutzt, brachte ihn aber lieber zurück, als daheim zu bleiben und wie ein Löwe im Käfig hin- und herzustreifen. Ich wußte nicht, ob ich in der Lage wäre, das Versprechen einzulösen, das ich Josianne gegeben hatte. Nicht einmal, ob ich daraus irgendeinen Vorteil ziehen könnte. Auf den ersten Blick sah ich keinen; höchstens daß ich eine Situation aufmischen könnte, deren wiederhergestellte Ruhe und Ordnung mich seit langen Monaten verzweifeln ließ. Aber das war wenig, angesichts der Schwierigkeiten, die ganz gewiß auftauchen würden, wenn wir zusammenlebten. Als der Tag sich neigte, war ich mir nicht mal mehr sicher, ob ich es aushalten würde, fünf Minuten mit ihr allein zu sein. Das ging so weit, daß Paul mir anbot, uns einzuladen, um den Schlag abzufedern, doch ich lehnte ab. Man will immer glauben, daß man etwas von einem Helden in sich trägt. Etwas, das nicht vollkommen kaputt ist.

Ich spürte, wie der Alkohol in meinen Magen sickerte, knapp bevor er sich zusammenzog. Das war nichts anderes als ein Wettlauf, es ging meistens nur um Sekunden. Und bis zum letzten Moment zu warten, so kindisch das auch scheinen mochte, war eine Art perverse Gewohnheit geworden, die mir ein Gefühl der Befriedigung verschaffte. Nichts schien mir besser, als das Feuer näherkommen zu lassen und es erst ganz knapp vorher zu löschen, nichts besser, als den kalten Schweiß zu spüren, der mir klarmachte, daß es wieder soweit war. Versunken in diese Übung und einmal mehr erleichtert, daß ich genau zum richtigen Moment zugeschlagen hatte, präsentierte ich Josianne das Gesicht eines glücklichen Idioten. Sie antwortete mit einem Lächeln.

»Luc, ich freue mich, dich wiederzusehen. Du hast mir gefehlt.«

Ich wandte meinen Blick zur Seite, zum Fenster, das auf den Wald hinter dem Haus hinausging, und ich hatte wahnsinnige Lust, trotz der Dunkelheit loszusprinten.

»Josianne, du bist hier zu Hause«, antwortete ich vollkommen ernst.

Die Reise hatte sie ermüdet; aber mehr noch die drei Wochen, die sie gerade im Hotel verbracht hatte und in denen sie fast durchgedreht war (ich dachte voller Mitgefühl an das gesamte Personal). Und neben der Beschwerlichkeit des Lebens in einem mit allem Drum und Dran von den Versicherungen bezahlten Luxushotel gab es noch den alltäglichen Ärger wegen des Unglücks, bei dem ihr Haus ein Opfer der Flammen geworden war; und auch der arme André, der, nebenbei gesagt, nicht mehr alle beisammen hatte. Ich könne mir nicht vorstellen, wie kleinlich diese Leute seien, wie krank im Kopf alle diese Sachverständigen, und wie sie versuchten, ihren Vorteil aus der Notlage einer Frau zu ziehen (Übersetzung: Sie hatte den armen Kerlen das Leben zur Hölle gemacht).

Ich ließ sie reden, was mir erlaubte, meinen Magen, dessen scheinbare Ruhe mich mißtrauisch machte, zu beobachten und auf mögliche Krämpfe gefaßt zu sein. Außerdem schien sie mir, egal was sie sagte, voll in Form. Mit dreiundsechzig Jahren sah sie zehn Jahre jünger aus, und das wußte sie auch sehr genau. Nicht daß ich ein besonderes Problem darin gesehen hätte, daß sie immer noch attraktiv war (ich war noch nicht vollkommen irre), aber ihre Gesundheit gab zu denken. War ich nicht dabei, meine eigene zu überschätzen?

Ich füllte unsere Gläser noch einmal, während wir den praktischen Teil des Experiments besprachen. Ihrer Meinung nach war das Haus groß genug, und sie vermochte nicht zu erkennen, wie wir uns in die Quere kommen könnten. Sie würde ins Gästezimmer ziehen (was ich ihr gerade vorschlagen wollte). Zum Abendessen könnten wir uns Gesellschaft leisten, und ansonsten könne sie sich überhaupt nicht vorstellen, daß diese Art der Nähe irgendwie die Stimmung zweier vernünftiger Erwachsener belasten würde, die ja außerdem eine gewisse Zuneigung füreinander empfanden.

Ich fixierte sie eine Sekunde und stellte fest, daß diese letzten Worte sie überhaupt nicht in Verlegenheit brachten. Noch auf dem Schafott hätte sie geschworen, daß sie mich ins Herz geschlossen habe.

»Wunderbar«, erklärte ich. »Ich freue mich, daß ich dir aus der Patsche helfen kann. Aber ich möchte dich um eines bitten…«

»Natürlich, Luc. Alles, was du willst.«

Ich sah hoch zur Loggia, die zwischen den beiden Schlafzimmern lag. Näher an meinem führte eine kurze steile Treppe hinauf zur Dachstube, die ich mir als Arbeitszimmer (oder so etwas Ähnliches) eingerichtet hatte.

»Dort hast du nichts zu suchen. Tut mir leid, wenn ich da stur bin, Josianne, aber in dem Punkt gebe ich nicht nach.«

Einen Augenblick betrachtete sie mich mit Neugier, dann mit einer freundschaftlich-komplizenhaften Miene.

»Nun ja, ich glaube, das kann ich verstehen. Wetten, daß ich weiß, wann ich verschwinden muß?«

»Darum geht es nicht. Komm einfach nicht in mein Arbeitszimmer, das ist alles!«

Nachdem ich das gesagt hatte, stand ich auf und ersparte ihr so eine Antwort auf meine unfreundlichen Worte. Doch auf das Risiko hin, daß sich ein Schatten auf unser Wiedersehen legte, wollte ich die Dinge einfach klar regeln. Ich brachte ihren Koffer hoch, und als ich von oben, über das Geländer, zu ihr hinuntersah, begegneten sich unsere Blicke. Ich glaube, daß wir uns in dem Moment beide fragten, ob wir nicht eine verdammte Dummheit machten. Und sich das zu fragen war schon fast die Antwort.

Was ist eine Dummheit für einen Mann in meiner Lage? Ich stieß die Tür des Gästezimmers ohne das geringste Zögern auf, und mein Magen murrte nicht, was ich als feigen Verrat oder deutliche Ermutigung interpretieren konnte, doch eigentlich war mir beides egal. Wenigstens passierte etwas Neues, und sollte sie mich wirklich zerquetschen, außer Kontrolle geraten und alles auf ihrem Weg vernichten, wir würden die Maschine wieder in Gang setzen.

»Herzlich willkommen …«, murmelte ich Josianne zu, die hinter mir hergekommen war und gleich mit einer Hand unter den Schirm einer Nachttischlampe griff, damit es im Zimmer hell wurde. »Du findest dich sicher sehr schnell wieder zurecht«, fügte ich hinzu. »Du wirst sehen, alles ist immer noch am gleichen Platz. Was das Badezimmer angeht«, erklärte ich in einem scherzhaften Ton, »sollten wir versuchen, uns nicht darum zu prügeln.«

Ich ging etwas zu essen machen, während sie ihre Koffer auspackte. Ich war auf der Treppe, als ich die Sicherheitsschlösser klacken hörte, und blieb einen Moment lang stehen, umfaßte mit der Hand fest das Geländer. Es war wie das Knacken eines dürren Zweigs in der Dunkelheit, für das man eine beruhigende Erklärung sucht, ohne unbedingt eine zu finden. Ich gab mir Mühe, etwas Eßbares aus der Tiefkühltruhe rauszufischen, und schob es in die Mikrowelle, bevor ich Jackie anrief.

»Ich kann jetzt nicht mit dir reden«, erklärte ich ihr mit leiser Stimme.

»Ich auch nicht«, flüsterte sie. »Thomas ist zurück.«

»Gut, dann ruf mich im Reisebüro an.«

Es war klar, daß wir eines Tages erwischt würden. Seit ein paar Monaten hatte Thomas Kunden verloren, seine Geschäftsreisen wurden unregelmäßig, vereinbarte Termine wurden in letzter Minute abgesagt, und wenn er nicht allzuweit weg war, kam er lieber heim, damit er das Hotelzimmer sparte. Uns stand Ärger ins Haus, doch man mußte schon zugeben, daß die Gefahr uns anmachte, Jackie und mich, und daß unsere Beziehung von der Qualität her einen Zacken besser geworden war, ohne deshalb grandios zu sein. Ich sah zum Fenster, als ich den Hörer auflegte, und unten, knapp vor dem Hang, der zur Stadt hin abfiel (von der nur ein orangefarbener Schimmer über dem kleinen Lärchenwald am Horizont zu erkennen war), sah ich Licht bei den Amblets, auch in ihrer Garage. Thomas polierte wohl das Auto und versuchte seine Mißerfolge zu verdauen, während Jackie den Tisch deckte.

Als Josianne herunterkam, war mir einigermaßen klar geworden, daß es sich nicht um einen einfachen Besuch handelte, sondern daß sie sich dauerhaft bei mir einrichten würde, so unglaublich das auch scheinen mochte. Und gestützt auf diese neue Erkenntnis, die mich ein paar lange Minuten totaler Konzentration gekostet hatte, ging ich die Situation mit einer gewissen Ruhe an. Um so mehr, als wahrscheinlich ich es war, der sie eingeladen hatte.

Wir sprachen darüber, wie mild die Luft sei, wie herrlich die Farben, die dieser schöne heiße Herbst uns Glückspilzen bescherte, wie er die Stimmung hob, wenn man hier in der Gegend war (sie kam aus dem trüben Grau-in-grau der Hauptstadt), und daß sie schon die ersten belebenden Wirkungen spürte (wir tranken die Flasche Portwein aus, zur Feier des Tages ein Douro supérieur mit Jahrgang, der einen Eisblock zum Schmelzen gebracht hätte). Außerdem hatte sie ihr Kostüm gegen Kleidung getauscht, die eher zu der legeren Art hier bei uns paßte (Safari-Shorts, leichter weiter Pulli mit umgeschlagenen Ärmeln), und ihr Haar gelöst, dessen rote Farbe, obwohl sie nicht so flammend war wie bei Eileen, mich geradezu umwarf.

»Ich sollte mich hier niederlassen!« seufzte sie. »Ich glaube, das wäre das einzig Vernünftige.«

Hinter meinem freundlichen Lächeln verbarg sich der erbittertste Gegner einer solchen Möglichkeit. Doch solange das Gespräch nicht auf Themen kam, über die zu sprechen ich mich weigerte (wessen sie sich bewußt war, hatte ich den Eindruck), war ich bereit, mir jeden nur denkbaren Horror anzuhören (und mir nur eine Sekunde lang vorzustellen, daß sie eines Tages in der Nachbarschaft wohnen könnte, war ein ziemlicher Horror).

Wie dem auch sei, sie hatte die Absicht, sich die Gegend genau anzusehen, während sie darauf wartete, daß die Versicherungen, mit deren Eifer man ja nicht rechnen konnte, wenn es darum ging, einen Scheck auszustellen, ihre Akte schlössen. Außerdem war Andrés Nachlaß zu regeln. All das würde eine gewisse Zeit in Anspruch nehmen, und ich merkte genau, daß sie auf diesem Punkt herumritt, daß sie nicht sagen könne, wie lange sie bleiben würde, und daß sie deshalb darauf herumritt, um zu sehen, was ich für ein Gesicht zog. Doch ich machte mir erst einmal keine Sorgen darüber und behielt meine gleichmütige, sogar eher freundliche Miene bei.

»Eins ist sicher, mein lieber Luc, wir werden uns besser kennenlernen.«

»Das will ich doch hoffen! Die Gelegenheit müssen wir beim Schopf packen...«

Ich sagte das ohne die geringste Ironie. Ganz zwangsläufig und ohne sich zu überanstrengen, würde sie die Rolle der Nervensäge spielen, aber ich war neugierig, mehr von ihr zu erfahren, bevor es zu einem ernsthaften Streit kam. Sicher ein ziemlich riskantes Unternehmen, wenn man sich überlegte, wer sie war, und wenn man sich meine Fähigkeiten ansah, an verschiedenen Fronten zu kämpfen, doch eines wußte ich wenigstens nach den letzten drei Jahren: daß das Schlimmste hinter mir lag. Da konnte ich doch der Zukunft mit einem Minimum an Optimismus entgegensehen.

»Wenn du wüßtest, was für ein Chaos er mir hinterlassen

hat!« seufzte sie. »Manchmal empfinde ich das als eine Art Grausamkeit mir gegenüber. Es ist, als hätte er es absichtlich gemacht, das kann ich dir sagen.«

»Vielleicht war das seine Art, in Kontakt zu bleiben.«

»Na ja, die Botschaft wäre auch angekommen, wenn er seine Sachen geordnet hinterlassen hätte… Aber unter uns, Luc, ich glaube, daß er nicht mehr alle beieinander hatte. Ich bemühe mich, mir immer wieder zu sagen, daß dieses ganze Chaos nicht gegen mich gerichtet war.«

Das muß man sich einmal anhören! Ist das zu verstehen?! Ich kannte André nicht sehr gut, weil die beiden schon damals nicht mehr zusammenlebten, aber ich wußte, daß sie ihn auf die eine oder andere Weise auf dem Gewissen hatte. Wir hatten uns ein paarmal vertraulich unterhalten, er und ich, und ich erinnerte mich, daß ich zwar damals noch keinerlei Grund hatte, mir Sorgen über meine eigene Lage zu machen, doch daß er es trotzdem geschafft hatte, mir mit seinen Geschichten Angst einzujagen, denn seiner Meinung nach hatten sie es einfach im Blut. Ich hatte von André das Bild eines intelligenten und gebildeten Mannes bewahrt, der zwar offen gesagt ein Dickkopf war, doch der verdammt unter ihrer Trennung litt. Die seltenen Male, die wir ihn gemeinsam besucht hatten, war ich darüber erschrocken, wie blaß er auf der Schwelle stand, sobald er Josianne aus dem Auto steigen sah. Man hatte das Gefühl, es sinke mit einem Mal eine Last auf ihn nieder. Bis wir ihn wieder verließen, und obwohl er sich anstrengte, natürlich zu wirken, hätte man meinen können, daß er von unsichtbaren Quälgeistern geplagt wurde, daß ein einziger Blick auf dieses verdammte Weib reichte, ihn zu foltern.

»Ach ja, Luc, du bist ja nicht gekommen…«

Ich war nicht zu seiner Beerdigung gegangen. Ich hatte mich nicht davor gedrückt, um eine bestimmte unangenehme Situation zu vermeiden, nämlich die des Ex, der immer noch etwas will und sich unter den Blicken der anderen demütigt, sondern aus dem einzigen Grund, daß ich mich weigerte, darin das logische Ende eines solchen Abenteuers zu sehen. Ich hatte keine Lust, gefaßt in ein dunkles Loch zu starren, das einen erbaulichen Epilog für jämmerliche Liebesgeschichten abgeben sollte. Was mich anging, war ich nicht bereit, irgend etwas zu begraben.

»…doch da hattest du recht!« beeilte sie sich hinzuzufügen.

Sie wollte es mir nur gesagt haben, das war alles. Nie etwas durchgehen lassen, egal was passiert. Den kleinsten Ärger wiederkäuen wie eine Kuh. Aber gegebenenfalls heiß und kalt so mischen, daß man sich nicht verbrennt. Mit Sicherheit konnte sie sich noch an zwei oder drei Zusammenstöße erinnern, die sie in einer fernen Vergangenheit mit mir gehabt hatte. Obwohl ich heute nicht mehr so unter Strom stand wie damals, war es mir ganz recht, daß sie sich noch vor einem charakterlich schwierigen Schwiegersohn (das waren ihre Worte) in acht nahm, auch wenn ich ihr nie ein Haar gekrümmt hatte.

Sie räumte den Tisch ab, ich denke einmal, um mir zu signalisieren, daß sie mir meine Abwesenheit bei Andrés Beerdigung nicht übelnahm und daß sie sich schon nicht mehr als Gast, sondern als Mitbewohnerin fühlte, die sich an der Hausarbeit beteiligte. Ich hoffte, sie würde es nicht vergessen.

Ich stellte mich in die Tür, um Luft zu schnappen, während sie Kaffee machte. Irgendwie fühlte ich mich benommen und gleichzeitig von den Ereignissen überrollt. Ich sah sie hinter dem Fenster, wie sie sich in der Küche zu schaffen machte, den Geschirrspüler einräumte, meine Schränke öffnete, mit dem Küchentuch über die Arbeitsplatte wischte und dabei das Wohnzimmer abschließend mit einer Miene inspizierte, bei der es mir kalt den Rücken herunterlief. Sie war schnell, sogar sehr schnell. Nahm alles im Sturmschritt ein, während ich mir noch überlegte, wie ich vorgehen sollte. War ich überrumpelt worden? Ich setzte mich auf die Veranda, um zu versuchen, meinen Rückstand aufzuholen, und mich davon zu überzeugen, daß man nicht für nichts und wieder nichts eine derart harte Prüfung auf sich nahm (ich sah eine Tanne mit Kugeln vor meinem geistigen Auge). Es war zwar dunkel, aber noch schön. In der Abendluft zogen ein paar Haufenwolken in Richtung Osten, über die Berge, die in der Dunkelheit eine Wellenlinie am Horizont bildeten. Vom Vordach hing eine Bougainvillea mit scharlachroten Blüten herunter, praktisch reglos, und das Holz der Bank war noch lauwarm unter der Hand.

Sie blieb auf der Türschwelle stehen (vielleicht zögerte sie, sich so schnell von ihrem neuen Nest zu entfernen), eine dampfende Tasse Kaffee in der Hand.

»Kannst du immer noch nicht schlafen, wenn du ...«, fragte sie.

Ich überlegte mir, daß ich, wenn ich mich ihrer ersten Unverschämtheit widersetzte, besser gerüstet wäre, mich gegen die anderen zu wehren. Ich hob also den Blick, sah in ihre unschuldige Miene und fragte sie ungemein freundlich, wovon genau sie spreche. Als Entgegnung senkte sie den Kopf, dann trat sie an die Balustrade und war einen Moment still.

»Entschuldigung, Luc«, erklärte sie. »Ich meinte, wenn du Kaffee trinkst. Ich wollte nicht…«

»Okay, vergessen wir's!« beschloß ich.

Sie war mit ihren Gedanken schon woanders. Leicht über den Rand gelehnt, die Nüstern gebläht, den Unterleib gegen eine Geländersäule gepreßt, betrachtete sie mit zufriedener Miene ihr Territorium. Um diese Zeit waren die Gerüche stark, im Dunkeln noch intensiver. Das Haus schmiegte sich an den Wald, war umgeben von Dickicht, um das ich mich nicht mehr kümmerte, und eingetaucht in einen starken Geruch nach Erde (oder einen beißenden Gestank nach Schimmel, je nach Geschmack). Meiner Ansicht nach war diese Arznei genau richtig für Josianne, da sie ihre animalische Seite zum Vorschein brachte, die sie mit eigenartiger Ungeschicklichkeit immer zu verbergen suchte. Ich beobachtete sie, während sie die Luft tief einsog, die Augen halb geschlossen, die Züge in einem angespannten Lächeln erstarrt. Ich wäre nicht überrascht gewesen, wenn sie sich im Laub gewälzt, ihre Nase an der Erde gerieben und sich in einen Baumstamm gekrallt hätte. Danach hätte sie geschworen, daß alles in Ordnung sei.

»Man würde meinen, daß alle da sind…«, bemerkte sie in einem verträumten Tonfall.

Tatsächlich waren alle da. Die *Mörder* auf der einen Seite, die *Kriminellen* auf der anderen.

Spaß beiseite. Sie waren wirklich zu Hause. Oder in der Stadt, hatten aber eine Lampe im Erdgeschoß angelassen, man hätte meinen können, um es den Einbrechern zu erleichtern (falls die keine Taschenlampen haben sollten?) oder den Tierchen, die unsere Mülleimer plünderten (manchmal zögerten sie fünf Minuten, bis sie sich dann geradewegs darüber hermachten). Und so leuchteten die Lichter auf beiden Seiten des geteerten Wegs, der sich sanft abfallend bis zur Straße wand (die von der Stadt hoch führte und auf dem Plateau kurz zum Vorschein kam, bevor sie im Wald verschwand), flankiert von unseren Telefonmasten und unseren Briefkästen. Ich hatte natürlich den schönsten Blick, auch wenn ich immer bis zuletzt eingeschneit blieb und die Sainte-Bob in der Nähe meinen Keller feucht hielt oder mich fast unter Wasser setzte (einen guten Zentimeter im großen Zimmer war es in dem Jahr gewesen, als Marc mich im Reisebüro angestellt hatte). Wenn die anderen schon Schatten hatten, genoß ich noch den Sonnenuntergang. Von meiner Veranda aus konnte ich den Blick von einem Haus zum anderen schweifen lassen und mich fragen, was sie wohl anstellten, oder zum Telefon greifen. Das hatte ich manchmal ernsthaft gebraucht.

Ich stand auf und stellte mich neben sie. Zur Rechten, ungefähr fünfhundert Meter entfernt und wie auf ein kleeblattförmiges Wäldchen gesetzt, war das erleuchtete Zimmer von Gladys Bulder im ersten Stock, während das Schimmern unten von einem Fernseher kam, vor dem wohl eine Krankenschwester eingeschlummert war, die es ausnutzte, daß Marc für ein paar Tage weg war. Sie waren meine nächsten Nachbarn. Thomas und Jackie Amblet dagegen waren die am weitesten entfernten, doch ihr Haus stand auf einer Anhöhe, so daß es in der Luft zu schweben schien und alle anderen es sehen konnten. Zur Linken war das Haus von Paul und Sonia Dumont, bei weitem das imposanteste, das Paul bei dem kleinsten Anlaß mit einem Feuerwerk erleuchtete, trotz der Einwände Sonias, die schon ihr Veto gegen das Aufstellen von Scheinwerfern auf der Allee und Fontänen aller Art eingelegt hatte. Ich konnte nur den Dachstuhl erkennen, abgesehen von ein paar Lichtstrahlen, die durch eine Wand von Tannen drangen, die dichter als Gitterstäbe beieinanderstanden. Etwas weiter unten, bei Monique und Ralph, herrschte eine entspanntere Atmosphäre. Sie bewohnten eine Art Chalet, das aussah, als befände es sich noch im Bau (Ralph hatte es selbst entworfen, wie er auf einem schweren LSD-Trip ausposaunt hatte), und das sich theoretisch um sich selbst drehen sollte, um von der bestmöglichen Ausrichtung zu profitieren, doch ich hatte es nie funktionieren sehen. Neben einer ganzen Reihe von Öffnungen, die ihr Licht in der Umgebung verbreiteten, ragten zwei seltsame Glaspyramiden aus dem Dach, und in manchen Nächten, bei schönem Wetter, konnte man den sonderbaren Bau im Umkreis von Kilometern sehen. Und schließlich gab es noch die Künsts, Francis und Élisabeth, am Ende der großen Schleife, die zurück in Richtung der Amblets ging, nachdem sie sich um einen kleinen Eichen- und Ahornwald gewunden hatte, der dem Besitzer eines Sägewerks gehörte, der meinetwegen gerne verrecken dürfte. Die Künsts ließen bis zum Morgen eine Lampe über dem Eingang brennen, für den Fall, daß der Sohn von Francis nach Hause kommen sollte. Die *Mörder* zur Rechten, die *Kriminellen* zur Linken, getrennt durch einen Weg (den Chemin du Chien-Rouge), den ich fast jeden Tag in der einen und dann in der anderen Richtung befuhr. Aber das war bloß Spaß. Abgesehen von dem Typ mit dem Sägewerk.

»Das ist gleichzeitig beruhigend und unerträglich ...«, meinte sie, während wir unsere lieben Freunde Revue passieren ließen. »Findest du nicht?«

»Das ist eine Frage der Gewohnheit. Und oft gehört beides zusammen.«

Ein Bussard flog über unsere Köpfe weg und stieß eine Art ängstliches Wimmern aus, erhob sich dann ganz dicht über dem Wald hoch zu den Hügeln. In der Ferne hörte man dumpf das Bellen von Ralphs Hündin; es klang, als wäre sie unter einer Metallglocke eingeschlossen.

»Lieber Himmel! Ist dieser dreckige Köter immer noch am Leben?«

Dann interessierte sie sich für meine Mokassins: »Weißt du, daß Robert De Niro die gleichen trägt?«

»Josianne...«, antwortete ich. »Vielleicht sollten wir uns auf eine Probezeit einigen.«

Mir wurde gerade klar, daß es noch früh genug war, alles abzublasen. Ich spürte, daß irgend etwas in mir schwankte, aber ich wußte nicht, ob es aus Angst vor dem Schaden war, den wir um uns herum anrichten könnten, oder vor dem, den wir uns selbst zufügen würden.

»Aber wirklich! Das wäre vielleicht angebracht, wenn es um Heirat ginge«, witzelte sie. »Doch du und ich, was könnten wir schon ausprobieren? Ach komm, Luc, es geht alles gut, du wirst schon sehen. Du hast keinen Grund, dir Sorgen zu machen.«

Ich nickte, einen perplexen Ausdruck auf meinem Gesicht, den ich ihr ersparte, indem ich mich abwandte. Wenn sie nicht dagewesen wäre, hätte ich mein Bad im eiskalten Wasser der Sainte-Bob genommen. Dann wäre ich friedlich schlafen gegangen.

»Wissen sie, daß ich hier bin?«

»Paul und Sonia wissen es.«

»Na, dann weiß es jeder. Falls Paul ihr Handy nicht konfisziert hat«, setzte sie lächelnd hinzu.

Sie hatte sicherlich recht. Hier in der Gegend ein Geheimnis zu wahren war schwierig. Doch da es ja gar keins war, hoffte ich, daß sich die Neuigkeit in einem Umkreis von Kilometern verbreitet hatte und daß gewisse Leute schon auf und ab gingen und sich fragten, was ich denn anstellte.

»Wenn ich du wäre«, fuhr sie fort, »hätte ich aus Sonia eine Telefonistin gemacht.«

Die Vorstellung belustigte sie. Sicher auch, daß sie im Zentrum der Neugierde dieser kleinen Welt zu stehen schien. Was mich anging, so hatte ich das Gefühl, daß wir mit einem Fernglas beobachtet wurden.

»Apropos, Luc, arbeitest du noch immer daran?«

Ich warf ihr einen Blick über die Schulter zu, doch sie schaute immer noch amüsiert mal in die eine, mal in die andere Richtung, als drängelten sie sich hinter ihren Fenstern, um uns zu beobachten (was habe ich gesagt!).

»Ja...«, antwortete ich. »Also mehr oder weniger... Ich hab's nicht eilig.«

»Noch immer keine Chance, was davon zu lesen, vermute ich, oder?«

Sie kannte die Antwort.

»Und ich bin am Anfang vom ersten immer noch mausetot?«

»Na, damals gefiel mir die Möglichkeit.«

Daß wir jetzt Ellbogen an Ellbogen nebeneinander standen, in meinem eigenen Haus, und friedlich über unsere reizenden Nachbarn sprachen, bedeutete mindestens zweierlei: nämlich einmal, daß ich meinen Sinn für Humor nicht verloren hatte, und sei er auch noch so obszön; und zum zweiten, daß ich ziemlich tief gesunken war, was ich schon wußte.

»Luc, ich war nie gegen dich…«, murmelte sie, ohne den Kopf abzuwenden. »Auf keine Art und unter keinen Umständen.«

»Hör zu… Das ist jetzt nicht mehr wichtig. Mir wäre lieber, wenn wir nicht darüber reden.«

Obwohl ich mich (so außergewöhnlich und bemerkenswert das war) insgesamt doch einigermaßen beherrscht hatte, war ich immer noch dazu fähig, sie im Affekt zu erwürgen. Ich zog mich zurück und vergrub die Hände in den Taschen, doch es hing allein von ihr ab, das Drama zu vermeiden. Ich hatte so intensiv davon geträumt (im allgemeinen brachen ihre Wirbel schließlich so leise wie eine Eiswaffel), daß keiner sich trauen würde, es mir vorzuwerfen, wenn er wüßte, wie sehr ich gelitten hatte. Ich meine, wenn ich die Gelegenheit hätte, es unter vier Augen zu erklären.

»Du hast recht, Luc. Es ist alles schon so lang her…«

Für mich war es gestern. Im Laufe dieser drei Jahre hatte es nicht einen einzigen Tag Pause in diesem hypnotischen, lähmenden Walzer meines Eheunglücks gegeben (ich mußte mich hinsetzen, und wenn es auf den Boden war). Von meinem Magen ganz zu schweigen. Und einer Menge anderer Kleinigkeiten, eine deprimierender als die andere.

O mein Gott!

O mein Gott!!…

Ich setzte mich hin. Aus meiner Gesäßtasche zog ich einen Flachmann mit Whisky (früher war ich schockiert gewesen, daß man so herunterkommen konnte) und verabreichte mir eine Normaldosis, ohne daß sie es bemerkte.

Danach hörte ich auf, mich so diskret zu benehmen. Ich hatte es genauso über, ihren Hintern zu bewundern wie eine unzusammenhängende und banale Unterhaltung am Laufen zu halten, die ich natürlich mit angezettelt hatte, damit wir nicht aneinandergerieten, und tat mir schließlich keinen Zwang mehr an. Sie sagte nichts dazu, weil sie das Ganze wohl gleich unter die Themen eingeordnet hatte, die man nicht ansprechen durfte.

Ich beobachtete sie eine Weile, während sie mir vom kränkelnden Immobilienhandel erzählte oder von den eigentümlichen Gefühlen, die man hatte, wenn man plötzlich Witwe war. Und ich fragte mich schließlich, was sie wohl dazu getrieben hatte, bei mir abzusteigen, mal abgesehen davon, daß sie nicht im Hotel bleiben wollte und keinen anderen Platz hatte, wohin sie gehen konnte. Das war bei ihr eine äußerst schwierige und vielschichtige Frage. Und eigentlich war es mir verdammt egal.

Im Lauf des Gesprächs beschränkte ich mich schließlich darauf, mit einer leeren Flasche zu spielen, deren Betrachtung mich nachdenklich machte. Jetzt, wo es geschafft war, kamen mir meine Leistung, die ich mit diesem Zusammentreffen vollbracht hatte, und meine vorherigen Schweißausbrüche angesichts einer derartigen Tat so lächerlich vor, daß ich weit davon entfernt war, mir zu gratulieren. Ich brauchte eine gewisse Zeit, um zu erkennen, daß es nicht Josianne selbst war, die mir Angst gemacht hatte (obwohl es genug Grund gab, den Arsch zusammenzukneifen), sondern der Sturm, den sie entfesseln konnte. Ich hatte mich ziemlich angestrengt, genau den Aspekt der Sache in die zweite Reihe zu verbannen, indem ich damit den ganzen Nachmittag wie mit einer Vogelscheuche herumfuchtelte. Doch das jämmerliche Spektakel hatte nichts gebracht. Ich, Luc Paradis, war drauf und dran, eine Höllenmaschine zusammenzubauen. Und noch fürchterlicher, übler, gemeiner als dieses Gerät war ich selbst, Luc Vincent Paradis, notorisch besessen und weniger bekannt für sein Talent als Feuerwerker als dafür, sich an die geliebte Frau zu klammern.

Häufig, so hatte ich bemerkt, brachten mich meine Gedanken zu diesem Problem auf Abwege und gingen in die Richtung, meine Verantwortlichkeit für diese Sache – die mich Tag und Nacht, Sommer wie Winter beschäftigte – von mir zu weisen. Juliette Montblah, meine Therapeutin (und nebenbei die Ex-Frau des anderen), ließ mich, was das anging, ziemlich gewähren und unterstützte mich außerdem energisch dabei, den beiden elenden Verrätern alles Übel der Welt und noch mehr an den Hals zu wünschen. Lange hatten mir diese Sitzungen ziemlich gut getan, und das taten sie noch heute, aber nicht immer, oder nur für kurze Zeit, wenn ich die Treppe hinunterging und noch ein paar Schritte auf der Straße. Danach mußte ich irgendwie zurechtkommen, mußte es mir gelingen, meine Introspektion zu stoppen oder mich abzulenken, wenn ich nicht in der Lage war, es zu ertragen. Und Josianne war eine Ablenkung erster Wahl, eine aufregende Chance, verglichen mit der alten Leier, den alten Geschichten, die ich hundertmal mit der Überzeugung eines Zahnlosen durchgekaut hatte. Hätte ich da widerstehen können? Wer sonst hätte es mir mehr als sie erspart, den Dingen ins Auge zu sehen (was mich kaum weitergebracht hätte und meiner Ansicht nach, entgegen dem, was man so sagt, wenig nützte), zu einem Zeitpunkt, da sich ein über drei Jahre mit aller Kraft erhaltener Nebel auflöste?

Sie war die ideale Ablenkung, ob man mich nun zum Narren hielt oder nicht, egal, was ich dazu sagte, und ob mir das gefiel oder nicht. Sie war wahrscheinlich auch meine letzte Karte. Gleichzeitig Zuflucht und Verderben. Genauso wie der Alkohol, der auf mich nicht nur wohltuende Wirkung hatte, weit gefehlt! Wunderbar für meinen Magen, wirkte er sich unvorhersehbarer auf meine Stimmung aus, und wenn ich nicht aufpaßte, brachte er mich zwangsläufig dazu, einen Jammerlappen einen Jammerlappen zu nennen. Und meine Therapeutin war nicht da, um mein Bild von mir aufzupäppeln. (»Sieh mir in die Augen, Luc, du bist ein klasse Typ. Diese beiden Arschlöcher können dir das Wasser nicht einmal zu zweit reichen!«)

Als ich meinen Blick wieder auf Josianne richtete, war sie dabei, mich belustigt zu mustern, diesmal von einem Schaukelstuhl aus, in dem ich über alle Weltmeere gesegelt war, auf der Suche nach einer verlassenen Insel, die ich nirgends finden konnte. Der Lack an den Lehnen hatte sich unter meinen Handflächen verflüchtigt. Unter den weichen Kissen war das Geflecht leicht eingedrückt. In den Boden hatten sich Markierungen eingegraben, tief und glänzend, die in alle möglichen Richtungen zeigten, Wege, die ich hinter mich gebracht hatte. Das Knarren hatte mich manchmal bis zum Morgengrauen wach gehalten und mir geholfen, in der Dunkelheit nicht zusammenzubrechen. Gegen den oberen Teil der Rückenlehne war mein Kopf wie eine Kugel nach links und nach rechts geschlagen. Kurz und gut: Ich hing an ihm. Übrigens viel mehr, als ich gedacht hätte.

»Was siehst du mich so an?« fragte ich sie.

In der stillen Abendluft kam meine Provokation wunderbar zur Geltung. Ein Hut von Vivienne Westwood, würde man meinen. Josianne zuckte mit den Wimpern.

»Wie bitte... Luc?«

Ich suchte keine Kraftprobe mit ihr. Ich war nicht wütend. Ich streifte ihren Blick, ohne darauf zu antworten, und stand auf, hielt die Hand fest um eine Strebe meines Stuhls geschlossen. Die Stille war plötzlich so gewaltig, daß ich trotz des dichten Waldes und des Zauns, mit dessen Bau ich auf der anderen Seite des Hauses begonnen hatte, das regelmäßige Rauschen der Sainte-Bob zu hören meinte. Falls das nicht das Blut war, das durch meine Venen schoß, während in der Ferne, hinter Josianne, die Fenster der *Mörder* auf der Rechten und der *Kriminellen* auf der Linken wie zufällig direkt vor meiner Nase aufgehängte Sterne leuchteten.

»Hör zu, Josianne, verzieh dich!« erklärte ich und machte auf dem Absatz kehrt.

Ohne mich weiter um sie zu kümmern (obwohl das schnelle Schaukeln des Stuhls mir gleich anzeigte, daß sie ebenfalls aufgestanden war), ging ich ruhig zurück ins Haus und machte die Tür hinter mir zu. Die Treppe hochzuklettern war wirklich anstrengend. Als ich auf ihr Zimmer zuging, dachte ich wieder einmal, daß es oft schwer zu sagen war, in welchem Maß man vernünftig handelte, und sogar, ob es immer eine richtige und eine falsche Entscheidung gab. Unschlüssig – betrunken und unschlüssig – zog ich ihre Koffer aus dem Schrank und warf sie aus dem Fenster, wobei ich nebenbei einen Vorhang herunterriß, der nur von kleinen vergoldeten Metallklammern in Form von Jakobsmuscheln gehalten wurde. Ich sah ihn einen Moment lang über die Schatten des Gartens schweben, als wüßte er nicht, wohin, während Josiannes Sachen über den Boden rollten. Dann ging ich unsicher näher ans Fenster heran.

»Hast du mich gehört? Sieh zu, daß du hier wegkommst!« rief ich mit röchelnder Stimme nach draußen.

Am Morgen, als ich zum Frühstück nach unten ging, brachten eine gute Dusche und ein klarer Himmel meine Gedanken wieder auf die Reihe. Ich fühlte mich sogar ziemlich in Form. Die Sonne war noch nicht aufgegangen, doch das Zimmer war hell, erfüllt von einem stillen Glanz, was ich als ermutigenden Einstieg in den Tag betrachtete. Ich ging in die Küchenecke und setzte mich auf einen Hocker, um meine Pillen zu schlucken, während das Wasser in der Kaffeemaschine gluckerte. Draußen strich ein sanfter Wind um die Bäume, die Telefonleitung schaukelte ein bißchen, doch mein Glockenspiel blieb ruhig. Ich steckte mir eine Zigarette an. Wenn es etwas gab, das ich bei dieser Geschichte über alles schätzte, dann war es, daß man nichts tun konnte, das mußte ich tatsächlich zugeben. Jetzt, wo mein mutiges und lächerliches Aufbegehren vom Vorabend in sich zusammengefallen war, verfiel ich einer anderen, ebenso glänzenden Strategie: nichts tun und abwarten.

Wenn ich die Augen schloß, konnte ich schon eine leichte elektrische Spannung in der Ferne wahrnehmen, die ersten Anzeichen eines Aufwallens erfassen, das ringsumher einsetzte, das sanfte Kräuseln auf der Oberfläche einer erstarrten Welt. Ich mußte nicht einmal mehr den kleinen Finger rühren. »Wenn es so ist, sehr gut!...«, murmelte ich wie abwesend und blies eine Rauchwolke nach oben, was Juliette Montblah, meine Therapeutin, als positives Zeichen interpretiert hätte. Ich verfolgte ihren langsamen Aufstieg zum Dach, wie sie sich spiralförmig um die Ketten wand, die in der Mitte des Zimmers einen großen schmiedeeisernen Leuchter hielten (fünfzig Kilo gedrehtes Alteisen, Ralphs Hochzeitsgeschenk, das er eigenhändig für uns gemacht hatte). Josianne schlief friedlich auf der Couch genau darunter, in eine Decke gewickelt, die sie sich bis zu den Schultern hochgezogen hatte, und weder die Gefahr (es gibt immer ein Risiko, wenn man unter einem solchen Ding schläft) noch meine Anwesenheit, noch die absolute Gewißheit, daß bald die Erde erbeben und sich unter unseren Ärschen öffnen würde, störten ihren Schlaf. Was manche Dinge anging, war sie eine bemerkenswerte Frau. Das hatte ich nie bestritten.

Ich verbrachte einen Teil meines Vormittags im Büro mit einem jungen Paar, das unter dem Vorwand, das Land sei nicht mehr sicher genug, eine Reise nach Indien annullieren wollte (ich hatte ihre Reiseunterlagen am Abend vorher fertig gemacht: Flugtickets, Reiseroute, Hotelreservierungen, Leihwagen, verschiedene Versicherungen und das ganze Zeug). Vergeblich erklärte ich ihnen, daß sich die Leute auch in Afrika oder in Europa oder sogar auf dem Bürgersteig gegenüber gegenseitig umbrachten, sie waren nicht umzustimmen, und wir fingen wieder bei Null an (wie fänden sie eine Tour auf einer Pinasse mit fest auf der Brücke installiertem Maschinengewehr oder drei Tage Halbpension im Badrutt's Palace Hotel in St. Moritz?). Zum Schluß entschieden sie sich für Island. Diesmal bat ich sie um eine Anzahlung und sagte Élisabeth, daß wir ihren Scheck gleich einlösen sollten, bevor sie bemerkten, daß die Natur genauso wild wie der Mensch war (wenn ein Vulkan ausbricht, muß man genauso schnell rennen, wie wenn einem ein paar Irre auf den Fersen sind).

Dann nutzten Élisabeth und ich Marcs Abwesenheit aus, schlossen das Reisebüro für ein Stündchen und gingen bei Melloson einkaufen, um das Gedränge zu vermeiden. Natürlich merkte sie gleich, daß ich mehr als sonst in meinen Einkaufswagen packte und mich von einem Sonderpreis für Klopapier bei Abnahme von fünfundzwanzig Rollen verlocken ließ.

»Also, ich hab's nur halb geglaubt«, erklärte sie und musterte dabei weiter die Regale auf ihrer Seite. »Aber offen gesagt kann ich's nur schwer verstehen...«

»Ich habe sie nicht gebeten zu kommen.«

»Hm... Weißt du, was Francis zu mir gesagt hat: ›Das einzige Problem mit Luc ist, daß er ein Schweinehund erster Güte ist!‹...«

»Das einzige Problem mit Francis ist, daß er keins mit dir hat. Er hat überhaupt nichts mit dir.«

»Rede doch nicht solchen Unsinn!« entgegnete sie mit einem Schulterzucken.

Sie ging vor, wartete aber ein Stück weiter vorne auf

mich. Ohne Brille konnte sie das Kleingedruckte auf den Dosen nicht lesen.

»*Mindestens haltbar bis 2001*«, verkündete ich.

»Du hast sie vielleicht nicht gebeten zu kommen, aber du hast sie auch nicht daran gehindert ... Hör zu, ich weiß wirklich nicht, was für ein Spiel du spielst, aber wenn es ein Spiel ist, dann ein ziemlich dummes. Das muß ich dir ehrlich sagen. Und dabei denke ich zuallererst an dich.«

»Ich habe versucht, sie vor die Tür zu setzen.«

»Also wenn du meine Meinung hören willst: Du solltest mehr tun, als es nur versuchen. Was ist denn los mit dir? Hast du Angst zu vergessen, was du erlebt hast, oder wirst du im Alter maso?«

»Oh, sicher von beidem etwas. Aber die Liste ist viel länger. Mit siebenundvierzig hat man schon alle Macken.«

»Ich hoffe, du redest von dir...«

Über dem Parkplatz wölbte sich ein blauer Himmel, als wir wenig später unseren Kofferraum vollstopften, vor den Fenstern der Cafeteria, die frisch mit Weihnachtsbäumen dekoriert waren (es war Mitte Oktober), und Élisabeth meinte, daß es wohl nicht sehr clever sei, wenn man zweimal den gleichen Mist baute, und sie nannte als Beispiel Patrick, den Sohn von Francis, der vor kurzem aus der psychiatrischen Klinik abgehauen war. Ich persönlich fand, daß der Junge konsequent war.

»Du bist auf dem Holzweg«, antwortete ich und machte den Kofferraum zu.

»Gut... um so besser«, lenkte sie ein. »Ich hoffe, daß ich mich irre. Letzten Endes springt für dich ja wohl kaum was dabei raus...«

»Na also, das versuche ich dir schon die ganze Zeit zu sagen!«

Weil Élisabeth Vollzeit arbeitete und ich nicht, trennten wir uns, damit sie ihre Einkäufe nach Hause bringen konnte, während ich das Reisebüro wieder aufmachte und ihr Telefon abnahm. Es wunderte mich nicht, daß sie keine müde Kopeke auf meine Chancen setzen wollte: Ich hätte es auch nicht riskiert, beim besten Willen nicht, und ich war ihr deshalb keinen Moment lang böse. Aber ich fragte mich, ob ihr etwas aufgefallen war, ob sie fand, daß ich aussah wie immer. Ich richtete den Rückspiegel auf mich, damit ich wußte, woran ich war. Zum Schluß hielt ich an einer Tankstelle. Ich ging in die Toilette und sah mich kritisch an, wusch mir die Hände in Gesellschaft eines Typs, der stoßweise in ein Pinkelbecken pißte und dabei mit sorgenvoller Miene zur Decke sah. Aber nichts, nein, nichts, das nicht an den Haaren herbeigezogen war.

Ich setzte also meinen Weg in der Hoffnung fort, daß diese drei Jahre, in denen ich irgendwie zurechtgekommen war, mich nicht derart ausgelaugt hatten, daß ich nur noch so dahinvegetierte. Denn schließlich machte mich Josiannes Anwesenheit irgendwie fickrig, und ich hätte gern von Élisabeth gehört, daß sie sich über einen gefährlichen und entschlossenen Glanz in meinem Blick Sorgen machte oder daß irgendein unklares Gefühl mich verriet, doch ich hatte nichts Besonderes an mir, da war nur mein Alltagsgesicht, vollkommen ausdruckslos. Und das machte mir plötzlich angst, obwohl es nicht vom Himmel gefallen war und mich intensives Training gekostet hatte, jede Sekunde volle Aufmerksamkeit, um den anderen Sand in die Augen zu streuen.

Ich will mich nicht aufspielen, aber ich hatte das beste resignierte Gesicht, in der Mischung glücklicher Depp, Mann ohne Gedächtnis und hartgesottener Kerl, das man sich in meiner Situation vorstellen konnte. Doch jetzt machte mich eine Frage total kribbelig, während ich in die Stadt zurückfuhr und an den Gartenmöbeln, Ledersitzgarnituren, dem ganzen Haushaltsgerätezeug, den Gebrauchtwagen, den Sportartikeln, den Topfpflanzen und der Büroelektronik vorbeikam: Hatte ich nicht ein bißchen übertrieben?!... War ich bei einer solchen innerlichen Verwirrung noch fähig, eine Träne oder irgendwas anderes aus diesem Typ rauszupressen? Hatte ich mich nicht dazu verurteilt, den Himmel im Schutz von Mauern zu sehen, die ich nicht überwinden konnte? Ich wäre fast auf einen Kühltransporter gefahren, dessen Fahrer, ein Kerl mit blutbeschmierter Schürze, vom Gas gegangen war und aus dem Fenster lehnte.

Der Verkehr stockte. Ein um diese Tageszeit eher ungewöhnlicher Stau, eine Ansammlung von Typen meines Schlags, die plötzlich von der Härte des Lebens überrascht werden. Manche waren ausgestiegen, um sich die Beine zu vertreten, drehten eine Runde, die Hände in den Hosentaschen, oder lehnten an ihren Autos und besahen sich die Spitzen ihrer Schuhe, unter einem klaren Himmel, der die farbenprächtigen Hänge der Berge umschloß, in die eingebettet die Stadt lag (eine Mischung aus Hellgelb, leuchtend Rot, dunklen und hellen Grüntönen, Orange und was immer man wollte).

Kurz darauf setzte sich unser Konvoi wieder in Bewegung, und wir rollten im Schrittempo weiter, bis zur nächsten Kreuzung, wo dann das reine Chaos herrschte. Es wurden Flugblätter verteilt und wütend Spruchbänder gegen die Schließung der Cofidex geschwungen, ein zukunftsorientiertes Unternehmen, das (nicht als erstes) den Standort wechselte, was, nebenbei bemerkt, Francis vorigen Monat arbeitslos gemacht hatte. Doch ihn konnte ich nirgendwo entdecken. Beim letzten Mal hatten Élisabeth und ich ihn auf Posten besucht. So fröhlich hatten wir ihn schon lange nicht mehr gesehen.

Eine, die von der Aktion nicht begeistert war, und das spürte ich sofort an der angespannten Stille, die ihrer Nachricht auf meinem Anrufbeantworter voranging, war Eileen. »Tu mir bitte den Gefallen und ruf mich so bald wie möglich an, Luc. Wir müssen reden. Ich bin die ganze Zeit zu Hause.« Es war noch einmal still nach *Wir müssen reden*, wobei ihre Nüstern bebten, sich die Knöchel an der Hand, die den Hörer hielt, weiß färbten, sie die Augen zusammenkniff und mein Kurs in solche Tiefen absackte wie schon lange nicht mehr. Aus dem *Ich bin die ganze Zeit zu Hause* hörte ich jedoch ein klein wenig Schwäche heraus: daß sie bereit war, sich mit ihrem Urteil zurückzuhalten und mir eventuell sogar mildernde Umstände zuzubilligen, wenn ich ihr eine auch nur irgendwie annehmbare Erklärung für das liefern würde, was gerade ablief. Natürlich erschien mir das schwierig. Doch dieses letzte, durchscheinende, wunderbare Privileg des Zweifels, das sie mir im Innern ihres Herzens zugestand, so wenig bewußt sie sich dessen auch sein mochte, stellte für seinen Entdecker einen zusätzlichen Beweis für die ungeheure, unerforschliche, erstaunliche Schicht klebriger und gestörter Blödheit dar, mit der ein Mann sich anschmiert, ohne mit der Wimper zu zucken. Was blieb mir noch unter diesen Umständen? Ein paar morgendliche Wichsereien?

Es gab auch eine Nachricht von Jackie, die sich fragte, warum sich im Reisebüro niemand meldete und ich an meinem Direktanschluß nicht abnahm. Sie fügte hinzu, daß sie auf dem laufenden sei, was Josianne anging, aber nicht erkennen könne, wie es uns das Leben erleichtern sollte, wenn wir sie am Bein hatten. Aber natürlich, fuhr sie in einem enttäuschten Ton fort, hätte ich daran bestimmt überhaupt nicht gedacht, und genau das werfe sie mir vor, denn unsere Beziehung könne sich doch wohl nicht darin erschöpfen, daß wir gelegentlich zusammen ins Bett gingen, obwohl wir natürlich Spaß dabei hätten, was sie in keiner Weise leugnen wolle. Aber das könne uns doch nicht bis in alle Ewigkeit befriedigen, ob ich verstände, was sie meine? Damit wolle sie nicht sagen, daß sie daran denke, Thomas zu verlassen, der Arme habe wirklich schon genug Probleme, und er könnte ohne sie nicht leben, aber …

Ich drückte auf Stop, weil ich spürte, daß sie sich in einen sehr detaillierten Bericht über unser beider Leben verlor, bei dem nichts noch so Intimes ausgespart würde. Sie war schrecklich. Aber ich schaffte es nicht, ihr böse zu sein, obwohl ich sie schon mehrmals gebeten hatte, sich nach dem Biep kurz zu fassen, weil es keine Aufforderung sei, sein Leben zu erzählen, in dem Fall das unsere, und das auf einem Band, das ich vielleicht zu löschen vergaß und das irgendein Arsch, der mir übel wollte, gegen uns benutzen könnte (alle Reisebüros kannten den Typ Kunden, dessen Urlaub ein Alptraum gewesen war und der zurückkommt, um das

Büro anzuzünden oder den sogenannten Verantwortlichen zu erwürgen oder zu erpressen).

Ich beschloß, bei ihr vorbeizusehen, bevor ich nach Hause fuhr, um Josianne noch einmal eine Chance zu geben, ihre Koffer zu packen, wozu offen gesagt nicht das geringste Risiko bestand. Während ich auf Élisabeth wartete, beschäftigte ich mich mit den Reservierungen für Island und stellte für die beiden komischen Vögel ziemlich nichtssagendes Material zusammen, darunter eine verführerische Broschüre, die die Shoppingfreuden in Reykjavik pries (und nicht zu vergessen: das Museum Einar Jonsson!).

Weil sich keine guten Aussichten boten, war Thomas nicht wieder losgefahren. Er winkte mir aus der Garage zu, als ich vor dem Haus auftauchte; gleichzeitig bemerkte ich Jackie hinter dem Küchenfenster, den Blick starr auf mich gerichtet.

»Ich kenne da einen, der es überhaupt nicht eilig hat, nach Hause zu kommen!« witzelte Thomas, der damit zugange war, seine Angelrute in einem Etui zu verstauen und an die Wand zu hängen. »Ich verstehe dich, das kannst du mir glauben. Ich weiß, was unangenehme Überraschungen sind!«

Ich vergrub meine Hände in den Taschen und sah hoch zu meinem Haus, wobei ich den Kopf zwischen den Schultern einzog. Thomas tröstete mich mit einem freundschaftlichen Klaps, was ich mit einem beredten Seufzer beantwortete (zumal mein Hemd nach Fisch riechen würde).

»Ich habe ja versucht, sie rauszuwerfen … Aber was soll's? Vielleicht gewöhne ich mich ja an sie…«

Inzwischen war Jackie da, hielt mir ihre warmen Wangen

hin, auf die ich rasch ein Küßchen drückte, bevor sie sie mir rasch wieder entzog, mit einer reservierten Miene, die ihren Grund irgendwo zwischen der Anwesenheit von Thomas, dem Einbruch Josiannes in die Routine unserer Affäre und schließlich in der verpatzten Gelegenheit hatte, uns an diesem fast betörend schwülen, stillen Nachmittag allein zu einem Rendezvous zu treffen, das uns erschöpft zurückgelassen hätte, mit verklebten Haaren im Gesicht und einem wohligen Gefühl im Bauch (und schlaffen Geschlechtsteilen!). Sie schnitt an der Ecke der Garage ein paar Lorbeerblätter ab, bevor sie wortlos in ihre Küche zurückging, auf eine durch ihren Anflug von schlechter Laune noch zusätzlich provozierende Art, die sie wegen ihrer Haltung und der Vorliebe für kurze Röckchen sowieso schon hatte.

»Und? Was hat sie eigentlich vor?« fragte mich Thomas.

Er hatte mir ein Bier in die Hand gedrückt, hielt seins in Richtung meines (briefmarkengroßen) Hauses, von dem man nichts erkennen konnte, außer dem Reflex der Sonne in den Scheiben, gleich am Waldrand. Ich antwortete, das wüßte ich auch nicht, und erzählte ihm, wie Josianne es mir erklärt hatte. Das versetzte ihn in stilles Grübeln, gleichzeitig strich er sich übers Kinn, wobei aber nichts herauskam. Dann gesellte sich Jackie zu uns. Seit wir zusammen schliefen, trafen wir uns selten zu dritt. Eigentlich schade, denn eingekeilt zwischen Thomas und mir, war sie voll von der Rolle, und die Vorstellung, die sie mir bot, fand ich abartig interessant, denn sie erinnerte mich an eine andere, nur daß ich damals vollkommen blind war. Zunächst setzte sie sich zu uns, dann stand sie ohne Grund nach einer Minute wieder auf, während mir Thomas von einer tollen Angelrute erzählte, die neu auf dem Markt war. Ein echtes Wunderding, das er sich im Moment nicht leisten konnte. Unfähig, irgend etwas fest im Blick zu behalten, setzte sie sich wieder hin und kreuzte die Arme. Nur um sie dann wieder nach hinten zu nehmen. In der nächsten Sekunde ließ sie sich nach vorn sacken, das Kinn in die Hand gestützt, den Ellbogen auf den Tisch. Wenn man sie genau beobachtete, merkte man, daß ihre Atmung unregelmäßig war, daß ihre Brust sich manchmal stark hob oder ein nervöses Schnaufen aus ihrer Nase kam. Wenn wir beim Essen gesessen hätten, hätte sie ganz bestimmt irgend etwas umgeworfen oder eine Zigarette am Filter angesteckt oder behauptet, man komme um vor Hitze, während Thomas und ich uns gerade einen Pullover übergezogen und ihr geraten hätten, das gleiche zu tun (der September war kühl gewesen), oder sie hätte den Tisch mit Schluckauf verlassen.

Sie zog auch von Zeit zu Zeit an ihrem Rock und tat so, als interessiere sie sich für eine Unterhaltung, von der sie kein Wort mitbekam, die sie jedoch mit leidender Miene verfolgte, als wäre noch ein Dritter im Gartenhäuschen oder in dem Terrakottatopf versteckt, den Thomas mit kleinen Steinchen bombardierte, während er mir erklärte, mit dem Land gehe es bergab. Eileen hatte sich genauso verhalten, direkt vor meiner Nase, monatelang. Jetzt begriff ich das und sah sehr klar alles wieder vor mir, was mir durch ich weiß nicht was für eine Verwirrung entgangen war, weil ich damals irgendwie Tomaten auf den Augen gehabt hatte. Denn was ist einfacher, als zu merken, daß eine Frau (vor allem, wenn es sich um die eigene handelt) einen Liebhaber hat? Wie oft jeden Tag hatte sie mir den Beweis dafür geliefert? Aber echt, Thomas war auch ein Trottel, er hegte keinerlei Verdacht.

Sie kriegte sich ein bißchen ein, als wir wieder über Josianne sprachen, was uns die ersten einigermaßen vernünftigen Sätze von ihr bescherte, seit ich da war. Nicht daß sie besonders interessant gewesen wären (wir beschränkten uns darauf, um den heißen Brei herumzureden), aber sie schaffte es doch, sie ohne allzuviel Mühe zu Ende zu bringen, verglichen mit ihrem sonstigen Gefasel.

»Wenn du eine abgeschlossene Wohnung hättest, würde ich es verstehen. Aber so, glaub mir, hast du die Situation nicht im Griff. Behaupte bloß nicht das Gegenteil...«

»Jedenfalls habe ich ihr verboten, mein Arbeitszimmer zu betreten. Und ich kann von innen abschließen, wenn ich meine Ruhe haben will.«

»Lieber Himmel, da hast du aber noch mal Glück gehabt!«

»Aber es stimmt, wenn du Besuch bekommst, hast du noch immer die Außentreppe«, meinte Thomas mit einem zustimmenden Schulterzucken.

»Natürlich. Stell dir vor, daran habe ich auch schon gedacht.«

Bei diesen Worten, denen ich einen Blick nachschickte, von dem ich hoffte, er sei beruhigend, fiel Jackie wieder zurück, knabberte an einem Finger herum und schlug unruhig die Beine übereinander. Dann haschte sie nach einem Birkenblatt, das vor ihrer Nase durch die Luft trudelte, zerdrückte es gleich und warf es in den Aschenbecher. Ich dachte, daß ich besser gehen sollte.

Thomas bestand darauf, daß ich einen Fisch mitnahm,

und suchte einen Spiegelkarpfen von drei Pfund aus, der ihn seine Geschäftsflaute kurz hatte vergessen lassen, und Jackie wickelte ihn mir mit einem grimmigen Lächeln in die Zeitung vom Tage ein und knirschte: »Ich hoffe, sie kann wenigstens kochen!« Bei genauerem Nachdenken wußte das keiner so genau.

Der Karpfen und ich, wir machten uns also wieder auf den Weg, bevor Jackie sich über ihren Juckreiz am Arm beklagen konnte (sie sah mir zu, wie ich wendete, und kratzte sich heftig). Wir tauchten zusammen in das Unterholz ein mit seinen tanzenden Lichtpunkten, die auf der sanften Böschung wie Weißblechmünzen leuchteten. Die Veröffentlichung einer Art Abenteuerroman hatte es mir einst ermöglicht, das Haus zu kaufen, und ich hatte mich auf der Zufahrt dazu entschieden, ohne es überhaupt besichtigt zu haben, denn ich hatte sofort gewußt, daß schon dieser Weg für mein Glück genügte (und tatsächlich konnte der schwere Schlag, der mich getroffen hatte, nie etwas an dieser Einstellung ändern). Zu jeder Jahreszeit und bei jedem Wetter konnte man sich auf diesem Weg ein paar Minuten besonderen Friedens gönnen. Ein Frieden, der irreal und übertrieben wirkte. Manchmal hielt ich mit laufendem Motor in einer Kurve an oder vor einer geraden Strecke, die in einem Gewölbe aus Ästen verschwand, und dachte an nichts. Gegen Ende, als Eileen und ich langsam Schiffbruch erlitten, wurde es, wenn wir nach einem verpfuschten Abend nach Hause fuhren und uns wieder einmal stritten, still zwischen uns, sobald wir uns auf dieser Straße durch den Wald befanden (doch der Kampf ging in aller Heftigkeit weiter, kaum waren wir aus dem Auto ausgestiegen).

Heute fuhr ich die Strecke mit einem hübschen Karpfen auf dem Beifahrersitz. Andere Zeiten, andere Sitten.

Paul Dumont war in seinem Garten. Obwohl er sich einen festen Trupp von Gärtnern hätte leisten können, hatte er beschlossen, sich selbst darum zu kümmern, und verbrachte jeden Tag ein paar Nachmittagsstunden damit, bis Zeit für den Aperitif war, den er zusammen mit Sonia, auf etwas feierliche Art und im allgemeinen ganz in Weiß gekleidet, auf der Terrasse einnahm. Doch er trug noch Shorts, als wir uns gegenseitig bemerkten, und da er mit einer Miene, als wollte er ein kleines Schwätzchen halten, hinter einer vorbildlichen, üppigen Hecke auftauchte, machte ich das Wagenfenster auf und fuhr auf den Gehweg, wobei ich achtgab, daß ich nicht seinen frisch gestrichenen Zaun ankratzte.

»Na, wie sieht's aus?«

»Alles in Ordnung, Paul. Ich war ein bißchen gereizt, aber das war übertrieben.«

Er stellte einen Fuß auf den Zaun und stützte sich mit dem Ellbogen aufs Knie.

»Das glaube ich auch... Weißt du, ich bin natürlich nicht an deiner Stelle, deshalb ist Josianne für mich ganz und gar keine unangenehme Person. Ich gebe zu, daß sie ihre Eigenheiten hat, aber du bist auch keiner, der sich alles gefallen läßt. Um dich habe ich mir keine Sorgen gemacht.«

»Hättest du vielleicht aber tun sollen.«

Er lächelte, zufrieden, weil er merkte, daß er gewisse Heldentaten in das Gespräch einfließen lassen und zum x-ten Mal von der Erfahrung sprechen konnte, die ihm sein vierfacher Salto mortale beschert hatte.

43

»Also, Sonia wollte dich gestern abend anrufen, um zu hören, was es Neues gibt, aber ich habe sie schließlich daran gehindert. Willst du wissen, was ich im Grunde denke, Luc? Ich glaube, du hast die Gewohnheit, dich sehr schnell fallen zu lassen, wie ein Stein, ohne daß du jemals unten ankommst. Persönlich finde ich, daß es sich dabei um eine echte Stärke handelt und daß du gelernt hast, sie einzusetzen. Du und ich, wir wissen beide, daß deine Verletzungen zwar nicht zu übersehen, aber daß sie doch nicht lebensgefährlich sind. Ich bin zum vierten Mal verheiratet, vergiß das nicht...«

Ich gab keine Antwort darauf, ließ ihn mein Schweigen interpretieren, wie er wollte, und sich an der Schärfe seiner Analyse freuen. Paul gehörte zu den Typen, die vom Leben nie unvorbereitet getroffen werden und die nichts von ihrem Glück wissen, daß die Natur so großzügig mit ihnen war. Ich hatte seine Gesellschaft nicht verachtet, als ich spürte, daß es mit mir bergab ging.

»Thomas hat im Moment wohl ziemlich viel Zeit...«, meinte er mit Blick auf den Karpfen, dessen Maul mit den schwarzen Bartfäden, die herunterhingen wie ein Mongolenschnurrbart, aus der Zeitung hervorschaute.

»Ja, beruflich sieht's bei ihm nicht besonders rosig aus. Er geht auf dem Zahnfleisch.«

»Keinen Zweck, sich was vorzumachen. Da geht eine ganze Epoche zu Ende, und es wird nie wieder so wie früher. Man merkt jetzt erst langsam, daß sich die Schlange in den Schwanz beißt. Außerdem geht's bei Immobilien weiter in den Keller, das kann Josianne dir bestätigen.«

Paul hegte eine besondere Bewunderung für Geschäftsfrauen, um so mehr, wenn sie in seinem Alter und gut erhalten waren. Sonia behielt ihn im Auge, und ich wußte nicht, wie weit er gehen würde, doch er hatte immer sein Interesse an Josianne gezeigt, dabei aber achtgegeben, gewisse Grenzen einzuhalten, jenseits derer der richtige Ärger angefangen hätte (er brannte nicht gerade auf einen fünften Todessprung). Ich denke, er hätte sich mit einem etwas heftigeren Flirt zufriedengegeben, mit einem Abenteuer von maximal zwei oder drei Tagen (wie die meisten Mitglieder seines Golfclubs), was sein Leben nicht durcheinandergebracht hätte. Das Problem mit solchen Frauen war, daß sie zu hartgesotten waren, so sagte er mir immer wieder mit einem Glanz ängstlicher Bewunderung in seinem Blick, ganz zu schweigen von den Ansprüchen, die sie stellten. Er wurde schon ganz kribbelig, wenn er nur daran dachte. Es blieb dabei, daß sie ihn verhext hatte und er bereit war, alles mögliche zu schlucken (in Wirklichkeit war Josianne keine Größe im Immobiliengeschäft, wie er annahm, sondern sie hatte einfach manchmal gesunden Menschenverstand und steckte eine Provision in bar ein, die nicht ganz so hoch wie die eines Maklers war, wenn sie einen Käufer für irgendein Haus oder Appartement fand).

»Lassen wir ihr Zeit, sich einzurichten, und dann komm doch zum Abendessen zu uns! Falls dir nicht danach ist, mal kurz zu verschnaufen. Wir können sie dir auch für einen Abend abnehmen, wenn du willst…«

»Misch dich nicht in meine Angelegenheiten«, sagte ich scherzhaft. »Sonia würde mir die Augen auskratzen.«

»Sie würde dich in Stücke reißen, meinst du wohl, du Unglücklicher!«

Eine Minute später, als ich das Geißblatt beiseite schob, das meinen Briefkasten überwucherte (nicht Ergebnis einer bukolischen Schwäche, sondern meiner Schlamperei), um die Post herauszuholen, nahm ich mir Zeit, das Haus zu betrachten, ein Fenster nach dem anderen, und stellte dabei fest, daß sie ihren Vorhang wieder aufgehängt hatte. Ich dachte an nichts Bestimmtes, höchstens daran, daß ich neugierig war, wie sie mit dem Karpfen zurechtkommen würde. Meine Hand schwebte über dem Handschuhfach. Im Notfall da ranzugehen war eine Sache. Es jetzt zu tun wäre übertrieben gewesen, um so mehr, als nichts Gutes drin war (früher trank ich bessere Sachen).

Bevor ich reinging, und nachdem ich Josianne, ohne daß sie es bemerkte, durch den Spiegel über dem Kamin aufgespürt hatte (sie saß sehr brav auf der Couchlehne und fixierte die Tür, die jeden Moment aufgehen konnte), setzte ich mich in meinen Schaukelstuhl, um meine Rechnungen und die bescheuerten Werbesendungen zu studieren, die mein tägliches Brot waren (darunter ein Angebot, Menschen aus der Ferne zu beeinflussen, sanft, keine Gewalt und kein Sex im Spiel – ja mein Gott, was denn sonst?). Bald spürte ich, daß sich auf der anderen Seite der Wand eine leichte Genervtheit entwickelte. Die sollte Josianne aber beherrschen lernen, wenn sie nicht wollte, daß ihre Koffer noch einmal den gleichen Weg nahmen wie am Abend vorher. Wenn ich ihr einen freundschaftlichen Rat geben sollte, dann würde ich ihr sagen, daß es in ihrem Interesse lag, sich ganz schnell klarzumachen, wie sich die Situation verändert hatte, nämlich daß ich ihr gegenüber keinerlei Verpflichtung zur Zurückhaltung mehr hatte. Denn so sehr ich früher, wie jeder andere auch, meine Schwiegermutter mit Samthandschuhen anfassen mußte, so sehr hatte ich heute freie Hand und konnte sie einfach so rauswerfen, ohne mir deshalb irgendwelche Probleme zu machen. Ihre Position war sogar dadurch, daß meine nicht so klar definiert war, noch schwächer. Ich fragte mich, ob die Sache der Mühe wert war. Die Kacke zum Dampfen bringen, meinetwegen! Da würde immer was bei rauskommen. Aber das hieß auch, das bekannteste Prinzip der Thermodynamik zu ignorieren: Wenn die Entropie zunimmt, dann schlägt einem natürlich auch häufiger die Kurbel in die Fresse.

Ich wartete, bis sie aufstand (drei Jahre vorher hatte ich, von genau demselben Platz, wo ich jetzt war, und durch das gleiche Spiel mit dem Spiegel, zum ersten Mal eine zweideutige Geste Victors in Richtung Eileen bemerkt – klarer gesagt: seine Hand auf ihrem Hintern! –, die mir weiche Knie machte), wartete, während sie hastig ein Kissen richtete, einen Schritt tat, dastand und die Ohren spitzte, und dann packte ich meinen Karpfen und ging ins Haus.

Da sie in der Mitte des Zimmers stand und von einem Bein aufs andere trat, hob ich eine Augenbraue, was zum Ausdruck brachte, wie sonderbar ich ihren Auftritt fand, legte dann den Fisch auf die Anrichte und ging mit sanftem Kopfschütteln um das Spülbecken herum, um mir die Hände zu waschen. Und zwar gründlich, wobei ich registrierte, daß sie die Küche aufgeräumt hatte (ohne sich zu überanstrengen), Blumen gepflückt, auf die Tafel die Marke eines Feinwaschmittels geschrieben, saubere Wischlappen herausgeholt und ihre Pillenfläschchen neben meine gestellt hatte.

»Hör zu, Luc ...«, erklärte sie hinter meinem Rücken. »Ich habe beschlossen, mir eine zweite Chance zu geben. Was hältst du davon?«

Ich trocknete mir die Hände ab, wandte mich dann zu ihr um und fragte sie, ob sie meine, sie könne etwas mit einem Karpfen anfangen, den Thomas uns geschenkt habe und der einen größeren Kochkünstler brauche, als ich einer sei, um etwas daraus zu machen, falls uns nicht drei Schnitze Zitronen und ein bißchen Fenchel zufriedenstellten.

»Das ist ulkig, Luc ... Dieser Fisch erinnert mich an meine Kindheit. Sein Fleisch ist nicht sehr zart, doch meine Mutter servierte ihn mit einer Marsalasauce, und wir mochten das wahnsinnig gern. Weißt du, man kann ihn, glaube ich, nur auf eine einzige Art machen: blau. Man muß auf die Augen achtgeben und warten, bis sie ganz weiß sind.«

Normalerweise kam ich am frühen Nachmittag aus dem Reisebüro zurück, und wenn ich nichts zu tun hatte, wenn ich mir nichts für den Abend vorgenommen hatte, ging ich hoch in mein Arbeitszimmer. Dort warteten meine *Mörder* und meine *Kriminellen* auf mich, an denen ich immer noch einigermaßen regelmäßig arbeitete, wenn ich nicht gerade ein Video ansah, las, Musik hörte, in die Luft starrte oder mich in die Ecke verzog und herumwerkelte. Ich war kein sehr ernsthafter Schriftsteller, war es nie gewesen (ich meine einer, der irgendeine unumstrittene Bedeutung hat), doch durch die Arbeit an diesen Werken hatte ich es geschafft, meinen Kopf über Wasser zu halten. Es war außerdem der erste und einzige Reflex nach Eileens Auszug gewesen, ohne daß ich es mir erklären konnte, und um so mehr ohne literarische Absichten, nur aus dem einfachen Bedürfnis heraus, in dem Moment, wo alles um mich herum ins Schwanken geriet, eine Sache zu meistern. Juliette Montblah, meine Therapeutin, riet mir, die Geschichte ohne Umwege anzugehen und Victor so oft an den Attributen seiner Männlichkeit aufzuhängen, wie mir danach war. Daß er in *Kriminelle* unter anderem auf seine Schuhe gekotzt hatte, war für sie nicht vollkommen überzeugend gewesen. Tatsache ist, daß ich tagelang gezögert hatte und einen ersten Entwurf verwahrte, in dem er auf der vereisten Straße zusammenbrach und langsam an einem schrecklichen Herzanfall starb, den ich in allen Einzelheiten beschrieb. Es existierten für jede der beiden Versionen eine Reihe von Fassungen im Speicher meines Computers. Nicht alles war falsch, was nicht wahr war. Klick. Löschen. Klick. Verknüpfen. Ich war der Erfinder und der zornige Meister eines Spiels, das die Partner ohne meine Einwilligung nicht verlassen konnten. Damit verbrachte ich seit drei Jahren einen Teil meiner Zeit, bis zu dem Punkt, daß ich manchmal nicht mehr so genau wußte, wo ich war.

Bei diesem ersten Versuch verließ ich Josianne nicht, um unters Dach abzuhauen und mich auf Eileen zu stürzen, die ich an die Bettpfosten gebunden hatte, während sie vor Ungeduld stöhnte (und das hatte ich nicht erfunden, nur daß wir Handschellen benutzten, die an den Stäben festgemacht blieben und die noch immer dort waren, aus irgendeiner blödsinnigen Sentimentalität meinerseits). Ich setzte mich auf die Couch und beugte mich über den niedrigen Tisch, um ein paar Dinge zu erledigen, Rechnungen und Papierkram, deren Quelle unerschöpflich ist, wie man weiß, während Josianne sich eine Schürze umband und dann den

Karpfen, durchdrungen von ihren Kindheitserinnerungen, mit spitzen Fingern hochhob. Den Kugelschreiber in der Hand, beobachtete ich sie einen Moment lang mit einem Blick über meine Halbbrille und konnte mich nicht dagegen wehren, Eileen zu sehen, die Fisch furchtbar fand, sogar das Kochen im allgemeinen, Eileen am Spülbecken, wie eine Lesbe vor dem Euter einer Kuh, während die Wasserhähne liefen, eine etwas müdere Eileen, etwas dunkler, trotz dieser feuerroten Mähne, diesem leuchtenden Rot, das einem die Pulsadern aufschneidet, einem ins Hirn sticht.

Ich wandte den Blick ab und goß mir ein Glas ein, bevor eine ausgemachte Melancholie mich niederstrecken und meiner neuen Köchin ein unangenehmes Schauspiel bieten konnte. Der Nachmittag zog sich hin, färbte den Himmel golden, das Licht drang in aller Ruhe ins Zimmer ein, erfaßte die Wände. Mit einem Tippen auf die Fernbedienung setzte ich den CD-Spieler in Gang und nahm meine Schreiberei wieder auf, als das erste Stück von *Sloy* anfing, das Josianne mit Sicherheit nicht kannte. Wir wechselten einen Blick. Sie wollte zuerst etwas sagen, beschränkte sich dann aber auf ein schmerzliches Lächeln.

Zwei- oder dreimal, während unser Fisch in seinem Essigbad mit aromatischen Kräutern kochte, läutete das Telefon, doch ich ging nicht dran. Josianne war draußen, kam nur ein paarmal schnell herein, um den Herd zu überwachen. Ich hatte sie gefragt, ob die Musik zu laut sei, doch sie meinte nur, ich sei hier bei mir zu Hause, und das hatte mich beruhigt, um so mehr, als sie es in einem neutralen Ton gesagt hatte, wichtigster Teil eines unverzichtbar unauffälligen Verhaltens, dessen sie sich befleißigen sollte, um sich ihre Bleibe in der Nr. 7 des Chemin du Chien-Rouge beim guten alten Luc Paradis zu sichern. Später, die Wände färbten sich gerade rosa-orange, kam sie in dem Moment herein, als das Telefon gerade wieder läutete, und wir sahen uns beide an, während der Apparat in meiner Reichweite klingelte.

Ich rechnete es ihr hoch an, daß sie mich nicht darauf aufmerksam machte, daß ich nicht abnahm.

Sie hörte auf, mechanisch an ihrer Schürze herumzuzupfen, und ging wieder nach draußen. Sie sollte sich um den Karpfen kümmern, ich würde mich um den Rest kümmern.

Und du, ruf du nur weiter an und verwünsche mich.

»Josianne, was meinst du ... Wie wird Eileen die Neuigkeit aufnehmen?«

Ich hatte mir gerade mit nachdenklicher Miene den Mund abgewischt, nach einem Essen, für das sie viele Komplimente von mir bekommen hatte (mit ein wenig Weißweinsauce hatte sie aus diesem faden Fisch das Beste gemacht). Unsere Unterhaltung hatte sich auf ein paar belanglose Bemerkungen beschränkt, die nur den Sinn hatten, einen Minimalzustand zu erhalten, weil wir sonst in bedrückendes Schweigen verfallen wären. Nun, da die ersten Fäden einer weniger angespannten Stimmung zwischen uns gewoben waren, hatte ich mich, als es langsam dunkel wurde, darum bemüht, diese Atmosphäre nicht übertrieben, aber doch entschlossen zu begießen.

»Warum? Brauchen wir ihre Zustimmung?«

Ich hätte geschworen, daß sie für den Bruchteil einer Sekunde ein elektrischer Schlag durchzuckt hatte. Weder sie noch ich hatten es nötig gefunden, zusätzlich zu dem Licht der Schreibtischlampe in einer Ecke und dem aus der Küche noch eines anzuzünden, so daß das obenerwähnte Phänomen, einem schwachen Irrlicht über der dunklen Heide gleich, meine ganze Aufmerksamkeit auf sich zog.

»Wir können darauf verzichten. Aber ich bezweifle, daß sie das gut findet.«

Das wußte sie genausogut wie ich. Und wieder fragte ich mich, immer noch, ohne eine echte Antwort darauf zu bekommen – was mich allerdings nicht um den Schlaf bringen würde –, was sie bei dieser Geschichte zu gewinnen hatte. Ihre Beziehung zu Eileen war stürmisch, oft gereizt, konfliktbeladen bis in Momente der Zuneigung hinein (soweit ich den Begriff nicht mißverstand), und ich rechnete schon damit, daß nun zwischen den beiden die Fetzen fliegen würden, doch war ich sicher der einzige, der nichts dagegen hatte.

»Und wenn schon... Soweit ich weiß, seid ihr nicht mehr verheiratet!«

Sie lächelte mir zu und stand dann auf, um den Tisch abzuräumen.

Ich zögerte einen Moment, trank mein Glas aus und erhob mich dann ebenfalls, um ihr zu helfen. Ich hatte ja gleich gewußt, daß es nicht einfach sein würde.

»Luc... du machst vielleicht ein Gesicht!«

Ich war zurück zur Couch gegangen, um uns einen Portwein zu servieren, als sie sich mir gegenüber hinsetzte. Sie hatte Worte ausgesprochen, die in diesem Haus verboten waren, und jetzt wunderte sie sich, daß ich schlechter Laune war. Ich warf ihr einen eisigen Blick zu, machte dann weiter mit dem Portwein.

»Also wirklich, ich verstehe dich nicht«, erklärte sie. »Willst du damit sagen, daß nach dieser ganzen Zeit…«

»Habe ich irgend etwas gesagt?«

Ich reichte ihr ein Glas und starrte sie an, aber ich konnte gut sehen, daß sie entschlossen war, Widerstand zu leisten, obwohl ich in der Position des Stärkeren war.

»Luc, damit wir uns richtig verstehen… Wenn es gewisse Themen gibt, die ich hier nicht ansprechen soll, wäre es besser, ich wüßte, welche, meinst du nicht?«

Ich gestattete mir einen Augenblick des Nachdenkens. Ich hatte viel Zeit gebraucht, die Stücke wieder zusammenzusetzen. In der Eile hatte ich vielleicht ein paar Bretter zu viel festgenagelt, ein paar Löcher auf lächerliche Art gestopft. Juliette Montblah, meine Therapeutin, hatte mir erklärt, daß ein zu Tode Geprügelter sich nicht einmal mehr an einer Tür stoßen will. Ich hatte Josianne nun zwar aufgenommen, doch allein bei der Vorstellung, daß sie kommen könnte, war mir der kalte Schweiß ausgebrochen. War das immer noch so, jetzt, wo sie da war? Na gut. Jetzt war die Frage: Wollte ich einen schnelleren Gang einlegen? Oder diesen grotesken Schutzwall um mich herum erhalten? Doch bevor ich noch weiter ging, wollte ich mir eine Sache wirklich klarmachen: Mir sollte vollkommen bewußt sein, daß ich nicht wieder hochkommen würde, wenn ich noch einmal scheiterte.

»Dann wollen wir mal sehen…«, kündigte ich an, lehnte mich zurück und schlug die Beine übereinander, das Glas in der Hand. »Es ist nur ein ganz kleiner Schritt. Wie soll ich es dir erklären?… Es gibt keine verbotenen Worte in diesem Haus, weißt du, aber es gibt eine Art, sie auszusprechen, auf die ich keine Lust habe. Sag mir zum Beispiel nicht, was ich schon weiß. Je mehr du deine Überlegungen für dich behältst, desto besser geht es mir und folglich auch unserer Beziehung. Jetzt nehmen wir einmal den Fall Eileen, und du wirst sehen, daß die Nuance winzig ist. Sie ist deine Tochter, sie war meine Frau, und wir werden sicher bald von ihr hören. Wir können es nicht vermeiden, darüber zu sprechen. Aber wir werden uns auf das Notwendige beschränken und keine Diskussionen über sie führen. Verstehst du, was ich meine? Doch weil ich dich kenne, muß ich dich warnen: Mach dir keinen Spaß daraus, mich zu reizen. Behalt immer die Vorstellung einer Grenze im Kopf. Stell dir eine mit weißer Kreide gezogene Linie vor. Oder eine Schnur mit Glöckchen. Alles andere überlasse ich dir, Josianne. Sei entspannt, zerbrich dir nicht den Kopf und genieß deinen Aufenthalt, so gut es geht. Was meinst du dazu?«

Sie hatte mir zugehört, ohne mit der Wimper zu zucken. Man konnte ihr vieles vorwerfen, aber sie war keine Frau, die leicht die Fassung verlor.

»Du magst mich nicht besonders, stimmt's?«

»Genügend, würde ich sagen. Sonst wärst du nicht hier.«

Sie nickte.

Doch habt kein Mitleid mit dieser Frau. Wartet, bis ihr sie näher kennt.

Eileen stattete uns am nächsten Samstag gegen elf Uhr einen Besuch ab, als ich gerade das Haus verlassen wollte, ein Badetuch über der Schulter. Ich blieb auf der Veranda stehen und sah sie aus ihrem Toyota mit Allradantrieb und getönten Scheiben (verdammter Victor!) aussteigen, bewaffnet mit einem liebenswürdigen Lächeln. Sie hatte ihr Haar mit einer breiten Spange hochgesteckt, trug Jeans und T-Shirt unter einem offenen Hemd, dessen Ärmel sie hochgekrempelt hatte (ich fragte mich, ob sie ihre Klamotten bei Timberland und ihre Unterwäsche bei Marlboro bestellten).

»Bitte, du hast auf der Rabatte geparkt!« machte ich sie freundlich aufmerksam.

Es war nicht wegen der paar Blumen, die dort noch wuchsen, wenige und kümmerliche Exemplare, auf die sie kopfschüttelnd einen flüchtigen Blick warf, sondern wegen der Erinnerung an die Mühe, die wir am Anfang, als wir hier eingezogen waren, auf sie verwendet hatten (ich hoffte, daß sie meine Anspielung begriff).

»Du hättest mich um ein Haar verpaßt«, sagte ich dann.

»Luc, ich versuche dich seit zwei Tagen zu erreichen! Was für ein Spiel spielst du genau?«

Sie schien nicht genervt. Höchstens besorgt.

»Tja, ich hatte keine Zeit, dich zurückzurufen, aber ich wollte es heute tun.«

Ich setzte mich hin, während sie die Stirn runzelte und mitzukriegen versuchte, was hinter dem Fenster vor sich ging.

»Josianne ist heute morgen nicht da, aber du triffst sie sicher in der Stadt. Ich habe ihr die Adresse deines Kosmetikstudios gegeben. Ich glaube, es ist eine Depilation angesagt.«

Sie sah mich mit einer mißtrauischen Miene an, die ja auch sehr verständlich war, bevor sie die Arme verschränkte, als würde es kälter (während eine strahlende Sonne hoch am Himmel stand), und gleichzeitig zu einer halben Drehung ansetzte, um mir den Rücken zuzuwenden.

»Luc, sag mir, was das soll!«

»Ich habe keine blasse Ahnung. Was meinst du?«

»Ich kann es nicht glauben, daß sie hier ist«, seufzte sie.

Das Tragische an dieser Geschichte war, daß ich um so geiler auf Eileen wurde, je mehr Zeit verging. Bis zu dem Punkt, daß ich sie nicht allzulange ansehen konnte, ohne in ein tumbes Starren zu verfallen, das allen auf die Nerven ging. Im allgemeinen war Eileen die erste, die es bemerkte, und sie hatte mir ein paar unangenehme Predigten zu diesem Thema gehalten. Das Harmloseste war noch, daß sie sich bedrängt und wie gewaltsam *betatscht* vorkam. Das schien mir übertrieben, angesichts der gewaltigen Frustration, die ich dabei empfand. Warum nicht gleich *vergewaltigt*, wenn sie schon dabei war, aus der Ferne arschgefickt durch die Attacke meiner mentalen Kräfte! Doch ich hatte in meiner Lage nicht viele Argumente und hatte mich schließlich zur Ordnung gerufen und mir ein ausgedehntes Anstarren ihres Körpers untersagt (ich zählte bis fünf), wenn ich keine Sonnenbrille zur Hand hatte. So war es also ein wohlverdienter Lohn, wenn sie mir, wie jetzt, ihren Rücken darbot. Und obwohl es mir nicht leichtfiel, das zuzugeben: Victor hatte sie mir gut erhalten. Ich wußte nicht, ob sie, wie er es mir erklärt hatte, mit ihm glücklicher sein würde (heute: *war*), als sie es mit mir gewesen sei, doch das Leben mit diesem Holzfäller der neuen Art schien ihr zu bekommen. Das Leben an der frischen Luft, nahm ich an, behagt den meisten Frauen, wenn sie mit dem Chef eines kleinen florierenden Betriebs im Bett liegen.

»Verstehst du mich? Ich kann es nicht glauben!« wiederholte sie und wandte sich mir zu.

Mir lief praktisch der Sabber runter, um es offen auszusprechen. Das zu leugnen wäre ganz einfach eine Lüge gewesen. Wie dem auch sei, Eileen zog vor, es zu ignorieren (ein Hochpräzisionsmeßgerät hätte nur mit Mühe diese flüchtige Verärgerung registriert, durch die sich eine ihrer Augenbrauen ein klein wenig hob), weil sie nicht von dem Thema, das sie beunruhigte, abkommen wollte.

»Aber, Schatz, ich fürchte, ob du es nun glaubst oder nicht, ändert nicht viel daran... (Ich bedachte sie manchmal extra mit diesem *Schatz*. Victor und sie schienen sich damit abgefunden zu haben, betrachteten es als unvermeidliches Übel und als Mindestpreis, den sie mir zahlen mußten.) Ich weiß nicht, meinst du, du kannst sie fürs Wochenende nehmen?«

»Tut mir leid, aber das kommt nicht in Frage!«

»Hm... Ich sehe ein, daß es nicht lustig ist, aber unter

uns, ich meine, Victor könnte sich auch ein bißchen um sie kümmern. Also, du mußt entschuldigen, aber…«

»Luc! Darum geht es nicht! Offen gesagt würde ich gerne wissen, was in dich gefahren ist. Willst du mir das bitte sagen!?«

»Oh, das ist sehr einfach. Sie hat mich gefragt, ob sie kommen könne, und ich habe keinen Grund gesehen, es abzulehnen. Du kannst dir denken, daß ich es nicht sehr witzig finde, aber hatte ich deiner Meinung nach eine Wahl? Glaubst du, daß sie für mich von heute auf morgen eine Fremde geworden ist? Tut mir leid, aber das ist nicht meine Art.«

Ich dachte, daß es immer nützlich sei, sie, wenn sich die Gelegenheit bot, daran zu erinnern, daß ich nicht das Monster war, das sie verlassen hatte, auch wenn ich dessen keineswegs sicher war (im aktuellen Fall sogar vom Gegenteil überzeugt). Leider konnte ich in ihrem Blick kein besonderes Interesse erkennen (ich wartete auf den Tag, da sie ihre Hand zum Zeichen der Freundschaft in die meine legen würde), doch sie willigte wenigstens ein, sich mit mir zusammen hinzusetzen, um über ihre Mutter zu sprechen.

»Und dir schien es selbstverständlich nicht komisch! (Für mein Gefühl war das *selbstverständlich* überflüssig.) Meinst du nicht, wir hätten darüber reden können?«

»Ich hatte keine Lust, ihr zu antworten, ich müßte mit dir darüber reden. Ich bin nicht *verpflichtet,* das zu tun.«

Ich zog das Badetuch fest um meinen Hals, als hätte ich vor, das Gespräch zu beenden; was auch nicht ausgeschlossen war.

»Gut, zugegeben …«, seufzte sie. (Sie gab überhaupt

nichts zu, aber sie spürte, daß sie sich hier auf einem schwierigen Terrain bewegte.) »Wann will sie wieder abreisen?«

»Keine Ahnung. Ich habe den Eindruck, sie will eine Weile bleiben.«

Sie starrte mich an. Ihr Gesichtsausdruck war argwöhnisch, ziemlich unangenehm, genervt, erschöpft, und ich hätte nicht sagen können, ob er direkt und definitiv mir galt oder ob es nur um die ärgerliche Sache ging.

»Hör mir gut zu, Luc ... Das gefällt mir überhaupt nicht!«

»In diesem Fall bleibt dir nur, dich mit ihr zu verständigen. Aber sei so nett und halte mich aus euren Geschichten heraus. Das ist das mindeste, was ich von dir verlangen kann, findest du nicht?«

Jetzt wandte sie sich der Landschaft zu, der ruhigen Stimmung eines milden Oktobermittags. Jede Anspielung darauf, daß sie mein Leben ruiniert hatte, führte bei ihr normalerweise dazu, daß sie woanders hinsah. Doch was wußte sie genau, abgesehen von dem vagen Gefühl, das ich erneut geweckt hatte? Meiner Ansicht nach hatte ein guter Teil des Unbehagens, das sie bei diesem Thema empfand, seinen Grund darin, nicht das Ausmaß des Desasters zu kennen. Keine *wirklich klare* Vorstellung von dem zu haben, was sie mir angetan hatte.

»Die heikle Seite der Geschichte ist dir nicht entgangen, hoffe ich. Sag mir nicht, daß du es *normal* findest, daß Josianne bei dir wohnt. Denn schließlich geht es doch darum, nicht wahr?«

»Hm ... ich verstehe. Aber hör zu, stellen wir uns den schlimmsten Fall vor: Wenn ich der Liebhaber deiner Mutter würde, was wenig wahrscheinlich ist, das kann ich dir versichern – was wäre denn dabei, kannst du mir das sagen? Denn das genau meinst du doch, nicht wahr? Letztlich ist es dir völlig egal, aus welchen Gründen sie hergekommen ist, und es ist dir genauso egal, ob mich das stört... Nein, was dir Probleme macht, ist die heikle Seite der Geschichte. Tja, Schatz, daran wirst du dich wohl gewöhnen müssen. Oder du überzeugst sie davon, ihre Koffer zu packen. Ansonsten weiß ich nicht, wie du da herauskommst.«

Es war eine Freude festzustellen, daß sie sich, von dem Moment an, wo ich aufhörte, nett zu sein, wieder mit mir wohl fühlte. Das bißchen Schuldgefühl, das sie in meiner Anwesenheit noch juckte, verflüchtigte sich, sobald ich ein verkehrtes Wort sagte oder einen barscheren Ton anschlug. Manchmal huschte sogar ein Schimmer von Dankbarkeit über ihr Gesicht, bevor sie mir antwortete. Manchmal wurde ich aus reiner Gutmütigkeit und ohne ersichtlichen Grund plötzlich unangenehm, um sie von einer Last zu befreien.

»Warum willst du die Dinge komplizieren?« fragte sie mich mit liebenswürdiger Stimme und sah mich mit einem scharfen Blick an. »Du hast nichts dabei zu gewinnen...«

Ich stand auf und trat an die Balustrade.

»Ich wollte gerade baden gehen. Willst du mit?«

Ich erwartete keine Antwort, und es gab auch keine, außer einem sanften, amüsierten *zzzz*, das demonstrierte, wie albern sie meinen Vorschlag fand. Ich war mir nicht mal sicher, ob sie es akzeptiert hätte, einen Schokoriegel mit mir zu teilen. Allmächtiger Gott! Eine Frau, *für die ich Handschellen gekauft hatte!*

Ich zog an den beiden Enden des Handtuchs, das um meinen Hals lag, damit ich die ganze Last spürte und den Kopf senkte, und ging die wenigen Holzstufen hinunter. Vor drei Jahren hatte ich gewartet, daß sie sie hinabstieg, bevor ich die Tür schloß, hinter der ich mich dann mordsmäßig besoff, überzeugt davon, daß ich aus einem Alptraum erwachen würde (noch heute passierte es mir manchmal, daß ich mir das vorstellte) und sie wiederkäme. Was sie schließlich eine Woche später auch getan hatte, in Begleitung von Victor, um ihre Sachen zu holen und das Krankenhaus zu benachrichtigen, daß ich in einem Alkoholkoma oder so versackt sei.

»Du weißt«, sagte sie ganz ruhig hinter meinem Rücken, »daß wir es dabei nicht belassen können.«

Als wir an ihrem Auto vorbeikamen, bat ich sie, sollten ihre Besuche häufiger werden, mit ebensoviel Respekt vor meinem Garten zu parken, wie ich gegenüber ihrem zeigte, obwohl er mir auch nicht besser gefiel.

»Sieh dir nur an, wie du bist! Warum können wir uns nie unterhalten, ohne daß es ausartet? Das ist doch furchtbar!«

»Warum hast du mich wegen diesem Arschloch sitzenlassen?«

»Luc, hör auf. Du bist nicht komisch. Ich wollte mich ernsthaft mit dir unterhalten.«

Wenn ich ihr erklärt hätte, daß ich eine wahnsinnige Lust hatte, sie zu Boden zu werfen und mit Gewalt zu nehmen, hätte sie sich auch nicht mehr gewehrt und mich gebeten, mit diesen Kindereien aufzuhören. Das war also der Stand der Dinge. Sie dachte, ich machte Spaß. Wenn ich in ihrer Anwesenheit zusammengebrochen wäre, hätte sie sich auf die Schenkel geschlagen. Sie versuchte mir meinen kleinen Vogel auszutreiben, ertrug gewisse Blicke, ein gewisses Schweigen nicht, doch ansonsten konnte ich ungestört loslegen: Je derber es war, desto komischer.

Ich machte eine Geste in ihre Richtung, die ausdrücken sollte, die Unterhaltung sei beendet, was wir noch hinzufügen könnten, unwichtig, und sie wisse ja, wo sie mich finden könne; daß ich mich von ihr verabschiedete, weil ich, was das Bad anging, sehr wohl verstanden hätte, daß es sinnlos sei, noch einmal nachzufragen. Bevor ich in den Wald hineinlief, ging ich zu meinem Auto, warf ihr einen letzten Blick zu (sie beobachtete mich mit einer undefinierbaren Miene) und machte mich über das Handschuhfach her. Manchmal reichte das eiskalte Wasser der Sainte-Bob nicht.

Später, am Nachmittag, kam Monique, um Neuigkeiten einzuholen. Sie suchte Ralphs Hündin Janis, sicherlich zum ersten Mal in ihrem Leben und obwohl keine Möglichkeit bestand, sie bei mir zu finden (Janis kam nicht mehr her, seit sie Josianne gebissen hatte). Sie setzte sich einen Moment, während ich mich mit unumgänglichen Näharbeiten beschäftigte, die bei jedem Junggesellen, Witwer oder Geschiedenen anfallen, der ein wenig Stolz hat, und erklärte mir, daß ich ein Scheißkerl sei, bei dem sie nicht so richtig rauskriegen könne, weshalb er tat, was er tat, aber egal, das ändere nichts, und Josianne sei ein boshaftes Weib, das besser geblieben wäre, wo es war. Zu allem Überfluß hatte ich auch noch einen schweren Kopf. Sie war die beste Freundin Eileens (sie waren seit dem Gymnasium unzertrennlich), was wenigstens einen Vorteil hatte: daß ich mir den Mund nicht fusselig reden mußte, denn so sehr sie mich auch damals, als ihre Freundin mit mir glücklich war, bewundert hatte, so sehr zog sie jetzt über mich her und verteidigte Eileen unter allen Umständen. Und außerdem waren ihre Streitereien mit Ralph für mich auch nicht gerade günstig.

Ich nähte drei Knöpfe an, während sie mir ihre Ansicht über die Niederträchtigkeit der Männer verriet, über deren kleinliche, rachsüchtige Schäbigkeit, die sich bei jedem kleinen Haken prompt offenbare (da haben wir's ja!). Sie war gerade dabei, mir ein paar Ratschläge zu geben, was das Reparieren eines Knopflochs anging, das am Latz einer Hose ausgerissen war, die Eileen schon hundertmal wegwerfen wollte und die das beste Beispiel (ich trug sie oft in ihrer Anwesenheit) meiner Fähigkeit war, ihr *zu Recht* Widerstand zu leisten (ich trug sie wie eine Standarte), etwas, das sie vergessen zu haben schien, denn wenn man sie hörte, hatte ich immer nur unrecht (ich trug sie hocherhobenen Hauptes), also – lange Rede, kurzer Sinn: wie gesagt, Monique und ich waren über diese berühmte Hose gebeugt, als Josianne mit dem Taxi ankam und uns zwang aufzusehen.

Sie war, auf die Gefahr hin, mich zu wiederholen, eine dunklere Ausgabe von Eileen. Doch an diesem strahlenden Herbstnachmittag, an dem alles golden und kupfern schillerte, in diesem fatalen Gegenlicht, das rotes Haar zum Leuchten brachte, sah Josianne phantastisch aus. Auch Monique hielt den Atem an.

Während der Taxifahrer wendete und mir einen entschuldigenden Blick zuwarf, weil er in meine Rabatte gefahren war (ich antwortete ihm mit einer wohlwollenden Geste), kam Josianne zu uns, stellte ihre Päckchen ab und hielt Monique ihre Wange hin.

»Sieh an! Du bist da ... Willst du die Lage auskundschaften?«

Dann, indem sie Monique, eine leicht angeschlagene Monique, augenblicklich links liegenließ, wandte sie sich mir zu, um sich darüber zu beklagen, wie brutal man an ihr herumgezupft habe, und für dieses mittelmäßige Ergebnis zu einem überhöhten Preis, wenn man bedenke, wie wenig zu tun gewesen sei.

»Monique findet, es ist keine gute Idee, daß du hier bist.«

»Das habe ich nie gesagt! Du übertreibst!«

»Und Eileen auch nicht, wenn du es wissen willst. Sie findet, es sei eine heikle Situation.«

»Tut mir leid, aber das habe ich nie gesagt!« protestierte Monique erneut und sah mich wütend und angewidert an.

»Na ja, ist ja nicht wichtig, ob du es gesagt hast oder nicht«, erklärte Josianne in einem amüsierten Ton. »Schließlich kenne ich dich, als wärst du mein eigen Fleisch und Blut, nicht?«

Ohne eine Antwort abzuwarten und immer noch mit einem Lächeln auf den Lippen sammelte sie ihre Päckchen auf und ließ uns sitzen.

»Hör mal«, beantwortete ich den Blick, den Monique mir zuwarf, »manchmal ist sich jeder selbst der Nächste.«

Ich dachte, daß es noch am gleichen Abend eine Auseinandersetzung zwischen Mutter und Tochter geben würde. Mit der Aussicht darauf und nach einem anstrengenden und langen Telefongespräch, für dessen Fortsetzung ich in den

Garten unter dem sternenklaren Himmel getreten war, redete ich Jackie aus, mich besuchen zu kommen. Es war nicht so einfach, sie davon zu überzeugen, daß ich mich vor Ungeduld ebenso verzehrte wie sie, daß vielmehr der Zeitpunkt schlecht gewählt sei. Das Schicksal wollte es, daß sich in der Schuhfabrik, für die Thomas arbeitete, ein Brand ereignet hatte, worauf er in sein Auto gesprungen und jetzt fünfhundert Kilometer weit weg war; außerdem standen ihre Tage kurz bevor, und wir riskierten also, daß unser nächstes Treffen im günstigsten Fall in einer Woche stattfand. Trotzdem blieb ich hart. Weder Bitten noch Drohungen, noch mit heiserer Stimme vorgebrachte verlockende Angebote konnten mich umstimmen. Natürlich bedauerte ich es. Ich setzte mich auf die Stufen der Veranda, schob melancholisch die Antenne ins Telefon, die Augen auf die kleinen intensiven Lichter gerichtet, die bei den Amblets brannten, die blaugrüne Dämmerung durchdrangen, über den dunklen Wald flitzten, auf dessen Wipfeln silbriges Mondlicht lag, sich von einem milden, nach trockenen Kräutern duftenden Luftstrom tragen ließen, um genau zu mir zu gelangen, während ein Ohr noch warm und mitgenommen von den letzten Worten Jackies war, die hoffentlich nur auf einen Anfall vorübergehend schlechter Laune zurückzuführen waren, doch die mir nichtsdestotrotz rieten, mich zum Teufel zu scheren. Mir tat das leid, denn in den drei Jahren, die auf meine Scheidung folgten, war meine Beziehung zu Jackie das einzige gewesen, das irgendwie funktionierte. Es war nichts, worüber man in Verzückung geraten konnte, überhaupt nicht, wenn man ehrlich war, doch verglichen mit den kläglichen Niederlagen (wirklich *erschreckend!*), die ich erlebt hatte, hing ich doch ein bißchen daran. Jedenfalls genug, um mich zu ärgern und mich zu ängstigen – bis zu dem Moment, als Josianne mich rief, zu Tisch zu kommen.

Ich hatte ein gutes Dutzend Adressen von mittelmäßigen Restaurants, die ins Haus lieferten (wenn Patrick, der Sohn von Francis, nicht gerade wieder in der Klapsmühle war, klopfte er nach zehn Minuten mit Pizzas oder Spaghetti, die noch dampften, an meine Tür). Ich sagte Josianne also, daß wir uns nicht den Kopf zerbrechen müßten und wie moderne Menschen leben würden, jedenfalls wenn sich nicht einer von uns plötzlich erleuchtet fühlte und sich mit meinem Segen an den Herd stellte. Eins gab das andere, und wir tauschten Rezepte aus, doch sie war mit den Gedanken woanders, und ich auch (in meinem Fall arbeitete ich mich von hinten an Jackie ab). Sie ließ ihren Blick zwischendurch zur Pendeluhr schweifen oder wandte sich beim kleinsten Geräusch der Tür zu. Ich vermutete, daß es ihr, nachdem sie Monique gesehen hatte, darum zu tun war, schnell zu einem Abschluß zu kommen, die Angelegenheit mit ihrer Tochter zu regeln, was ich für mich händereibend als *Feuer an die Lunte legen* übersetzte (bevor wir zu Tisch gingen, hatte sie mich gefragt, ob »*heikel*« wirklich das Wort gewesen sei, das Eileen gebraucht habe, dann hatte sie das Thema gewechselt).

Gegen zehn Uhr abends blätterte sie zum x-ten Mal unruhig die Seiten von Illustrierten um. Normalerweise war Samstag mein Bügeltag. Ich hatte beschlossen, ihr ein bißchen klassische Musik zu bieten, damit sie sich unter bestmöglichen Bedingungen ihrem Ärger hingeben könnte, und die Pralinenschachtel auf den Tisch gestellt. Von Zeit zu Zeit warf sie einen Blick aufs Telefon, aber ich hätte nicht sagen können, ob sie sich wünschte, es würde läuten, oder um sich selber mit einem Satz daraufzustürzen. Sie erinnerte mich an Eileen, wie sie zu der Zeit war, als ich Bücher schrieb. Ich setzte mich am Abend extra ins Wohnzimmer, damit sie nicht allein war und obwohl meine Arbeit darunter litt, und hörte dann, wie sie die Hochglanzpapierseiten umblätterte, wie Messer, die über meinen Kopf hinwegzischten, wobei ich mit Staunen den Tempoanstieg registrierte. Denn durch eine seltsame und komische Veränderung, die ich nicht hatte kommen sehen (durchs Schreiben wird man in die Mitte eines Strudels gezogen, wo man nicht das geringste sieht), ging ihr die ungeheure Befriedigung, mich auf Dauer vierundzwanzig Stunden am Tag daheim zu haben, langsam auf die Nerven und machte aus diesem Plus (sie hatte mich auf den Stufen der Kirche vor Glück fast zerquetscht) ein Minus, und wenn ich sagte *Minus,* dann war ich noch weit vom wirklichen Ergebnis entfernt. Ich hatte mich kaum umgedreht, da hatte Victor sie schon gevögelt.

Gegen elf Uhr, als ich merkte, daß sie müde wurde, und sie durch die Fernsehkanäle zappen sah, einen nach dem anderen, ohne richtig hinzusehen, schaltete ich mein Bügeleisen aus und schlug ihr eine Partie Schach vor. Doch sie war keine begeisterte und außerdem eine so lausige Spielerin, daß ich erleichtert war, als sie ablehnte. Wollte sie das Bügelbrett benutzen? Idiotische Frage. Was gab es auf CNN? Sie hatte keine Ahnung.

»Luc, weißt du, wie oft Eileen sich in den drei Jahren nach mir erkundigt hat?«

»Na ja... Nicht oft genug, kann ich mir vorstellen, um heute mitreden zu können, oder?«

»Das ist die exakte Zahl.«

Ich ging einen Moment nach draußen. Am Anfang schlich ich regelmäßig um das Sägewerk herum, versteckte mich in der Umgebung und holte mir eine Bronchitis nach der anderen, denn wir waren mitten im Winter, und ich kehrte erst zum Auto zurück, wenn Victor und Eileen schlafen gegangen waren und das Licht gelöscht hatten. Auf den dringlichen Rat von Juliette Montblah, meiner Therapeutin, verzichtete ich schließlich auf diese nächtlichen Ausflüge. Aber jetzt gerade hatte ich verdammte Lust dazu. Ich fragte mich, was sie anstellte.

Aus meinem Schaukelstuhl betrachtete ich den finsteren Weg, der sich von der Landstraße zu mir schlängelte und mir Eileen nie wiedergebracht hatte, nicht einmal, als mir bei meiner stärksten Beschwörung bitterer Schweiß auf der Stirn stand und mir die Augen aus dem Kopf traten. Ich wunderte mich also nicht, daß der Weg auch in diesem Moment verlassen war, und empfand darüber nur eine ganz und gar erträgliche Enttäuschung. Früher ging ich ihn manchmal zu Fuß hinunter, um mich zu vergewissern, daß alles in Ordnung war, daß nichts sie behinderte, daß kein Baum quer über dem Weg lag, ein Stück hinter der Kurve, und ihr den Weg versperrte, dann rannte ich im Laufschritt wieder hoch, ganz aufgewühlt, denn sie hätte ja einen Hubschrauber nehmen und vor der Tür auf mich warten können, ziemlich entnervt über meine Abwesenheit. Mir schien, daß ich damals, verglichen mit heute, noch ein junger Mann war. Voller Hoffnung. Erfüllt von naiver Gewißheit. Ich war davon überzeugt, daß Eileen so oder so zu mir zurückkommen würde, wie einem natürlichen und unumstößlichen Gesetz gehorchend. Klar, ich hatte eine schlimme Phase durchzustehen, doch es wäre mir nicht in den Sinn gekommen, irgendwelche Machenschaften anzuzetteln, um sie zurückzuholen. Ein solches Manöver wäre mir nicht nur sinnlos, sondern schäbig vorgekommen, der Gefühle unwürdig, die wir füreinander empfunden hatten. Du meine Fresse!

Auf der anderen Seite des Fensters hatte Josianne den Kopf in den Nacken gelegt und sah zur Decke.

Am nächsten Morgen bat sie mich, sie zum Sägewerk zu begleiten. Ich war ihr Mann. Ich hoffte, einen kämpferischen Glanz in ihrem Blick zu entdecken, doch sie schien ziemlich guter Stimmung und atmete die Morgenluft tief ein, bevor sie auf dem Beifahrersitz Platz nahm, dessen Leder eine freundlich strahlende sonntägliche Sonne erwärmt hatte (ein bißchen Balsam für meine Gedanken, die ich mir am Vorabend darüber gemacht hatte, wie alles herunterkam, wie ich mich zum Schlechten hin verändert hatte... und da war ich ja nicht der einzige).

In Luftlinie wohnte Eileen direkt hinter mir, auf der anderen Seite der Sainte-Bob, am nächsten Hügel, ungefähr zwei Kilometer durch dichten Wald, was ihr als ausreichendes Bollwerk für ihre Ruhe und als anständige Distanz zu ihrem Ex vorgekommen war. Mit dem Auto mußte man gut zehn Minuten rechnen (acht Kilometer, sehr viel stärker reglementiert), über die kleine Brücke fahren, oh, welche Symbolik, die über den Fluß führte, und dann wieder hoch in ein Wohngebiet, durch das die hübsche Route der Pics

Noirs führte, eine diskret gepflegte Gegend (die Anwohner waren von der Sorte Großverdiener ohne Protzerei, abgesehen von der Größe der Schuppen).

»Die Pics Noirs sind keine Bergspitzen«, erklärte ich Josianne, »sondern Vögel mit leuchtend roten Köpfen, die ›kliöh‹ oder ›krrü-krrü-krüh‹ machen, je nachdem, und ihr Nest tief im unzugänglich dichten Wald bauen. Wirklich, das habe ich mir nicht ausgedacht.«

Damit Josianne Pralinen kaufen konnte, hielten wir vor dem einzigen Laden der Gegend, dessen Angebot hauptsächlich aus Wirtschaftsmagazinen, hellem Tabak und Anglerbedarf bestand (es gab die neuesten elektronischen, leuchtenden, motorisierten, mit Ultraschall ausgerüsteten Köder, direkt aus den USA importiert, die Thomas als Korrespondent von *In-Fisherman Europe* nur ungern öffentlich anprangerte).

Victor Montblahs Sägewerk lag taktvoll hinter einer Böschung versteckt, die es praktisch unsichtbar machte, doch das Haus, das Eileen und er bewohnten, war ähnlich wie die anderen, imposant und stattlich, flankiert von einer ebensolchen Gartenanlage, durch die es von der Straße getrennt war, die von Victors Lastwagen nicht benutzt wurde (sie nahmen eine Umfahrung auf einem Waldweg, und so waren alle zufrieden). Am frühen Morgen mußte Victor, um zur Arbeit zu gehen, nur eine kleine Allee hinunter, so daß Eileen endlich ihren Traum verwirklicht hatte, einen Mann ständig daheim zu haben, ohne daß er wirklich da war (was sie in gewisser Weise auch mit mir gehabt hatte, aber subtiler).

Ich hatte das Verlangen, meinerseits auf einer Rabatte zu parken oder in aller Unschuld einen Rosenstock zu ruinieren, und ich hätte es auch getan, wenn Victor nicht einen Arm gehoben und ›Halt!‹ geschrien hätte, als würde jemand unter meinen Rädern liegen. Er war damit beschäftigt, seine Gartenmöbel mit Teaköl zu ölen (das war eine Manie von ihm), und trug rosa Haushaltshandschuhe, deren er sich hastig entledigte, *flitsch! flotsch!*, um uns zu begrüßen, eigentlich vor allem Josianne, die er mit einem erstaunten Entzücken ansah und dabei so tat, als sei er nicht auf dem laufenden. Ein zweitklassiger Schauspieler. Während sie Begrüßungsküßchen tauschten, musterte ich seinen Liquidambar, der besser wuchs als meiner.

»Meinst du, daß ich mitgehen soll?« fragte er mich, als Josianne auf knirschendem Kies Richtung Haus ging.

»Weiß ich nicht recht. Da spricht einiges dafür und einiges dagegen.«

Ich strich mit einem Finger über die Bank, um festzustellen, ob ich mich darauf setzen konnte. Eine große Buche mit purpurfarbenen Blättern siebte das Licht, das uns wie ein weißglühender Unterrock umhüllte. Man hörte in der Ferne das gepflegte Brummen einiger Rasenmäher, das sich seinen Weg mitten durch den blauen Himmel bahnte, dem Kondensstreifen von Linienflugzeugen entlang. Ansonsten war alles ruhig.

»Ich glaube, das hättest du uns ersparen können«, sagte er zu mir und räumte seinen Kram in einen kleinen Holzkasten, der ihm als Modell für die Serienproduktion von Zigarrenkisten gedient hatte. »Dabei gewinnt keiner was.«

Genau in diesem Augenblick hörten wir ein Geräusch. Dann meinte Victor, es sei nichts; sicher nur der Kompressor angesprungen.

»Ich werde dir sagen, was nicht stimmt. Ihr führt so ein beschränktes, ruhiges Leben, Eileen und du, daß die kleinste Unannehmlichkeit so groß wie ein Berg wird. Ihr solltet euch von Zeit zu Zeit ein bißchen rühren. Ihr seid nicht allein auf der Welt.«

»Das nennst du *eine kleine Unannehmlichkeit*? Also mich, damit das klar ist, stört es persönlich nicht. Aber versetz dich doch einmal in Eileens Lage... Denk mal eine Minute darüber nach!«

Ich war nicht sehr zartfühlend mit ihm umgegangen, als Eileen meine Frau war (er hatte seine verlassen, um unter unseren Fenstern zu heulen), aber ich hatte ihn nie wie einen Trottel behandelt. Hätte ich tun sollen.

»Sie wird es dir wahnsinnig übelnehmen«, fing er auf eine vertrauliche Art wieder an. »Ich muß dir nicht sagen, was das heißt... Aber ich habe dich gewarnt. Und rechne nicht damit, daß ich mich einschalte.«

Ich spürte, daß er richtig besorgt um mich war, der Arme. Ohne Zweifel hatte er sich ein exaktes Bild von der Bestie, die er geheiratet hatte, gemacht und schätzte es richtig ein, wie brutal sie gegen mich vorgehen würde. Victor war ein ziemlich kultivierter Typ. Da ich ihm zu keinem Zeitpunkt eine größere Rolle in meinen Schwierigkeiten mit Eileen zugebilligt hatte (er oder ein anderer, das spielte keine Rolle), hatte ich es für überflüssig befunden, ihn anzugreifen, was er gleich als Fair play von meiner Seite aufgefaßt hatte (es hatte sie sicher umgehauen, aber aus irgendeinem Grund hielt sie ihren Mund).

»Warum wollt ihr euch nicht weiter vertragen, Eileen und du?« fügte er hinzu und machte ein nichtssagendes Gesicht.

»Hör mal, alter Freund. Etwas anderes kann ich mir gar nicht vorstellen.«

Bei diesen Worten hörten wir erneut ein Geräusch. Diesmal war es nicht der Kompressor.

Von den beiden Vorschlägen, die ich ihr machte, um uns auf andere Gedanken zu bringen, nämlich eine Flasche köpfen oder kopfüber in die Sainte-Bob springen, war mir zwar der erste lieber, aber Josianne entschied sich für den zweiten. Mit gedämpfter Begeisterung, weil sie sich nach ihrem Gespräch mit Eileen erschöpft fühlte; Einzelheiten wollte sie mir keine erzählen, doch sie bezeichnete es als *gepfeffert*, und das schien mir nicht übertrieben, nach dem Geschrei zu urteilen, das Victor und ich gehört hatten.

Ich versuchte, Jackie zu erreichen, während Josianne sich fertigmachte, doch das Telefon klingelte ins Leere, was man auf verschiedene Art interpretieren konnte. Andererseits war es ein Opfer, das ich bereitwillig brachte, mein Beitrag zu der kleinen Schlacht, die Josianne zur Rückeroberung meines Territoriums gekämpft hatte, so Gott wollte. Und das war erst der Anfang, ich hoffte, daß sie nicht zusammenbrechen würde. Ich mußte ihr also ein Minimum an Aufmerksamkeit widmen, auch wenn ich wenig Lust dazu hatte, wie der Trainer, der seinen Job ohne Leidenschaft macht und gut auf den Hurensohn achtgibt, für den er verantwortlich ist.

»Luc... man könnte meinen, das amüsiert dich!«

»Nein, es amüsiert mich nicht, glaub mir.«

Ich schloß daraus, daß ich anfangen mußte, mich zu kontrollieren. Ich hatte nicht auf den zufriedenen, vielleicht freudigen Ausdruck geachtet, der sich durch ihren Widerstand gegen Eileens Wünsche für kurze Zeit auf meinem Gesicht breitgemacht hatte, als wir mit den Handtüchern über den Schultern durch den Wald zur Sainte-Bob unterwegs waren. Erstaunt darüber ging ich vor, um die niedrigen Zweige beiseite zu schieben. Ich hatte doch gelernt, meine Gefühle zu verbergen, und dieses Versagen beunruhigte mich.

Josianne hatte Probleme damit, ins Wasser zu springen. Sie fröstelte, sie tauchte einen Fuß ein, hielt sich dann an einem moosbedeckten Felsen fest, von dem sie sich schließlich abstieß. Manchmal, nachts, mitten im Winter, und obwohl ich daran gewöhnt war, hatte ich allerdings auch nicht mehr Mut als sie. Als sie wieder auftauchte, stieß sie einen solchen Schrei aus, daß ein Paar aufgeschreckter Milane mit jener eigentümlichen Bewegung ihres gegabelten Schwanzes wegflogen. Ich dachte, sie bekomme keine Luft mehr. Eileen stellte sich nicht so an, doch sie war ja auch jünger.

Ansonsten hatte Josianne noch eine gute Figur, was ich schon wußte und jetzt wieder feststellen konnte. Ich fand auch, daß sie ein *Quecksilber* war, als ich sie so aus dem Augenwinkel beobachtete, mal ganz ohne an ihre dreiundsechzig Jahre zu denken oder an die Kälte des Wassers. Tatsächlich war es leicht verständlich, daß sich bei ihrer Anwesenheit unter meinem Dach die wohlmeinendsten Menschen gewisse Fragen stellten. Doch da kannte man das Feuer, das in mir brannte, schlecht, genauso wie die Feindseligkeit, die ich gegenüber dieser Frau empfand.

Alles in allem war es besser, Josianne zu ertragen, wie sie war. Wenn sie häßlich gewesen wäre, hätte das die Dinge nicht angenehmer gemacht. Während wir uns abtrockneten, gab ich der Ehrlichkeit halber in meinem tiefsten Inneren zu, daß ich ihr die erste echte Befriedigung seit langer Zeit verdankte. Natürlich, das war bisher nur ein Stachel, den wir in das Herz ihrer Tochter gestoßen hatten, doch der Anfang war ermutigend. Ich dachte wieder an das Lächeln, das mir kurz zuvor entschlüpft war: War das nicht ein Zeichen? Dann blitzte ein Gedanke in meinem Kopf auf: Hatte ich nicht in den letzten Tagen mit beiden Händen das Messer in der Wunde herumgedreht, ohne daß es mich in die Knie gezwungen hatte (anders gesagt: ohne wie ein feixender Affe zum Sofa gekrochen zu kommen, das Gesicht verzerrt und mit Matsch im Magen). Ich fragte mich, ob ich nicht dabei war, eine Gasmaske abzunehmen, um zu entdecken, daß die Luft zum Atmen taugte, *doch seit wann!?…*

Ich heulte, ein bißchen später am Nachmittag. Eigentlich wußte ich nicht so richtig, weshalb, vielleicht aus einer Menge Gründe, guter und schlechter. Josianne war nach oben in ihr Zimmer gegangen, und ich hatte mich ruhig draußen hingesetzt, als ich spürte, wie die Tränen in mir hochstiegen, dann auf meine Hände tropften. Ich konnte nichts tun, um sie zurückzuhalten. Also rührte ich mich nicht, wartete, daß es aufhörte, und hoffte daß Josianne nicht sofort herunterkommen würde, weil ich wußte, daß man dem manchmal einfach ausgeliefert war.

Dann rief Paul an und lud uns auf ein Glas ein. Ich dachte, das könnte uns auf andere Gedanken bringen. Also klopfte ich an Josiannes Tür, um es ihr zu sagen, doch als sie nicht antwortete, beschloß ich einzutreten.

»Luc, ich glaube, ich sollte abreisen.«

Der Abend brach herein, als wir bei den Dumonts ankamen. Am Rand des Grundstücks, im flach einfallenden Licht, waren die Birken von innen heraus glühende, leuchtende Fackeln, und die entlaubten Apfelbäume trugen kleine flammend rote Lämpchen statt Äpfeln. Pauls Schädel schien ebenfalls poliert.

Sonia nutzte die Gelegenheit, als Josianne und Paul in den Garten gingen, mich darauf hinzuweisen, daß ich viel zu viel trinke. Sie behielt die beiden im Auge, während sie mir erklärte, daß ich ihrer Meinung nach die Geschichte praktisch hinter mir hätte und wegen Josianne riskiere, alles wieder in Frage zu stellen. Ich wischte ihre Befürchtungen mit einer unbestimmten Geste weg. Sie fügte hinzu, daß sie am Vormittag Besuch von Jackie gehabt habe und daß ich gut daran täte, mir die Sache genau zu überlegen.

Das Amüsanteste an der Geschichte, das wurde mir langsam klar, war im Grunde, daß alle zu der Meinung neigten, ich sei mehr oder weniger geheilt. Doch auf diesem Weg war ich nie gewesen.

Ich trank noch ein paar Glas, denn es hatte mich einige Anstrengung gekostet, Josianne zum Bleiben zu überreden, und ich fühlte mich fertig. Dann, als ich im milden Schatten wieder zu Kräften gekommen war, schlug ich vor, zum Essen in die Stadt zu gehen. Paul gefiel die Idee, doch Sonia behauptete, müde zu sein, und beäugte mich kritisch (ich glaube nicht, daß sie dabei viel herausfand).

Wir verschoben das Ausgehen auf ein andermal.

»Was hat sie gegen mich?« fragte mich Josianne in einem gleichgültigen Ton, als wir wieder zum Haus hochgingen, um das Auto zu holen.

»Ich weiß nicht. Vielleicht drückt Paul dich ein bißchen zu fest?«

Obwohl sie gleich darüber lachte, schmeichelte ihr die Anspielung auf ihren Sex-Appeal, das konnte man sehen – wie sie so neben mir hertrippelte und Gott dafür dankte. Beiläufig fragte ich mich, wie wohl ihr Sexleben aussah.

Ich ging nicht oft zum Essen in die Stadt, seit ich allein war. Besser kannte ich die Bars und ein oder zwei miese Stripteaseschuppen, wo die Darbietungen auf Wunsch etwas schärfer wurden (ich versuchte den Teufel mit Beelzebub auszutreiben). Wegen meines empfindlichen Magens war ich kaum mehr darüber auf dem laufenden, wo man gut essen konnte oder wo die Schickeria hinrannte (was ja von Launen abhängig war), doch ich verließ mich auf meinen guten Stern, oder vielleicht hatte ich auch einen Namen aus der Flut von Informationen herausgefischt, mit denen mich Jackie bei ihren erstaunlichen Monologen überschwemmte; zum einen Ohr hereingekommen, mußten sie sich mir eingeprägt haben, ohne daß ich es bemerkte, jedenfalls, ist ja auch egal, ich parkte vor dem richtigen Lokal.

Konnte es anders sein? Ich spürte es in dem Moment, als wir die Tür des Ladens aufstießen (minimalistische Dekoration, keine Karte, mondänes Publikum, Tweed- und Perfectostil, Bilder von Joyce, Pessoa, Borges hinter der Bar – ich war bei Bukowski-Fante-Carver der letzten Saison stehengeblieben, die am gleichen Ort gehangen hatten, wenn nicht sogar Warhol-Basquiat-Haring, es geht alles so schnell, eine Welle folgt auf die andere, und außerdem meint Jackie, daß Schwarz und schwierige Autoren wieder ganz stark im Kommen sind, genauso wie die traditionelle Küche –, ockerfarbene Wände, orange Wandleuchten, interessante Gespräche), während Josianne und ich uns hinter einem blondierten Paar voranschoben. Ich entdeckte Eileen und Victor auf den ersten Blick, in Gesellschaft von Ralph, Monique, einem Typ vom Lokalfernsehen, einem Schriftsteller auf Tournee (sie stellen uns von Zeit zu Zeit welche für Autogrammstunden in Supermärkten zur Verfügung) und einer jungen Frau (sie stellen ihnen ab fünfzigtausend *verkaufte* Auflage eine zur Verfügung, wenn ich mich richtig erinnere), ausgerüstet mit einem dicken Filofax.

Als Eileen uns bemerkte, Josianne und mich, spannte sie die Backenmuskeln an, dann senkte sie den Kopf. Etwas, das ich meinerseits tausendmal und mit mehr Überzeugung getan hatte, das Herz in tausend Stücke zersprungen, wenn ich es war, der ihnen begegnete und mir die Lippen blutig biß und mit einem Taschentuch auf dem Mund nach Hause kam. Mal ehrlich: Was ich nun im Vergleich dazu tat, war nicht richtig gemein.

Ich ließ Josianne gleich stehen und ging an ihren Tisch. Eileen war grün.

Ich begrüßte schnell die anderen.

»Tut mir leid«, sagte ich leise zu ihr. »Aber mach dir keine Sorgen...«

»Oh, Luc, *das kann doch nicht wahr sein*«, unterbrach sie mich, halb stöhnend, halb zeternd, im Ton aufflammender Vertraulichkeit.

»Ich muß ja wohl irgendwo mit ihr essen gehen, du machst mir Spaß!«

Jetzt war sie weiß, so weiß, daß Victor sie besorgt ansah. Man sollte es nicht meinen, aber seit die beiden zusammen-

78

lebten, schien sie eher dazu zu neigen, sich wegen nichts und wieder nichts in der Öffentlichkeit aufzuregen. Sie hatte mir häufig meine Auftritte vorgehalten, bei denen sie der einzige Zeuge gewesen war und die um uns herum nur gleichgültige, höchstens einmal abschätzige Blicke auf mich ausgelöst hatten. Ich konnte nicht erkennen, was heute noch Schlimmeres dran war. Sie schon. Und die Botschaft, die sie mir mit wütender Miene mitteilte, lautete, daß ich die Grenzen überschritten hätte. Sieh an, das war dabei herausgekommen: Dafür hatte ich drei Jahre gebraucht.

Nun war das Übel geschehen, und ich beruhigte Eileen.

»Du wirst nicht von der ganzen Stadt beobachtet, weißt du?«

»*Das wagst du mir zu sagen!*«

Ganz objektiv gesehen interessierte sich die Hälfte des Publikums überhaupt nicht für diese Geschichte.

»Hör zu, die Sache ist gelaufen. Wir konnten uns ja nicht wie Diebe gleich wieder hinausschleichen. Also nimm bitte meine Entschuldigung an. Und hab keine Angst, wir gehen wieder.« (»Willst du deiner Mutter nicht *winke-winke* machen ...?« habe ich mir verkniffen hinzuzufügen.)

Ich flüsterte ein paar kurze, überflüssige Erklärungen in Josiannes Ohr, bevor wir gingen. Draußen auf dem Bürgersteig, als wir ein wenig schwankten, bemerkte ich, daß ich sie am Ellbogen hielt. Ich ließ sie los.

»Und was machen wir jetzt, Luc? Wie sieht das weitere Programm aus?«

Ich hatte keinen Hunger, doch da sie unbedingt etwas essen wollte, gingen wir in eine Bar, und sie aß gierig Steinbuttmedaillons mit Paprikapüree, die ich ihr empfohlen hatte, während ich selbst beim Alkohol blieb. Wir redeten nicht, obwohl mir klar war, welche Anstrengung es sie kostete, still zu sein. Wenn ich sah, daß sie schwach wurde, riet ich ihr weiterzuessen, solange es noch warm sei. Sie fand, daß ich mich schlecht ernährte, daß meine Ernährung unausgewogen sei. *(Ah ja??!!)*

Bei der Rückkehr behauptete sie, vom Weißwein und dem Alkohol, den sie schon bei den Dumonts getrunken hatte, sei ihr ein bißchen schwindlig. Sie wollte sich also nicht gleich schlafen legen, aber ich hatte nicht die geringste Lust, ihr Gesellschaft zu leisten, ging nach oben und schloß mich in mein Arbeitszimmer ein.

Ich tat eine ganze Weile nichts, außer mich auf meinem Schreibtischsessel von links nach rechts zu drehen, immer wieder über den gleichen Winkel von vielleicht sechzig Grad zu gleiten, die Arme verschränkt, das Kinn auf der Brust, ein Fenster gekippt, durch das ein wenig Luft strömte, ein *Schlitz* in Reichweite, keine Spiegel, ein funzliges Licht, das in der Dunkelheit vor sich hinsiechte, die letzten Streichquartette von Beethoven, das Gesicht, das Eileen gezogen hatte, vielleicht Jackie anrufen, Nasenkitzel von einem Kegel Vanilleweihrauch aus Madagaskar, vor allem die letzten Minuten des dritten Satzes von op. 132 in a-Moll, die an die Wand gehefteten Fotos meiner *Mörder* und meiner *Kriminellen*, mit Josianne im Haus, die Türen, die Wasserhähne, die Treppe, absolut unfähig, mich auf irgend etwas zu konzentrieren, angetrunken, blöde, ein Nachtfalter, der vom Bildschirm meines Computers angezogen wurde und in der Wölbung meiner Schreibtischlampe verschmorte und einen infernalischen Gestank verbreitete, manchmal die Hände im Nacken verschränkt, ratlos, alt, schniefend, unbefriedigt, also kurz und gut…

Eines Tages, als Josianne drängte und ich bester Laune war (ein Jahr nach der Scheidung nahm ich ganze Hände voll Gute-Laune-Pillen und verpaßte kein Familientreffen, um vollkommen durchzuknallen), beschloß ich, ihr zu gestehen, daß sie in *Mörder* nur eine kleine Rolle habe, weil sie schon zu Beginn der Geschichte mausetot sei (»Luc, mein Gott!… Das ist ja vielleicht eine Idee!«). Es existierten jedoch verschiedene Versionen, in denen sie ganz schön lebendig war und an denen ich im Lichte der Ereignisse der vergangenen Tage ein bißchen arbeitete. Während ich ein Foto von ihr betrachtete, dachte ich, daß mir nie eine amüsante Version in den Sinn gekommen war, bei der wir gemeinsam Hand in Hand marschierten, unsere Kräfte vereinten, um Eileen in die Enge zu treiben. War die Aussicht so verführerisch gewesen, daß ich sie unbewußt verworfen hatte? So großartig, daß mir bei ihrer Obszönität die Spucke wegblieb? Du bist nur eine blöde Pappnase, Luc Paradis. Ein elendes Weichei, mein Lieber.

Meine Gedanken waren noch mit dieser bedrückenden (wenn auch vertrauten) Gewißheit beschäftigt, als ich mein Arbeitszimmer zu fortgeschrittener Stunde verließ, fest an das Geländer der steilen Treppe geklammert, wo ich mir noch immer nicht die Knochen gebrochen hatte (ich war schon unter sehr viel extremeren Bedingungen heil runtergekommen, doch jetzt war nicht der richtige Moment, darauf stolz zu sein). Da ich seit dem Morgen nichts gegessen und irgendwann beschlossen hatte, nicht mehr mit meiner Gesundheit zu spielen (ich hatte seit Anfang des Jahres drei

Kilo von den zwölf, die ich nach der Scheidung verloren hatte – ich wog allerdings fünf zuviel –, wieder zugenommen), ging ich mir irgendwas holen.

Ich trank ein bißchen Milch und setzte mich auf den Küchentresen, um ein Joghurt zu essen, in das ich eine Banane stippte, um mein Gewissen zu beruhigen. Das Zimmer war in Dunkelheit getaucht, kaum angetastet durch ein vages blasses Licht bei den Fenstern, vor denen sich die Bäume im Garten abzeichneten. Ich pißte ins Spülbecken. Bevor ich wieder hochging, zog ich mir Hemd und Hose aus und stopfte sie in den Wäschesack, den ich immer montagmorgens wegbrachte. Dabei sah ich zu meiner Überraschung, daß Josianne ein paar Stücke von sich darunter gemischt hatte (keine Unterwäsche: Sie schien sie wie ich von Hand zu waschen). Ich zog den Ärmel einer kleinen Weste aus Angorawolle heraus, die sie am Abend zuvor direkt auf der Haut getragen hatte, und wurde einen Moment durch widersprüchliche Gefühle durcheinandergebracht (sagen wir, ein aufgereiztes Interesse), denen ich ein Ende zu machen beschloß, indem ich alles wieder in den Sack steckte, dessen Kordeln ich mit einer entschlossenen Bewegung zuband.

»Luc... ach, ich habe mich schon gefragt...«

Ich drehte mich um und sah, wie sie auf der Couch saß und ein Kissen an sich drückte.

»Das ist doch für die Reinigung?«

»Lieber Himmel, schläfst du denn nicht?«

War sie nackt? Ich war selbst in Unterhose und Socken, verdammt!

»Hast du nichts an?«

»Nun ja... doch... schon.«

»Gut. Ich auch. Wir haben alle unsere kleinen Macken...
(Ich dachte: ›Ich, der ich zu dir spreche, pisse gern ins Spülbecken, aber vergiß nicht, daß ich nachgespült habe!‹) Wir
sind sozusagen zwei Singles, du und ich. Ich kann mir vorstellen, daß wir noch so manche peinliche Situation durch-
stehen müssen.«

»Keine Angst, Luc, ich laufe nie splitternackt herum«,
sagte sie in einem launigen Ton.

Während unserer Unterhaltung im Halbdunkel war ich
in ihre Richtung gegangen und hatte mir ein Kissen gegriffen, das ich, genauso wie sie, schamhaft vor mich hielt.

»Tu, was dir richtig scheint, Josianne, zerbrich dir deshalb nicht den Kopf... (Müdigkeit und Rausch machten
mich nachsichtig.) Wir sind nicht da, um gegenseitig über
uns zu urteilen. (Was erzählst du denn da, mein Lieber?)
Das ist außerdem der Vorteil unseres Arrangements: Ich
habe nicht die Absicht, meine Gewohnheiten zu ändern;
und du änderst deine nicht. Ich will, daß das ganz klar zwischen uns ist.« (Doch man sah nicht besonders klar.)

Mir schien, trotz der Dunkelheit, daß sie meine Worte
mit Befriedigung aufnahm und mich mit einem freundlichen, wenn nicht gar *entspannten* Lächeln bedachte, was
nicht ihre Art war und ihr alle Schaltjahre einmal durchgehen dürfte. Hatte sie eine Pille eingeworfen, oder warst du
es, Luc Paradis, der halluzinierte? Vergiß nicht, daß das
Herz dieser Frau so kalt ist wie das einer Schlange und daß
du getrunken hast (na ja, sie schließlich auch, denk dran,
wenn du so rangehst).

»Luc, ich will dir eines sagen«, murmelte sie, während ich
mich, von einem unwiderstehlichen Drang mich hinzuset-

zen getrieben, durchs Dunkel schob und mit meinem vor den Unterleib gehaltenen Kissen in den Sessel ihr gegenüber rutschte. »Ich bin in den letzten Jahren auch nicht sehr verwöhnt worden... Aber was soll's, ich möchte dir danken. Ich weiß *sehr gut,* daß es nicht leicht war, mich hier, in diesem Haus, zu akzeptieren. Luc, mir ist das sehr viel klarer, als du denkst.«

»Bah, wir wollen nicht mehr darüber reden.«

Wer Josianne ein bißchen kannte, wußte, daß diese dürftigen vertraulichen Geständnisse auf einem für sie unnormalen Zustand beruhten, einem Leichtsinn, den der warme Ton, in dem sie sprach (und erinnern wir uns an das weiter oben erwähnte Lächeln), noch entwaffnender machte. Dann bemerkte ich, daß sie Portwein getrunken hatte (ich sah mich gerade nach der Flasche um und entdeckte sie unter dem Tisch). Ich schlug vor, uns noch ein letztes Glas zu genehmigen, bevor wir schlafen gingen. Sie lehnte ab, doch ich goß ihr trotzdem ein, und wir tranken uns schweigend zu, ohne uns richtig zu sehen, die Kissen auf den Bauch gepreßt.

»Luc, du hast keine Ahnung... aber sich ein bißchen zu Hause zu fühlen, wieder etwas Häuslichkeit zu haben, vertraute Gesichter... oh, selbst wenn nicht alles vollkommen in Ordnung ist...« Sie schüttelte den Kopf, gebeugt über die beiden Kugeln ihrer Knie, deren angespannte Haut wie Porzellanköpfe leuchtete. »Ich brauchte Erholung, das versichere ich dir!« (Sie hatte wohl das Gefühl, im Dunkel eines Beichtstuhls zu sein.)

»Hat man dir weh getan? Hast du eine Trennung hinter dir?«

Das war sicher ein bißchen plötzlich, doch der Zeitpunkt war gut gewählt, denn die Verbindung Alkohol-Dunkelheit mochte sich nicht so schnell wieder einstellen. Und außerdem, wenn man es so sagte, um drei Uhr morgens, zwischen zwei alten, vom Leben gebeutelten Komplizen im Slip, was war da Schlechtes daran?

»Meine Güte, ich habe meinen Teil am Glück und meinen Teil an Enttäuschungen gehabt... Doch was vergangen ist, ist vergangen, nicht?« schloß sie in einem gewollt heiteren Ton.

Um mir zu zeigen, bis zu welchem Punkt man sein Denken von diesem ganzen Unsinn befreien mußte (so habe ich jedenfalls ihre Geste verstanden), packte sie ihr Kissen und legte es neben sich, als sei es ihr mit einem Mal zuviel und störe sie mehr als irgendwas sonst. Doch gleichzeitig gab sie der Bewegung nicht mehr Bedeutung, als würde sie mit den Fingerspitzen ein Körnchen Staub wegschnippen, so daß man nicht mehr genau wußte, ob das Kissen ihr je als Cache-sexe gedient hatte. Dann beugte sie sich vor, um sich eine Zigarette anzustecken, und ich konnte sie ein paar Sekunden im Schein der Flamme mustern, bevor die Dunkelheit sie erneut verschluckte und dann mit Einzelheiten geizend und knausernd wieder hergab.

Ich hatte sie am Nachmittag in aller Ruhe mustern können, als sie einen zweiteiligen Badeanzug anhatte, der grob geschätzt das vereinfachte Modell von dem war, was sie jetzt trug, mich aber nicht über die Maßen in Aufregung versetzt hatte. Aber was vergangen war, war vergangen.

»Ich würde gerne wissen, Luc ... Warum hast du mich daran gehindert abzureisen?«

»Na ja, um die Wahrheit zu sagen«, seufzte ich, »ich weiß
es verflixt noch mal nicht. Es schien mir das Beste. Ich denke,
daß nicht Eileen darüber zu entscheiden hat. Du willst ein
bißchen zur Ruhe kommen? Das kann ich dir bieten.«

Sie nickte bedächtig. Ich hatte gemeine Ideen im Kopf, sie
auszuführen wäre ich sicher niemals fähig gewesen. Doch
sie rochen verdammt nach Schwefel und preßten meine
Brust mit fürchterlichen Klauen zusammen. Wie wenn ich
davon träumte, Eileen zu erdrosseln, was mir noch ziemlich
oft passierte.

Es überraschte mich nicht sehr. Alle Frauen, die zu unserer Umgebung gehört hatten, zu der Zeit, als Eileen und ich
zusammenlebten, erregten heute mehr oder minder mein
sexuelles Interesse. Ich mußte nicht lange nach den dunklen
Gründen suchen, aus denen sich meine Phantasien speisten,
die in Juliette Montblah, meiner Therapeutin, ihr erstes
Opfer (wenn wir die Sache auch nicht durchgezogen hatten)
und, als sie sich wieder zuknöpfte, gleichzeitig nachsichtige
Interpretin gefunden hatten. Jackie war die einzige, bei der
es darüber hinausgegangen war, doch neun von zehn Mal
konzentrierten sich meine Wichsübungen auf Monique,
Sonia, Juliette und sogar, Gott vergebe mir, auf die Frau
meines besten Freundes, die arme Gladys, seit langen Monaten von Krebs ausgezehrt und ans Bett gefesselt, dem ich
mich, das Instrument in Stellung, mit geilem Blick näherte,
total angeschärft davon, daß sie sich fast nicht bewegen
konnte. Eileen mußte mir in den meisten Fällen bei den
Aktionen zur Hand gehen, obwohl sie es mir übelnahm,
während ich ihre stummen und eifersüchtigen Proteste wie
Honig aufsaugte und mit zusammengebissenen Zähnen

meinen Saft abspritzte. Wie sollte man sich unter diesen Umständen darüber wundern, daß der dünne Schleier der Aversion (treib's nicht zu arg, alter Junge), der zwischen Josianne und mir gespannt war, der guten Sache wegen zerriß und sich mir, angesichts ihrer gegenwärtigen Aufmachung, ungeahnte Betätigungsfelder boten. Es war sicher noch ein bißchen früh, um den Coup zu versuchen, das Risiko war noch ein bißchen hoch (obwohl das Klima sich in den folgenden Minuten noch entwickeln und Josianne sich mir an den Hals werfen konnte – war ich der einzige, der diese irreale Atmosphäre bemerkte, dieses gefährliche Niemandsland?), doch ich registrierte peinlich genau, daß sich mit ein bißchen Alkohol und passender Beleuchtung bei Josianne vielleicht etwas machen ließe und sie riskieren könnte, sich die Finger zu verbrennen.

Ich studierte sie recht und schlecht (weil ich ja auch nicht mehr frisch wie eine Rose war), während sie unzusammenhängend plapperte, über den Charakter Eileens, der sich im Laufe der Jahre zu verhärten schien und das Herz einer Mutter betrübte, die ja nicht immer nur unrecht hatte. Einer Mutter, die – war sie sich dessen bewußt? – mir im Halbdunkel eine nur halb von Spitzen bedeckte schöne Brust hinstreckte und im Slip davon redete, wie hart die Welt sei (und Gott ist mein Zeuge, daß sie manchmal am Gummi zerrte!), seufzte und mit der Hand über das Leder meines Sofas fuhr.

»Im Grunde hat sie, glaube ich, Angst, daß wir was zusammen machen, du und ich... So simpel ist das.«

»Teufel!« spottete ich. »Daß wir was zusammen machen? Kochen?«

»Luc, ist dir klar, daß sie genau das Leben hat, das sie sich wünscht? Und daß nichts sie dazu bringen wird, es aufzugeben?«

Sie mußte wissen, wovon sie sprach: Schließlich hatte sie Eileen großgezogen. Es hatte lebhafte Diskussionen zwischen Mutter und Tochter gegeben, als ich damals die Szene betrat. Josiannes Meinung nach war ich der Typ Mann, vor dem man sich hüten mußte. Einer, mit dem man höchstens schlafen konnte, im Notfall, aber nicht mehr. Was ein sorgenfreies Leben anging (»Du weißt sehr gut, was ich meine, mein Schatz!«), hatte ich nicht die nötigen Qualitäten. Josianne hatte nie verstanden, daß Eileen mich genommen hatte (ich auch nicht, im nachhinein betrachtet). Inzwischen waren die Dinge wieder in Ordnung gekommen.

»Willst du damit sagen, daß wir eine sexuelle Beziehung haben könnten? Also... läge das in deiner Absicht?« (Wir hätten gerne dein Gesicht gesehen, meine Liebe!)

»Mein Gott, müssen wir diese Art von Unterhaltung führen? Um mich in Verlegenheit zu bringen, braucht es schon mehr, Luc, das weißt du.«

»Also hör zu, ich werde offen sein: Ich habe mich immer gefragt, was sexuell mit dir los ist. (Komm dich nicht beschweren, meine Liebe.) Du könntest mich darüber aufklären.«

»Na gut, mein Gott, womit wollen wir anfangen? (Eileen, verzeih mir, ich glaube, ich habe deine Mutter besoffen gemacht.) Willst du meinen Arsch sehen? Soll ich obszöne Worte sagen?«

»Lieber Himmel, ich hatte mir was Originelleres vorgestellt.«

»Luc, wir sind ziemlich betrunken, nicht?«

Ich spürte, daß sie zwischen der Lust, dieses kleine Spiel fortzusetzen, und dem Drang, es zu beenden, hin- und hergerissen war. Ein schwerer Kampf! Ich kannte sie nicht gut genug, um zu wissen, ob sie den Kopf verloren hatte. Ich wußte nicht, wann sie ihr letztes Abenteuer gehabt hatte, ob ihr solche Geschichten fehlten. Ich wußte weder, wo sie stand, noch was in ihrem Innersten vorging, noch was sie durchgemacht hatte. War sie die Frau, die ich gekannt hatte, oder eine andre? Ich selbst hatte mich in diesen letzten drei Jahren so sehr verändert, daß ich nichts beschwören wollte. Ich versuchte, ihr Gesicht zu erkennen, doch ich sah nicht genug.

»Hab keine Angst«, seufzte ich. »Ich bin nicht in der Lage, dir irgendwas zu tun.«

Das allerdings war die traurige Wahrheit. Tatsächlich vertrug mein Kopf den Alkohol viel besser als dieses elende Leitungssystem in meinem Unterleib. In einer Menge Fälle wäre es mir umgekehrt lieber gewesen. In meiner Beziehung mit Jackie hatte es so ein paar peinliche Momente gegeben, aber hätte ich die Mauer meiner rührenden Hemmungen (vier Versuche, bis die Wunderdosis entdeckt war) ohne äußere Hilfe überwinden können? Wie viele Frauen haben diese Geduld? Diese Selbstverleugnung? Josianne hatte mit Sicherheit weder das eine noch das andere. Höchstens daß sie meine mangelnde Begeisterung falsch interpretierte, worüber ich mich dann grämen müßte, wenn ich irgendwie im Zimmer einer ziemlich reifen Dame gelandet wäre, die mich, in Tränen aufgelöst, anflehen würde zu verschwinden. Aber es blieb dabei, daß sich der Wind zwischen Josianne und mir gedreht hatte: Hatte sie noch einen Augenblick vorher das Schlimmste gefürchtet, bäumte sie sich im Dunkel auf und ging mit bebender Mähne wieder zum Angriff über.

»Red kein dummes Zeug…«, entgegnete sie mit dumpf klingender Stimme. »Wir spielen mit dem Feuer, scheint mir…«

»Nein. Du vielleicht.«

Ich stand abrupt auf und ging nach draußen, um Luft zu schnappen. Ich zitterte fast vor Wut bei dem Gedanken, daß sie sich vorstellen konnte, die leiseste Wirkung auf mich zu haben, und weil ich wußte, daß ich nicht in der Lage war, es ihr so zu besorgen, daß ihr Hören und Sehen verging. Denn ich dachte nicht an eine kleine Liebesaffäre, gegebenenfalls, sondern an etwas Explosiveres, etwas, das der Situation entsprach, allen Leiden, die ich hatte erdulden müssen und die ich zweifellos noch kennenlernen würde. Unglücklicherweise war ich, nachdem Eileen mich verlassen hatte, halb impotent geworden, und ich konnte es nicht riskieren, daß ich erlebte, wie sich meine Absichten (die Stange in maximaler Höhe für Freundin Josy), angesichts des schlaffen Schwanzes, mit dem ich es in ein von zwei Fällen zu tun hatte, in nichts auflösten. Ich kauerte mich hin, umschloß meine Knie mit den Armen, um diesem Gefühl, in tausend Stücke zu zerspringen, das Usern psychedelischer Drogen und schlaflosen Männern in Unterhosen wohlbekannt ist, etwas entgegenzusetzen. Ich hatte ganze Nächte damit verbracht, mich zu fragen, gegen was Eileen mich eingetauscht hatte, und das Ergebnis meiner Überlegungen hatte mich zu der Vermutung gebracht, daß ich weniger wert war als eine Sache, die ich nicht sehr hoch schätzte. Das war eine bittere Feststellung, die ich da gemacht hatte, und ich hatte verdammte Mühe, sie hinzunehmen. Ein paarmal volle Dröhnung, leichte Mädchen (ich bekam ziemlich gut einen hoch, wenn ich bezahlt hatte), meine Arbeit an den *Mördern* und den *Kriminellen* und die absurde, abscheuliche, quälende, groteske, notwendige Nähe Eileens (ah, das tut weh, mein Alter, aber das Gewicht der Erinnerung hätte dich voll platt gemacht!) hatten es mir ermöglicht, aus dem Wasser zu kommen und ans Ufer zu kriechen. Nur daß mich auch heute noch gewisse Anzeichen, wie dieses dumme Spiel mit Josianne, daran erinnerten, was für ein armer Teufel ich war, ich, Luc Paradis, was für ein rührendes Exemplar eines schlechten Verlierers (*schlechter Verlierer?* Donnerwetter! Du langst ja tüchtig zu. Du hast ja vielleicht Ausdrücke!) ich mit meinen immer noch nassen Haaren doch abgab. Aber was blieb mir sonst übrig? Was blieb von mir, das nicht durchnäßt war?

Normalerweise, wenn eine anständige Menge Alkohol nicht mit diesen Geschichten fertig wurde und mich im Gegenteil auf einem Minenfeld zurückließ (nicht zu vergessen die Binde vor den Augen, das schlüpfrige Gelände), stürzte ich sofort ein paar große Gläser mehr hinunter und zog mich so aus der Affäre, erhob mich so mit einem Schlag über die Wipfel meiner guten alten Grübeleien. Ich lebte allein und konnte mir deshalb erlauben, es einfach so laufen zu lassen. Ob ich es schaffte oder nicht, in mein Bett zu kommen, ob ich mir ein bißchen zusätzliche Hausarbeit auflud, das betraf sonst keinen Menschen. Das galt um so mehr, als diese Exzesse nicht mehr so häufig vorkamen wie früher, sondern im Lauf der Zeit immer seltener, ja zu Ausnahmefällen wurden.

Ich dachte nach. Ich zögerte lange, mir den Gnadenstoß zu geben. Trotz des Halbdunkels konnte ich sehr gut die Reifenspuren in der Rabatte erkennen, die Eileen zermatscht hatte, und das machte mich krank. Das war, wie sich wegen eines simplen kleinen Schnupfens sterbenskrank fühlen. Ich kapierte es einfach nicht, wie ich dieser Nichtigkeit eine solche Bedeutung geben konnte, aber unglücklicherweise war es so. Das bißchen Selbstachtung, das ich recht und schlecht zu bewahren versuchte, hielt dieser traurigen Manie kaum stand. Infolgedessen war ich dazu gekommen, meinen abartigen Kater vom nächsten Morgen als ziemlich gerechte Strafe zu betrachten.

»Du mußt nicht über mich herfallen...«, sagte sie hinter meinem Rücken.

»Du tätest besser daran, ins Bett zu gehen«, antwortete ich, ohne mich umzudrehen.

Ich hörte, wie sie kurz in meinem Schaukelstuhl schaukelte.

»Ich scheiß drauf, was du denkst«, sagte sie dann.

»Alka-Seltzer findest du im Badezimmer.«

»Eines Tages wirst du merken, daß es nur eine Frage des Überlebens ist und sonst nichts.«

»Eines Tages? Wieso *eines Tages*?«

Sie ließ ein kurzes, trockenes Lachen hören, der Schaukelstuhl knarrte, dann war es still, weil sie nach vorn gebeugt blieb. Ihre Stimme kam aus größerer Nähe, so daß ich meinte, den lauen Alkoholatem in meinem Nacken zu spüren.

»Luc ... Was brauchen wir, du und ich? ... Ist das eine Schande? ... Warum sollten wir uns wie Schwachköpfe verhalten? Mein Gott, es ist mir egal, ob wir eine sexuelle Beziehung miteinander haben, wenn dich das beruhigt. Du weißt gut, daß es nicht *das* ist, was zählt.«

»In diesem Fall solltest du ein Apartment mit einer Freundin teilen. Hast du derartigen Schiß, allein zu leben?«

»Sagen wir, ich habe genug davon. Was mich hier erwartete, kam mir besser vor.«

Ich verstand, was sie mir zu erklären versuchte. Ich war selbst auf diese Lösung gekommen. Doch ich fand sie so niederschmetternd, im Grunde so abstoßend, gerade mal gut genug, in einem drittklassigen Gefühlsmülleimer vor sich hin zu faulen, daß es mich überhaupt nicht tröstete, sie mit Josianne zu teilen. Im Gegenteil. Sie war dadurch noch demütigender. Erniedrigung ist ein Gericht, das man allein essen sollte, in allergrößter Heimlichkeit und vollkommener Stille.

Ich drehte mich zu ihr um, doch ihr freundschaftliches Lächeln entmutigte mich. Ich stand auf, bevor wir uns die Hand gaben und uns zu der guten Atmosphäre, die zwischen uns herrschen würde, beglückwünschten. Ich hatte Lust, mich zu zwicken.

Am nächsten Morgen, bevor ich ins Reisebüro aufbrach, frühstückten wir zusammen. Sie war guter Laune, schien aber doch beunruhigt über ihr Verhalten am Abend zuvor und fürchtete, ziemlich dummes Zeug geredet zu haben, soweit sie sich daran erinnern könne.

Also, nein, nicht daß ich wüßte. Das beruhigte sie. Ob ich noch heißen Kaffee wolle? Sehr gern. Denn sie habe einen verdammten Horror, fügte sie hinzu, vor diesen weinerlichen Geständnissen, diesem Jammern, in das man verfallen könne, wenn man nicht achtgab, und wir hätten weiß Gott viel zuviel getrunken. Doch da sie ja den Mund gehalten habe, wie ich sagte, wollten wir nicht mehr darüber sprechen – und ich, ich hätte keine Probleme gehabt einzuschlafen?

Sie hatte eine komische Art, um mich herumzustreichen, zugleich leicht und unruhig, die Gesten zugleich präzise und überflüssig, ein Lächeln, das keins war, aber ihre Anwesenheit war nicht unangenehm. Sollte ich das leugnen? Es war noch zu früh zu entscheiden, ob das nun durch sie kam oder durch die drei langen Jahre, die ich allein verbracht hatte. War es, weil sie ihre Mutter war? War es, weil das Gespenst Eileens erneut auf die eine oder andere Art im Haus umging? Kurz gesagt, ich sollte diese Frau verabscheuen, und ich verabscheute sie natürlich, doch die Dinge waren nicht so einfach, wie ich sie mir vorgestellt hatte. Und angenehm oder nicht, es gab einen Punkt, bei dem ich nicht so tun konnte, als bemerkte ich ihn nicht – ein Gefühl, das sich immer klarer herauskristallisierte, Eileen einmal beiseite gelassen: Josianne weckte bei mir eine besondere, eine tiefsitzende und deshalb schwer zu erklärende Empfindung. Noch einmal: Von Eileen abgesehen, kannte ich keinen anderen Menschen auf der Welt, dem ich mich so nah fühlte. Nicht daß das sehr erfreulich gewesen wäre, denn es kam weder vom Herz noch vom Verstand, sondern durch die Macht der Dinge, in dem Sinn, daß man nichts dagegen machen konnte. Ich erinnerte mich nicht, daß wir am Abend eines Vollsuffs unser Blut vermischt hätten, doch das war ungefähr mein Gefühl. Ich hatte dieses Bild von zwei aneinandergeketteten Leuten im Kopf, zwei Leuten, die sich nicht ausstehen konnten und die durch die Umstände schicksalhaft zusammengeschweißt waren. Ich fragte mich, ob sie nicht ein ähnliches Gefühl hatte.

Praktisch nichts Sexuelles dabei, wohlgemerkt. Nur der Ehrlichkeit halber erwähne ich diesen völlig nebensächlichen Punkt, und um jede Bemerkung, ich könnte dabei nicht klar sehen, gleich abzuschmettern. Ich weiß, wieviel an dieser Sache undurchsichtig ist. Oder nicht? Ich habe Josianne vor ein paar Stunden das Höschen ausgezogen, in der Nacht, als sie in ihrem Bett wie ein Engel schnarchen sollte, auf der Treppe, wo sie von Schwindel befallen wurde, wo sie grundlos lachte, während wir in unsere Zimmer gingen. Und dabei wird es sicher nicht bleiben (ich meine mich zu erinnern, sie vor einen Zug geworfen und räudigen Hunden zum Fraß überlassen zu haben). Ich verpaßte ihr dann eine denkwürdige und saftige Tracht Prügel auf den Hintern (das war nicht zum letzten Mal, hoffe ich!), wovon ich alle Einzelheiten mit höchstem Genuß niederlegte (aus dem Leben gegriffen, *wahre* Geschichte, x-rated für *Kriminelle* oder *Mörder,* je nachdem). Ich weiß, wieviel an dieser Geschichte undurchsichtig ist, glaubt mir. Und ich täuschte mich nicht über die Natur meiner Beziehungen zu Josianne. Praktisch nichts Sexuelles dabei. So wenig, daß man es vernachlässigen konnte.

Später, als ich wie immer in dem Sträßchen hinter dem Reisebüro parkte und die Augen zum Himmel hob, um das unglaubliche Wetter zu bewundern, das sich immer noch über unseren wirren Köpfen hielt, stoppte der dicke düstere Toyota meines Lieblings abrupt auf meiner Höhe. Die Beifahrertür öffnete sich.

»Steig ein!« befahl sie mir.

»Willst du nicht lieber aussteigen?«

Idiotische Frage. Seit unserer Trennung und trotz der Vereinbarung, daß wir freundschaftliche Beziehungen miteinander aufrechterhielten (das war eine meiner großen Errungenschaften, was auch immer der Preis war, den ich meinerseits zahlen mußte), weigerte sich Eileen, sich in der Öffentlichkeit allein mit mir zu zeigen. Ihr hättet uns nie auf einer Terrasse oder Seite an Seite auf der Straße überrascht, da könnt ihr beruhigt sein. Ich hatte eine Zeitlang geglaubt, nachdem ich Victor von oben bis unten gemustert hatte, daß mein Outfit der Grund für ihre Entscheidung oder meiner Sache abträglich gewesen sei. Élisabeth und ich waren einen Nachmittag durch die Läden gezogen, aber das hatte nicht groß was gebracht. Meine Hosen ohne Bügelfalten und meine ziemlich zerknitterten Jacken hatten sich nicht so schlimm wie vermutet ausgewirkt. Bei Gelegenheit hatte ich sogar Victors Badezimmer inspiziert (er klopfte an die Tür: »Luc, entschuldige, aber die Gästetoiletten sind im Erdgeschoß!« – ich, auf dem Rand der Badewanne sitzend: »Botschaft angekommen, alter Freund, aber ich mache schon nichts kaputt!«), um mir seine Kosmetikmarke zu notieren. Vergebliche Mühe. Und von seinem Eau de Toilette hatte ich Ausschlag auf der Brust bekommen.

»Wohin fahren wir? Weißt du, mein Schatz, ich müßte arbeiten... Ich muß meinen Lebensunterhalt verdienen.«

Solltest du das vergessen haben? Es gibt noch einige von uns auf dieser niederen Welt, die es sich nicht einfach gutgehen lassen. Sieh mich nicht an, als hätte ich deine Sitze schmutzig gemacht.

Die in deinem Auto sind aus weichem Leder, cremefarben. Die Klimaanlage funktioniert hervorragend. Sieh an, du rauchst jetzt Pall Mall? Und du trägst einen neuen Brillanten am Ohr? Ich habe nichts gegen dieses Leben, stell dir vor, aber was soll ich dazu sagen? Verbirgst du vielleicht vor mir, daß Victor dich gut fickt oder sonst irgendwas? Doch falls nicht, was muß ich dann denken?

»Tu mir das nie wieder an!« knirschte sie zwischen den Zähnen, während sie ihren Wagen in einen behäbig dahinfließenden Verkehr hineinsteuerte.

Ich machte mein Fenster auf, dessen getönte Scheibe uns vor Blicken schützte. Sie ließ gleich eine große Sonnenbrille, die ihr halbes Gesicht verdeckte, auf ihre Nase sinken.

»*Hast du mich verstanden?*«

»Hör zu, ich werde mein Bestes tun. Aber ob das reicht? Gib zu, daß ihr mir das Leben nicht gerade einfach macht…«

Wir hielten an einer roten Ampel an. Doch sie umklammerte das Steuer weiter fest mit den Händen, die Augen geradeaus gerichtet, als würde sie wie ein Todesfahrer über eine leere Autobahn rasen. Und ich saß auf dem Todessitz.

»Luc, das kann so nicht weitergehen! Das weißt du genausogut wie ich! Und mach bitte das Fenster zu!«

»Also hier ist es derart hermetisch abgeschlossen… Ich kriege richtige Beklemmungen. Du hast nicht zufällig was zu trinken?«

»Also, laß mich dir eines sagen: Wir sind sehr geduldig mit dir gewesen. Ich bin von *beispielhafter* Geduld gewesen! Victor und ich, wir haben dir viel durchgehen lassen. Wir haben uns dir gegenüber verständnisvoll und freundschaftlich verhalten, über das vernünftige Maß hinaus und ohne dafür etwas zu erwarten. Du hast dich manchmal unmöglich benommen, du warst verächtlich, gemein, ungerecht, provozierend… (Man spürte, daß ihre Liste sehr viel länger war.) Also kurz gesagt, ich mache dir daraus nicht mal einen Vorwurf, ich kann manche Dinge verstehen…«

»Nein, du verstehst sie nicht«, unterbrach ich sie ruhig. »Aber das macht nichts.«

»Hör bitte auf! Das wird langsam lächerlich!«

Ich warf einen demonstrativen Blick auf meine Uhr, um sie daran zu erinnern, daß ich mich nicht ewig in ihrem Salon aufhalten konnte (zumal die Bar geschlossen war). Sie fuhr um einen Kreisel im Zentrum herum, wo ein kräftiger

Springbrunnen mir eines Abends eine verdammt gute Dusche beschert hatte, ob das nun lächerlich war oder nicht.

»Aber *das,* verstehst du mich, das ertrage ich nicht! Ich gebe zu, daß unsere Beziehung niemals einfach sein wird, damit habe ich mich abgefunden, stell dir vor. Daß du dir darin gefällst, die Rolle des bösen Buben zu spielen, na meinetwegen. Damit kannst du ruhig weitermachen, wenn du Spaß daran hast. Aber ich lasse nicht zu, daß du die Grenzen überschreitest!«

»Der böse Bube, wie du ihn nennst, würde gern wissen, wie du das anpacken willst.«

»Gut. Willst du Krieg oder was?« (Und was war das, was wir schon hatten?)

»Ich will überhaupt nichts. Ich habe sie nicht gebeten zu kommen. Ich bin im falschen Moment am falschen Ort, und sonst nichts... Es gibt immer einen Blöden, der zwischen die Fronten gerät. Und mich hat's eben erwischt.«

»Mach dich bitte nicht über mich lustig!«

»Wo das jetzt gesagt ist, gibt es doch noch eine Sache, auf die ich neugierig bin... Ich frage mich, ob du fähig wärst, mich ein zweites Mal fertigzumachen. Nicht daß du nicht den Willen hättest, das sehe ich ja, aber wäre das deiner Meinung nach *möglich*? Meinst du, du könntest mich, einfach so, von den Toten zurück ins Leben rufen, um mich noch einmal abzumurksen, verdammte Kacke?«

Sie hatte im Augenblick keine definitive Antwort darauf. Als ich sie nach ihren tieferen Gründen gefragt hatte, mich zu verlassen, hatte sie auch nichts zu sagen gewußt. Was sie wohlgemerkt nicht daran hinderte zu handeln. Eine meiner Lieblingshypothesen war, daß sie ihr Spiel wahnsinnig gut verschleierte und nie jemandem anvertraute, was wirklich in ihrem Kopf vorging. Ich hatte sie in *Mörder* ein bißchen fett gemacht, hatte ihr eine Hülle gegeben, damit man nicht weiß, wie es in ihrem Inneren wirklich aussieht (und ich hatte es auch so eingerichtet, daß sie nicht viel spricht – es werden Zettel ausgetauscht –, damit ich mich noch zurechtfinden konnte).

Élisabeth fand, daß ich finster und bedrückt aussah. Sie hatte Jackie am Wochenende gesehen und fand, daß sie auch finster und bedrückt aussah. Natürlich. Natürlich. Die Sache war voraussehbar. Und mich beunruhigte das gar nicht? O doch. Sicher doch. Aber jetzt, wo ich gerade diese Diskussion mit Eileen gehabt hatte, und na ja echt, wirklich unangenehm, sehr anstrengend, wie du sehen kannst. Sie hat mir eine von diesen Feuerkugeln in den Magen gejagt, genau, übrigens, also, ich würde doch gerne mal wissen, wie das sein kann, verdammt noch mal, Élisabeth, ich würde gerne mal wissen, wie das sein kann, daß die Flasche hier leer ist, hä, erklär mir das doch bitte mal.

Ich nahm sie aus meiner Schublade und stellte sie auf meinen Schreibtisch. Nur weil er arbeitslos war, sollte Francis das Recht haben, sich über meine Reserve herzumachen? Wo er doch sehr genau wußte, wofür ich die brauchte, für welche absoluten Notfälle die gedacht war. Ich verlangte von ihr ein bißchen mehr Rücksicht, wo sie ja schließlich wußte, wie die Lage war, und daß die Möglichkeit bestand, daß irgendwelcher Ärger über mich reinbrach, so was wie dieses durchgeknallte Kidnapping, von dem ich mich, nebenbei gesagt, noch nicht wieder erholt hatte, wie sie sich bestimmt vorstellen konnte, und aus dem ich, wenn ich mal näher darüber nachdachte, den Schluß zog, daß Eileen seit der Ankunft ihrer Mutter halb verrückt geworden war und mir für alles die Schuld gab, um es mir heimzuzahlen, daß ich ihrer Mutter gegenüber gastfreundlich war und das Pech hatte, ihr neulich abends im Restaurant zu begegnen, als hätten wir das ahnen können.

Ich schnitt eine halb ironische, halb enttäuschte Grimasse, schnappte mir meine Jacke wieder und schleppte mich mutig zur nächsten Kneipe, während eine Flut von Säure in meine Eingeweide schoß. Um diese Zeit war der Raum leer, so daß ich mich auf der hinteren Bank nach Belieben zusammenkrümmen konnte, während ich auf mein Glas wartete.

Seit ein paar Monaten war mein einziger Feind die Überraschung. Normalerweise, wenn ich Streit mit ihr wißt schon wem suchte, traf ich die notwendigen Vorkehrungen oder war darauf vorbereitet, was einzustecken. Besser vorbeugen als heilen. Doch wenn sie mich, wie an diesem Morgen, kalt erwischte, nagelte sie mich wieder ans Kreuz. War es nur ein Traum, oder war ich wirklich abgehärtet? War es nur ein Traum, oder hatte ich reale Chancen in einem fairen Kampf? Warum nur muß ich einen derart strahlenden Herbstmorgen ertragen? Wieso ist der Himmel nicht finster?!

»Geht's nicht?« fragte sie.

»Alles bestens. Setz dich.«

Sie konnte nicht mehr an mir vorbei, schien es. Obwohl der Zeitpunkt nicht sehr gut gewählt war (ein langes dumpfes Stöhnen wollte gerade aus meinem Mund und sonst nichts), kletterte ich aus meinem Loch wie ein Soldat aus seinem Schützengraben.

»Sollen wir lieber in dein Auto gehen? Oder hättest du vielleicht einen Strumpf, den ich mir über den Kopf ziehen kann?«

»Luc, ich habe noch mal über unser Gespräch nachgedacht.«

Was für eine Überraschung! Diese Übung hatte sie offenbar mitgenommen, denn sie sah aus, als wäre sie kurz durchgeschleudert worden oder hätte geholfen, einen Sattelschlepper abzuladen. Aber ich würde sie sicher nicht bedauern, ich, der ich seit langem jeden ihrer Sätze auseinandernahm, seit Ewigkeiten jede ihrer kleinsten Bemerkungen mit der Lupe untersuchte, sie hin und her drehte, bis ich sie schließlich zwischen meinen Fingern zerquetschte, kleine nervige Insekten, kleine gleichgültige und durchsichtige Scheißer.

Ich benahm mich schlecht, ich mißbrauchte ihre Geduld, ich war vielleicht dies oder das, doch wenn es darum ging, an meinen guten Willen oder an erhabene Gefühle zu appellieren, dann kannte man mich besser, als ich mich selbst kannte, dann wußte man, daß ich kein unsensibles Wesen war, und schlug die Taste der alten Erinnerungen an, in deren Namen ich mich wieder in die Gewalt kriegen sollte, damit die Mehrheit ruhig und glücklich sein konnte. Ganz meinem Portwein zugewandt, bekam ich nur ein paar Fetzen ihres Monologs mit. Zum einen wegen des geringen Interesses, das ich für die Liste ihrer Probleme übrig hatte (Reizbarkeit, Migräne, Schlaflosigkeit, Wut, Abscheu, Traurigkeit, Verwirrung…). Andererseits, weil sie, um die

Sache zu komplizieren, oder aus Angst, daß man ein so nettes Mädchen über seine Mutter herziehen hören könnte, ihre Klagen und bittern Vorhersagen mit leiser Stimme vorbrachte, schnell und verworren aneinanderreihte und dabei an einem Bügel ihrer Brille knabberte, den Blick starr auf den Tisch gerichtet, an den ich mich meinerseits klammerte und darauf wartete, daß es ein bißchen besser würde.

»Nun ja, Luc ... Ich habe gedacht, ich könnte dir einen Vorschlag machen.«

Sie hatte begonnen, mich scharf von unten anzusehen.

»Teufel! Da sieh mal einer an! (Ich fand es schwierig, in dem Zustand, in dem ich war, den Kaltblütigen zu spielen, aber ich glaube, ich hätte es geschafft, mit einem Lächeln ohnmächtig zu werden.) Was hast du denn für uns ausgebrütet?«

Sie überlegte und rückte dann mit einem Lachen vom Tisch ab. »Alles in allem ist es jedenfalls nicht so schrecklich!«

»Sag mir, was, und ich sage dir, was ich davon halte.«

Sie sah mich mit einem belustigten, mysteriösen, wundervollen Ausdruck an. Ein echt weiblicher Blick. So einen hatte ich nicht abbekommen seit, Moment mal ... ach, ist auch egal. Seien wir ehrlich: Ich war wahnsinnig aufgeregt, meine Gefühle waren aufgewühlt, und eine kindliche, heftige Freude ergriff mich. Gut. Sehr gut. Schön! Ein Funke war übergesprungen, ein winziger Bogen hatte sich innerhalb einer Sekunde zwischen zwei abgetrennten Fäden eines Bündels gebildet, eine unwahrscheinliche Verbindung war zustande gekommen. Gut. Perfekt. Klar. Aber wir wollen es nicht an die große Glocke hängen.

Ich bedauerte es jedenfalls, körperlich nicht fit zu sein (wegen meiner Magenschmerzen beugten sich meine Schultern vor, und ich sah blaß aus). Wo ich endlich einmal wieder in ihren Augen so etwas wie Stehvermögen hatte, eine gewisse Wirklichkeit als Mann, fürchtete ich, daß sie davon enttäuscht war, ganz generell. Daß sie mir, um mich nicht zu verärgern, gleich erklärte, daß ich mich nicht verändert hätte, ließ das Gegenteil vermuten. Einen Moment lang hatte ich das Gefühl, daß eine Katastrophe stattgefunden hatte, von der ich nichts ahnte (man liegt ausgestreckt im Gras, döst und nimmt seine Sorgen nicht mehr so schwer, während sich am Himmel eine radioaktive Wolke ausbreitet). Diese drei Jahre waren nicht gerade wunschgemäß verlaufen, aber war es möglich, daß sie auch für die Frau, die mich aus ihrem Herzen verjagt hatte, einen Abgrund darstellten?

»Mag sein, ich irre mich, gib acht...«

Sie sah nicht so aus, als würde sie das einen Moment denken. Was den Blick anging, den sie mir zuwarf, hätte man ihn so verstehen können, daß sie mich bitten wollte, mit ihr zusammen eine Bank zu überfallen. Ich war immer davon überzeugt, daß es ihr zum Schluß einfach zu langweilig werden würde, ein leichtes Leben ohne Risiko zu führen, in dem es einem an nichts fehlt. Das ist ein klassisches Muster.

»Luc, es könnte sein, daß ich dir zum Tausch für die Abreise Josiannes etwas anzubieten habe...« Sie sah sich wohl gerade einen Revolver auf den Kopf des Kassierers richten, während ich die Scheine zusammenraffte, denn in ihren Augen lag ein gefährlicher Glanz. »Also, es ist ein bißchen eigenartig.«

»Sag doch, ich bin neugierig, mehr zu erfahren. Und was, meinst du, würde mir Spaß machen?«

Ich ließ langsam den letzten Schluck Portwein in meine Kehle rinnen.

»Ich weiß nicht... Mit mir zu schlafen zum Beispiel?«

Ich hielt mir die Hand vor den Mund, weil ich plötzlich ein bißchen husten mußte. Nichts Ernsthaftes, doch um ein Haar hätte ich mich schlimm verschluckt und meinen Portwein durch die Gegend gespuckt.

»Was habe ich bloß gesagt?! Ich muß verrückt sein! Diese Geschichte macht mich verrückt, jetzt siehst du's!«

Fleischfetzen blitzten vor meinen Augen auf wie hübsche Leuchtfische hinter der Scheibe eines Aquariums. Rosa Luftballons stiegen gemächlich in den Himmel.

»Luc, du bist mir doch nicht böse, hoffe ich?... Das ist so dumm von mir! Wie konnte ich nur... Du hast keine Lust dazu, stimmt's?«

»Oh, das ist nicht die Frage... Es ist nicht so einfach.«

»Ich weiß nicht mehr ein noch aus. Ich habe bestimmt ganz rote Backen, nicht?«

»Nicht besonders.«

»Nur damit keine Mißverständnisse aufkommen: Auf diesem Gebiet verstehen wir uns sehr gut, Victor und ich. Es ist ganz und gar nicht so, wie du denkst.« Sie wandte das Gesicht der Straße zu. »Aber mir fiel einfach nichts mehr ein... Und außerdem kam es aus einem guten Gefühl heraus, stell dir vor... Ich dachte, das wäre vielleicht ein Mittel, dir meine Dankbarkeit zu zeigen. Falls du nicht eine Krawatte oder ein Paar Hosenträger vorziehst? Hör zu! Glaubst du, für mich ist es einfach?!«

»Warum sollte es schwierig sein? Wir haben es hundertmal zusammen gemacht, hast du das vergessen?«

»Du weißt sehr gut, was ich meine. Also reden wir nicht mehr davon. Ich hatte nicht die Absicht, dich zu irgendwas zu *zwingen*!«

»Ich muß darüber nachdenken.«

»Wie bitte?«

»Ich habe gesagt, daß ich darüber nachdenken muß.«

Was für eine Unterhaltung! Ein wahres kleines Wunder! Und alles für mich. Was bedeuteten schon die feindseligen Reaktionen, die ich in ihr weckte. Völlig egal.

»*Ah, du willst darüber nachdenken?* Na dann, Luc, sieh mich gut an: Du kannst dir soviel Zeit nehmen, wie du willst!«

Ich schlug die Augen nieder. Jetzt war ich doch ziemlich besorgt, ganz plötzlich.

»Und wenn wir wieder Geschmack daran fänden, was würde dann passieren? Rechnen wir doch einen Moment mal mit dem Schlimmsten... Darf ich es mir genau überlegen, ohne zu riskieren, dich zu verletzen?«

Ich hätte länger darauf herumreiten können. Aber ich tat es nicht. Unterhalb seiner Möglichkeiten zu bleiben verschafft einem ein starkes Gefühl der Sicherheit und schmeichelt gleichzeitig dem Selbstwertgefühl.

»Ich dachte, wir wären vielleicht klug genug, du und ich. Ich dachte, wir würden keine Staatsaffäre daraus machen, das ist alles.«

»Ich verstehe, was du meinst. Und im Grunde hast du sicher recht, daß wir nicht groß was riskieren. Um dir die Wahrheit zu sagen: Es reizt mich sogar ziemlich... Weißt du, ich kann dir ja ruhig gestehen, daß ich manchmal daran denke… Also, das ist ja nichts Außergewöhnliches, glaube ich. Hoffentlich ist dir das nicht irgendwie peinlich.«

»Na ja, ich nehme an, das ist … unvermeidlich, nicht? Luc, ich glaube, daß wir uns heute ohne irgendwelche Hintergedanken gegenseitig achten können. Ich denke, wir können sehr gut eine Weile miteinander auskommen, ohne Geschichten zu machen. Ohne zu versuchen, dies oder das wieder in Frage zu stellen. Das weißt du genausogut wie ich. Ich bin außerdem erleichtert, daß wir so offen darüber sprechen können. Du nicht?«

Sagt selbst, Leute: Was für eine Unverschämtheit! Was für eine Kaltblütigkeit! Was für ein fürchterliches Weibsbild! Ich konnte nicht anders, ich mußte sie bewundern! Eine echte Bestie, die kein Gesetz kennt! Ein käufliches Luder! Eine rothaarige Hexe! Alles, was mich anmachte, als ich noch in Form war! Ich war jahrelang ein überglücklicher Mensch, wißt ihr? Ein paar Monate, bevor Victor sie mir weggenommen hat, hättet ihr mich nicht erkannt. Ich wette, ihr hättet mich sympathisch gefunden.

Gut, wo waren wir? War sie nicht dabei, wenn ich mich nicht irrte, mir eine sexuelle Beziehung als Gegenleistung für die Abreise Josiannes vorzuschlagen? Ja genau. Eine Beziehung, die einem, ihrer Meinung zufolge, nach drei Jahren Probezeit nicht zu Kopf steigen sollte. Eine Beziehung, die von ihrer Seite her nicht das kleinste moralische Problem darstellte, sondern einfach so flutschen würde. Bestürzt – ich war bestürzt, ja, das war das richtige Wort. Außerdem hatten sich meine Krämpfe praktisch verflüchtigt und einem leichten eschatologischen Schwindel Platz gemacht:

Wohin taumelten wir, so, wie wir waren? Ansonsten trug ich eine ruhige Miene zur Schau, ein liebenswürdiges und abgeklärtes Lächeln, das sie zufriedenzustellen schien. Verstand sich nicht alles, was sie sagte und vorbrachte, von selbst? Mußte man nicht, falls man nicht gerade böswillig oder von einer unverzeihlichen Engstirnigkeit war, ihre Sicht der Dinge teilen?

»Wunderbar, sprechen wir offen darüber. Ich lege Wert darauf, dir mitzuteilen, daß ich mich weigere, ein Kondom zu benutzen. Entschuldige, daß ich so direkt bin, aber ich will keine Ausflüchte in letzter Minute. Also, dieser Punkt ist nicht verhandelbar.«

»Was sonst noch?«

»Ich muß wohl nicht darauf hinweisen, daß ich es nicht akzeptiere, irgend etwas auszuschließen. Und ich will nicht erfahren, daß diese Position die Lieblingsposition Victors ist und daß mit Rücksicht auf ihn… bla bla bla, nein, ich will es nicht mal wissen. Das muß ganz klar sein!«

»Natürlich. Das hatte ich mir genauso gedacht.«

»Ich will dir nichts unterstellen, glaub mir. Aber mir liegt an einem problemlosen Ablauf unserer Affäre… Ich kann dir nicht mehr blind vertrauen, mein Schatz, weißt du, ich hoffe, du verstehst das…«

»Da irrst du dich, das versichere ich dir. Eins kannst du mir glauben, Luc, ich habe nicht die Absicht, mir irgendeinen Strafdienst aufzuladen, was auch immer der Nutzen davon sein mag. Habe ich mich klar ausgedrückt?«

»Gut, noch eines: Wo machen wir es? Tut mir leid, aber bei mir kommt es nicht in Frage. Wir wollen nicht alles durcheinanderbringen, wenn das möglich ist.«

»Ja, ich kümmere mich darum. Für dich ist nachmittags besser, nicht? Das wird schon gehen.«

»Du mußt dich erkundigen: Ein Zimmer für einen halben Tag ist vielleicht günstiger als stundenweise. Weißt du noch?«

»Was meinst du? Versuchen wir es nächste Woche hinzubekommen? Freitag wäre perfekt!«

»Ja, lassen wir ihr die Zeit, sich auf die neue Lage einzustellen... Wir wollen nicht zu hart sein. Aber Freitag paßt mir sehr gut. Sag mal, hast du noch dieses kurze schwarze Seidenteil...«

Und ich bildete mir ein, sie zu kennen! Die ganze Zeit, die ich in ihrer Nähe verbracht hatte, all die letzten Jahre mit zwanghaften und besorgten Untersuchungen der kleinsten Einzelheit, Betrachtungen unter dem Mikroskop oder mit dem Fernglas im Gras! All die Seiten, diese Stapel vollgetippter Blätter, ohne Rand und mit einfachem Zeilenabstand, kiloweise Papier, das ich ihr mit wahnsinniger Geduld und Mühe gewidmet hatte! Wozu?! Wozu, wenn sie mich immer noch überraschen konnte, wenn ich nicht fähig war, ihre Reaktionen vorherzusehen, mich in ihre normalsten Gedanken einzuschleichen! Die Idee war ihr mir nichts, dir nichts gekommen, in dieser Minute, bestimmt, als sie die Fliegen beobachtete, und meine ganze Arbeit brach in sich zusammen, alles, was ich herausbekommen hatte, war nichts wert, alles, was ich über sie zu wissen meinte, war tot.

Bevor ich mich wieder an die Arbeit machte (ich organisierte, versprach, verkaufte Fluchten aus dem Alltag, Niegesehenes, Überraschendes, wie es sich gehörte!), beobachtete ich lange Élisabeth hinter ihrer Scheibe. Sie tippte, hörte dann auf, um das Telefon abzunehmen. Am Ende des Tages würde Francis sie abholen kommen, und es würde so aussehen, als hätte sie sich nicht von ihrem Platz bewegt. Wenn ich es mir so überlegte, gab mir die Aussicht auf gegenseitige Gefälligkeiten zwischen Eileen und mir ein bißchen neue Kraft, ob nun gespielt oder nicht. Die Dinge liefen wirklich die meiste Zeit ohne unser Wissen ab. Sie kamen und gingen, erschienen und verschwanden, witschten uns vor der Nase weg, ohne daß wir es merkten, sprangen wie Fische aus dem Wasser und weckten uns mit ihren Spritzern. Aus ihrem Käfig gab Élisabeth mir Zeichen, die ich nicht verstand. Ich hatte auch die von Eileen nicht verstehen können, früher. Waren sie überhaupt für mich bestimmt? Und hatte sich nicht mein eigenes Bild auf die Dauer vernebelt?

Élisabeth kam herüber, um mich daran zu erinnern, daß ich Marc vom Flughafen abholen mußte. So ist es eben: ein Östrogenstoß bei eurer Ex, und ihr vergeßt euren besten Freund!

Hintergrund dazu: Zu den Folgeschäden der Trennung, so paradox das auch scheinen mag, zählte ich die langsame Abschwächung eines bestimmten Gefühls, das man einem Leidensgenossen des gleichen Geschlechts gegenüber empfinden kann (ich spreche von Marc). In drei Jahren waren wir (eigentlich *ich*, und der Umstand, daß wir Victor durch Marcs Schuld kennengelernt hatten, hatte nichts damit zu tun) von einer engen Freundschaft zu einer viel faderen Beziehung übergegangen, für die es keinen richtigen Namen gab. Wenn ich manchmal meinte, ein verständnisvolles Ohr zu brauchen, hatte ich mich eher an Paul gewandt, der zwanzig Jahre älter war als ich und sich um seine Rosenstöcke kümmerte, ohne die Fassung zu verlieren, wenn ich auf seine *Dorandi,* seine *Blue River* und seine *Ingrid Bergman* Blut pißte. Marc hingegen gehörte dem Kreis an, in dem ich bleiben wollte, und deshalb hatte ich nicht den Mut gehabt, auf ihn zuzugehen. Und egal, was ich jetzt empfand, es war zu spät. Seien wir ehrlich: Ich war gefühllos. Die ekelhafte Suppe, die ich auf meinem Herd zusammenbraute, erhob nicht den Anspruch, die Sinne zu verfeinern.

Ich war aber doch froh, ihn zu sehen, ganz bestimmt. Ein Band blauen Himmels flatterte über den leuchtend roten Hecken, die die Böschung der Schnellstraße schmückten, und ich hatte keinen Grund, über die Wendung, die die Ereignisse genommen hatten, verärgert zu sein. Denn endlich passierte etwas. In der Flughafenhalle, hell und angenehm wie ein Hausschuh aus mit Gold bestickter Schafwolle, beschloß ich, meinen Blick hübschen Frauen zuzuwenden, besonders wenn sie die Beine übereinanderschlugen. Das war ein bißchen meine Stimmungslage, der ganz und gar beruhigende Grad legitimer Aufgeregtheit, ausgelöst durch das Dunkel, das ich durchschritt, seit ich wieder mit Mutter und Tochter verkehrte. Ich war nicht immer so selbstsicher gewesen, so beherrscht, so gelassen, wenn ich den Frauen zwischen die Beine sah. Eine meiner Striptease-Freundinnen könnte euch erzählen, daß ich manchmal deshalb geheult hatte.

Eine Frau, die Marc übrigens sehr gut kannte. Eine Frau, die er sehr großzügig bezahlt hatte, um den armen Luc Paradis wieder hochzubringen und seine düsteren Gedanken zu verscheuchen. Eine sinnlose Ausgabe, gekrönt von einem dieser Kater, die einen tagelang verfolgen und einem schon bei der bloßen Erinnerung daran die Haare zu Berge stehen lassen. Ich zeigte keinen guten Willen, meinte er. Gefiele mir in übelster Gefühlsduselei (er hatte immer Vorbehalte gegen Eileen gehabt, war ihrem Charme nie ganz erlegen). Ich gefiele mir darin, mich wegen meines Schicksals zu bemitleiden, sagte er, horche viel zuviel in mich hinein, das sei alles. Lieber Marc! Nicht damit zufrieden, mir die Arbeit im Reisebüro vermittelt zu haben, wollte er mir auch das Lächeln und die Lebensfreude wieder schenken, im Eiltempo. Aber was sollte ich mit Lächeln und Lebensfreude anfangen, oder damit, diese Frau zu vögeln? Ein Lichtstrahl, und ich verkroch mich wie ein scheues Tier in einem Loch, erstickte fast, fröstelte, schnappte nach Luft, holte mir Ekzeme an den Hals, wenn ich nur daran dachte! Mußte ich wissen, was bei mir nicht lief? War das die Lösung meiner Probleme? Damals wollte mich jeder da herausholen, doch Nicole, die Stripperin, hatte mich eine Weile auf ihren Knien heulen lassen und eine Zigarette geraucht, und sieh an, das war alles, was ich brauchte: daß ich in meinen Geschichten steckenbleiben durfte, daß man mich in Ruhe ließ, daß man mich fragte, ob ich nicht irgendwo einen Aschenbecher gesehen hätte, und nicht nach der Wahrheit ganz tief in den Augen.

Ich setzte mich gegenüber einer jungen Frau hin, deren Strumpfhalter mir aufgefallen waren. Das sah aus, als wäre es nichts, aber es passierte mir immer noch, daß ich die Fortschritte überprüfen mußte, die ich in drei Jahren gemacht hatte. Meine etwas monotone Beziehung mit Jackie war nicht ganz unwichtig, doch ich hatte trotz allem immer noch das Gefühl, ein Rekonvaleszent zu sein, ein gleichzeitig zähes und feiges Wesen (ich drehte eine Runde, bevor ich mich setzte), das ich gleichzeitig bekämpfen und abhärten mußte, von daher die Durchführung gewisser praktischer Übungen, speziell für Wartesäle entwickelt. Marc würde noch immer etwas daran auszusetzen haben, konnte ich mir vorstellen. Ich mochte nicht einmal daran denken, wie er die letzten Neuigkeiten zu gewissen Themen, die er für tot und begraben hielt, aufnehmen würde. Die Nacht versprach lang, apoplektisch und lebhaft zu werden.

Doch man sah mich wenigstens nicht mehr wie einen Geistesgestörten oder einen gerade aus der Anstalt entflohenen Triebtäter an, der seinen gestreiften Schlafanzug unter dem Regenmantel versteckt. Vielleicht wie einen Lüstling unter vielen anderen, eines dieser herumstreunenden Tiere auf der Suche nach irgendeinem Abenteuer, einen von diesen armen Typen, die im Ehebett unerwünscht sind, und außerdem... Nein, ich war wieder zur Normalität zurückgekehrt, schien mir. Ich schlug sie nicht mehr mit dem Grunzen eines verwundeten Mannes in die Flucht, mit einer feindseligen Geste, einem stieren Blick, der sie die abscheulichsten Praktiken vermuten ließ. Nein, nein, ich beunruhigte sie nicht mehr übermäßig. Es gelang mir, eine gleichgültige Miene zu bewahren, die Miene des Kenners, der höchstens ein bißchen anspruchsvoll ist und einen Teil der Ausgaben für ihre Dessous rechtfertigt. Eileen trug La Perla, seit sie mich verlassen hatte. Woher ich das wußte? Ihr könnt mir aufs Wort glauben. Versucht euch ein bißchen vorzustellen, wie mein Leben war, seit sie mich zum Teufel gejagt hatte.

Ding, dong! Ein unsichtbares Wesen verkündete uns mit schmachtender Stimme, aufgenommen in einem Puffzimmer nach Einwerfen einer Handvoll Aphrodisiaka, die Landung des Flugzeugs, wegen dem ich gekommen war. So daß die charmante Frau mir gegenüber, sei es, weil sie dem geliebten Wesen zustrebte, sei es, weil sie meine fleißige Teilmusterung ihres Angebots belohnen wollte, mir einen tiefen Blick auf ihr Hinterteil gewährte, über das sich straff die weiße Baumwolle spannte. Sicher eine ziemlich gute Marke.

Marc kam übrigens nicht.

Etwas später erfuhr ich echt ein Ding. Weil Jackie ihre Tage hatte und der Anblick von Menstruationsblut noch ein bißchen zu hart für mich war, wälzten wir uns in Kleidern ein wenig auf dem Bett herum, machten gute Miene zum bösen Spiel, also nicht viel. Ihrer Meinung nach war ich schuld, daß wir uns nicht mehr treffen konnten, und so wurde ich jetzt dafür bestraft. Ich verdiente nicht mal die Fellatio, die sie mir mit Schmollmiene besorgte. Und da hatte sie recht.

Wir tranken am Gartentisch eine Orangeade (Thomas irrte immer noch durch die rauchenden Ruinen seiner Schuhfabrik), im Moment wieder versöhnt und den Kopf voller Pläne für das Wochenende (sie plante außerdem, sich ihre Spirale rausnehmen zu lassen, um zur Pille zurückzukehren und so die Zahl der Tage zu verringern, an denen ich nichts von ihr wissen wollte). Und sieh an, im Laufe der Unterhaltung, bei der sie vom Hölzchen aufs Stöckchen kam, rückte sie damit heraus, daß Thomas von André Geld geliehen hatte. Sie wußte nicht, wieviel genau, aber ganz ordentlich, bei verschiedenen Gelegenheiten, und er

war natürlich nicht in der Lage gewesen, es ihm zurückzu-
zahlen.

Ging es nun darum, ob man, moralisch gesehen, von
einem Typ Geld leihen konnte, den der Kummer auffraß,
weil seine Frau ihn verlassen hatte, und der unter beginnen-
dem Alzheimer litt? Nein, es ging vielmehr um die Frage,
ob seine Frau, in diesem Fall Josianne, nicht einen wahnsinnigen Aufstand machen würde, wenn sie auf die Schuldscheine stieß?

Ich kapierte langsam, warum Thomas ihn so oft zum An-
geln mitgenommen hatte. Jackie, die sich in den goldenen
Farben des Nachmittags, in dem süßlichen Duft der das
Haus umgebenden Steingartenblumen schmachtend einen
Moment an mich preßte, war entschlossen, mir noch einen
zu blasen, damit ich versuchte, mehr zu erfahren und, wer
weiß, einen Blick in Josiannes Akten zu werfen... Ich sähe
doch ein, daß Thomas schon so genug Probleme hatte? Daß
seine Schulden bei André, der Thomas geduldig und freundlich geschont hatte, in Josiannes Händen problematisch
werden konnten? Ich sähe doch ein, daß auch wir uns entspannen könnten, wenn Thomas entspannt war?

Das sah ich ein. Es gibt immer einen Punkt bei einer
Frau, an dem sie nicht schwankt und wo der Spaß aufhört.
Mir schien eigentlich, daß Jackie sehr viel verrückter war
als ich, hitzköpfiger in unserer Beziehung, verwegener, zu
mehr bereit, doch seht euch an, wie sie das Ruder übernahm, sobald ein echtes Unwetter drohte, beachtet den entschlossenen Glanz in ihrem Blick, wenn man mit ihr von
ernsten Dingen spricht, und geben wir doch alle zu, daß sie
immer den Kurs gehalten, daß sie nicht eine Sekunde die

Brücke verlassen hat. Da fiel mir noch eine andere ein. Viele andere. Man würde meinen, daß allein die Frauen verhindern, daß diese Gesellschaft zusammenbricht, oder irre ich mich? Aber wären wir zu etwas Besserem fähig? Haben wir irgendeinen Willen, wozu auch immer, abgesehen von diesem banalen Machtstreben?

Ich würde sehen, was sich machen ließ. Mehr konnte ich ihr nicht versprechen, und ich zerbrach mir schon den Kopf, welchen Vorteil ich aus dieser Situation ziehen könnte. Thomas unterhielt gute Beziehungen zu Victor Montblah. Er fand nichts dabei, daß Victor der neue Ehemann meiner Frau war. Und ich fand nichts dabei, werdet ihr mich fragen, mit seiner Frau zu schlafen? Hört mal, wir wollen nicht alles durcheinanderbringen. Wenn ich zugeben muß, daß Rache bei dieser Affäre eine Rolle spielt, dann aber nur eine minimale. Denkt ihr, ich hätte damals nur mit den Fingern schnippen müssen, damit mir alle Frauen der Gegend zu Füßen lagen? Ich war nur eine bemitleidenswerte, ausgepowerte Jammergestalt, als Jackie anfing, ein Auge auf mich zu werfen. Gott segne sie! Alle meine kleinen *Mörder*, all meine *Kriminellen* bekreuzigten sich, wenn ich vorbeikam, und seufzten hinter meinem Rücken. Oh, der arme Schatz! Ach, der arme Kerl! Es schien, als hätte ich eine sehr peinliche Krankheit. Ich war zum Außenseiter geworden, zu einem Typ, den man nicht mehr unterbringen konnte, einer, der mit sich selbst sprach. Versucht mal, in einer solchen Umgebung euer Gleichgewicht wiederzufinden. Versucht mal, euren Platz auf einer Couch zu finden, auf der ihr munter plaudernd neben eurer Frau gesessen habt, als sie noch ganz stolz auf ihren Mann war, den Romanschriftsteller mit einer Auflage von hunderttausend und einem Kabrio. Ich hatte die Alten, die Frauen ohne Kinder, die Barmherzigen an meiner Seite. Was die anderen anging... Sie haben sich insgesamt eher gut benommen. Sie fragten mich, wie es ging. Und ich schreibe nur Gemeinheiten über sie, ich quäle sie in *Mörder* und in *Kriminelle*! Was für ein trauriger Scheißkerl du bist, Luc Paradis!

War es möglich, daß das Schreiben mein Leben verpfuscht hatte? Sicher, ja. War es möglich, daß das Schreiben mich dem Leben zurückgegeben hatte? Ja, leider. Aber welche Rolle hatte ich bekommen? Glaubt ihr, daß die Rolle, die man mir zuwies, für mich befriedigend war? Konnte ich mich, mit vor Erregung klopfendem Herzen, auf irgendein Licht zubewegen? Also gut! Ich hatte mich wieder aufgerappelt und ging auf die Dämmerung zu. Was an mir war es wert zu retten? Wie konnte ich in der Haut eines so erbärmlichen Typs freudig erwachen? Ich hatte eine gewaltige Last zu tragen! Sollte ich vielleicht zum Himmel beten?

Ich hatte Probleme damit, mich selbst zu lieben, da Eileen mich nicht mehr liebte. Und im Lauf der Zeit hatte ich gemerkt, daß ein gewisses Gefühl der Selbstverachtung (im alltäglichen Leben leicht zu pflegen) unvermeidlich war, wenn man die Dinge akzeptieren wollte. Daß ich ein unerfreuliches Double brauchte, dessen Verhalten die Ursache meines Unglücks war. Ein gemeines Individuum, ein absoluter Saukerl, dieser Typ. Berechnend, verlogen, rachsüchtig, egozentrisch, verdorben und skrupellos. Wir würden ihn nicht bedauern, oder? Seht mal, nehmen wir die arme Jackie, die sich so verdammte Mühe gab, ihr Abenteuer nett und unterhaltsam zu gestalten. Was mußte er Élisabeth davon erzählen, und vor allem Sonia, Paul Dumonts Frau, von der er wußte, daß sie den Mund nicht halten konnte? Was wollte er eigentlich? Fragt ihn das, und er wird euch sagen, daß er keine Ahnung hat. Was mich betrifft, widert mich so etwas an.

Aber es stimmte, daß ich keine Ahnung davon hatte. Manchmal tat mein Double, mein jämmerlicher Genosse, irgendwas eher aus Langeweile, als daß er finstere Pläne verfolgte. So entdeckte er zum Beispiel auf der Bluse der jungen Frau, die er gleich verlassen würde, um nach Hause zurückzukehren, einen sehr kompromittierenden Fleck, und schaut ihn euch an: Er sagte nichts. Und was brachte ihm das ein? Überhaupt nichts.

Wo war Marc eigentlich abgeblieben?

Na ja, also er hielt sich in einem Londoner Hotel auf, und eine pakistanische Familie war hinter ihm her.

Ist es möglich, sich in ein sechzehnjähriges Mädchen zu verknallen, wenn man auf die Fünfzig zugeht und eine andere Frau, unglücklicherweise die eigene, mit Krebs im Sterben liegt und das Bild ihres Mannes an ihr Herz drückt? Alles ist möglich. Ich sagte zu ihm: »Marc, ich wundere mich über gar nichts mehr.« Ich versprach ihm, Gladys zu besuchen und ihr eine Geschichte zu erzählen, die wasserdicht war, denn er hatte weder den Mut noch die Kraft dazu. Ich hatte das Gefühl, daß er am anderen Ende der Leitung halb am Schluchzen war. Über das, was ihm passierte. Die Kehle zugeschnürt vor Angst, die er nicht fassen konnte. Die Kehle zugeschnürt vom Feuer der Jugend, das ihn entflammte und in seinem Kopf wütete. Zugeschnürt von der brutalen, dumpfen Schönheit der Welt.

»Und die Pakistanis, ist das ernst zu nehmen?«

Ich stellte mir schon eine Salman-Rushdie-Geschichte vor: von einem Hotel, von einem Flugzeug ins andere, immer neue Zufluchtsorte, die man überstürzt verlassen mußte, nur daß er seine kleine Freundin an der Hand hielt und daß kaum mehr als ein halbes Dutzend Verfolger hinter ihm her waren, Frauen mitgezählt.

Josianne wartete auf mich, um schwimmen zu gehen. Sie wartete ganz brav auf mich und zeigte keinerlei Zeichen von Ungeduld. Ich hatte natürlich meinerseits Marc eine Menge zu erzählen, aber ich verzichtete darauf und hatte sofort dieses totale Einsamkeitsgefühl, endgültig, nicht umkehrbar und grenzenlos, das mich jedesmal verdammt schaudern ließ. Na ja, gut, das hatte ich mir ja ehrlich verdient.

»Sag mir nicht, daß er ein neues Abenteuer hat... Nein, ehrlich?«

Ich schob die Antenne meines Telefons zusammen und nickte abwesend mit dem Kopf.

»Arme Gladys!« seufzte sie, während wir uns auf den Weg machten.

Wir gingen einmal woanders hin. Da Josianne nichts gegen einen kleinen Marsch einzuwenden hatte und darüber klagte, daß es wegen der starken Strömung unmöglich sei, hinter dem Haus ein bißchen zu schwimmen, schlug ich vor, zu den Wasserfällen zu gehen. Eine klasse Idee. Dort schoß die Sainte-Bob aus dem Wald hervor, stürzte ein paar Meter hinunter, staute sich ein bißchen an und breitete sich in einem weiten Becken aus, füllte die in den Fels geschnittenen Badewannen, bevor sie wieder Schwung bekam und unter den Bäumen verschwand.

Jeder kannte die Stelle. Es war im allgemeinen ein unruhiger Ort, mit dem Auto zu erreichen und mit spitzen Kieseln, doch ich wollte in Gesellschaft von Josianne gesehen werden. Gesehen und bemerkt, was voraussetzte, daß ich mich ein bißchen anstrengte.

Hin- und herlaufen, den richtigen Platz suchen, wo wir unsere Badetücher hinlegen konnten, und dabei über eitle, sonnenverbrannte Körper klettern. Sich für die Störung entschuldigen.

Im kalten Wasser herumalbern. Josianne necken. Lebensfreude demonstrieren. Die Arme voller Bewunderung zur Sonne heben.

Warten, daß sie sich auf den Bauch legt und eine Illustrierte nimmt. Sie um Erlaubnis bitten, den Kopf in ihr Kreuz zu legen, und es tun, bevor eine Antwort kommt.

Wetten, daß dies Eileen schließlich zu Ohren kommen würde? Genügend verfälscht, daß sie sich erst mal setzen und sich frisch machen müßte? Ich fragte mich, ob unser Treffen am Freitag dadurch verschärft würde. Natürlich hoffte ich das.

»Luc, es gibt da etwas, das ich nicht verstehe...«

Ich war mit meinen Gedanken bei Eileen. Josianne und ich waren auf dem Rückweg und hatten seit vielleicht zehn Minuten nichts gesagt; ich hatte sie ganz vergessen.

»Und was?« fragte ich, ohne meinen Schritt zu verlangsamen.

»Warum versuchst du Eileen gegen mich aufzuhetzen? Wo ist dein Interesse dabei?«

»Oh, ich habe da gar kein Interesse... Wirklich nicht...
Ich habe nur keinerlei Grund, ihr gefällig zu sein. Weißt
du, es regt sie schon auf, wenn wir zusammen gesehen werden... Was sollen wir tun? Uns einschließen?« Fünf oder
sechs Schritte weiter in der lauen Luft des Unterholzes, fünf
oder sechs Atemzüge später: »Was soll's?... Hör zu, Josianne, eins will ich dir sagen. Ob wir uns gut oder schlecht
verstehen, für sie macht das keinen Unterschied. Also, was
soll's? Willst du, daß wir uns schuldig fühlen, weil wir uns
diesen Tag nicht verdorben haben?«

»Luc, ich habe mich sehr wohlgefühlt. Ehrlich gesagt,
also... ich war nicht darauf gefaßt.«

»Du fandest, daß ich zu vertraulich war, nicht? Ich habe
die Distanz nicht gewahrt, gib's zu.«

»Also Luc, jetzt machst du dich aber lächerlich.«

»Ach, daran bin ich gewöhnt, wegen so einer Kleinigkeit
mußt du dir nicht den Kopf zerbrechen.«

Sie fuhr in die Stadt und holte uns Melonen. Plötzliche
Lust, mir eine Freude zu machen, meinte ich zu verstehen.

Wenn ich nicht bei Jackie ein paar Stunden vorher auf
meine Kosten gekommen wäre (ob ich die Lacher nun auf
meiner Seite habe oder nicht), wäre ich für Josiannes Stimmung sicherlich empfänglicher gewesen. Für ihre aufrei-
zende Kleidung, die auch andere scharfgemacht hätte (ich
schimpfte, wenn Eileen diese Sachen ohne Höschen und BH
trug, was bei Josianne nicht der Fall war, ihr könnt ganz beruhigt sein). Ich wäre sicher ganz entzückt von dieser Art
Dinner für Verliebte gewesen, das wir draußen einnahmen,
auf der Veranda, vor unseren saftigen Melonen, übergossen
vom Glanz dieses purpurn bebenden Abendlichts, das Rot-

haarigen so sehr schmeichelt. Na ja, Dinner für Verliebte, wir wollen nicht übertreiben (falls man uns nicht von weitem mit dem Fernglas beobachtete). Es lag ein Schritt zwischen dem, was ich schrieb, und dem, was ich machte (und war dieser Schritt auch zögerlich, unsicher, schlecht definiert, winzig klein – gut oder schlecht, jeder Schriftsteller lernt eines Tages die höllische Kraft des Heraufbeschwörens kennen). Dinner für Verliebte. Eine Hand unter dem Tisch als Dessert? In meiner Geschichte wurde der Hintern versohlt. Nicht, daß ich gegen eine Szene an der frischen Luft war, mit dem Lärm zerbrochenen Geschirrs in dem Moment, wo ich sie mitten in die Teller setzte. Ich bin keiner, der sich fünfzigmal am Tag die Hände wäscht, bevor er sein Gesicht anfaßt. Aber was die Sache jetzt anging, mir Josianne wirklich zu packen – mal im Ernst. Zwei Frauen an einem Tag. Warum nicht fünfzig?

Da ich nicht draufgängerisch war, verhielt ich mich ihr gegenüber freundlich, ohne eine besondere Anstrengung zu zeigen. Ich hatte das Gefühl, als wäre sie es, die mich bewirtete. Als wäre sie eine Freundin meiner Mutter, ziemlich gut erhalten (und von deren strahlender Schönheit ich einst Zeuge gewesen war), die mich an ihren Tisch lud und herauszubekommen versuchte, ob es immer noch funktionierte, ob ihr immer noch ein paar Waffen blieben, die scharf genug waren. Ich meine, ich war mir bewußt, daß ihre Verführungsaktion sich innerhalb einer gewissen Schicklichkeit bewegte und daß sie keine radikalen Ideen im Kopf hatte, weshalb sie irgendwie rührend wirkte, nachdem wir erst einmal unsere erste Flasche Wein ausgetrunken hatten. Im Grunde war sie doch eine eigenartige Frau. Schwerer zu packen, als ich gedacht hatte. Und offen gesagt war es mir verdammt egal, ob sie sich geändert oder ob ich mich in ihr getäuscht hatte. War ich mit meinem Urteil vorschnell gewesen? Sie hatte sich mir gegenüber kaum begeistert gezeigt, als es darum ging, mir ihre Tochter anzuvertrauen. Das Schauspiel des armen André, der hoffnungslos vor ihr kuschte und mich zur Vorsicht ermahnte. Das schwierige Verhältnis, das sie zu Eileen hatte – und in das ich meine dumme Nase stecken mußte. Da kam viel zusammen. Ich hatte mich nie dazu veranlaßt gefühlt, meinen Prozeß gegen sie neu zu eröffnen, sie in einem weniger parteiischen Licht zu sehen. Doch hatte ich je Gelegenheit dazu gehabt?

Nach dem Essen, als ich sie verließ, um Gladys zu besuchen, verwandelte sich Josiannes Kutsche in einen Kürbis. Alles Gute geht einmal zu Ende. Sie schien verärgert darüber, daß ich ging, als sie gerade das Dessert servieren wollte, doch ich gestand ihr, daß ich auf meine Linie achten müsse und daß sie mich nicht in Versuchung führen solle.

Warum nannte man diesen Weg den Chemin du Chien-Rouge? Was geht im Kopf eines Angestellten im Grundbuchamt vor, der irgendwie den Gewitzten spielen will? Weiß das einer? Ralphs Janis jedenfalls ist eine prächtige Dalmatinerhündin, aber, so leid's mir tut, kein roter Hund. Füchse, Eichhörnchen, Wiesel, Dachse, Waschbären, wilde Katzen, Iltisse, Rehe, Wildschweine, Bären, Hirsche... und eben Janis.

Janis tauchte aus dem Dickicht auf und näherte sich mir gutwillig und voller Freude, einem Freund von Ralph zu begegnen. Schöne Augen, eine Wespentaille, ein Ausdruck, den Ralph als hochintelligent bezeichnete, doch der Monique auf die Palme bringen konnte. Eine Hündin, die vor ein paar Jahren Josianne gebissen hatte. Dabei ging es um einen Sessel (nach Ralphs Meinung war es der von Janis). Das war so eine Geschichte. Und darüber wurden die Beziehungen von der einen und von der anderen Seite eingefroren, nachdem der Ton lauter geworden war und man bis in die Flure des Krankenhauses hinein (acht Stiche im Oberschenkel) endgültige Worte gesprochen hatte. Doch Janis anzurühren, ihr auch nur ein Haar zu krümmen oder ihr etwas Schlechtes zu wünschen bedeutete, Ralph einen Dolch ins Herz zu stoßen, hieß, ihn gegen sich aufzubringen. Monique konnte ein Lied davon singen. Sie verzichtete auf solche Sachen wie: »Entweder Janis oder ich!…«

Monique streichelte Janis schon lange nicht mehr. Ich schon. Janis spürte mich manchmal auf, wenn ich quer durch den Wald gerannt war und meinen heißen Kopf und Körper in das eiskalte Wasser der Sainte-Bob eintauchte. Sie beobachtete mich und wartete am Ufer auf mich. Auf dem Heimweg warf ich ihr Stöckchen, wenn die Nacht nicht zu schwarz war und ich mich besser fühlte.

Ich hob einen Ast auf. Wir kamen vor dem Haus von Gladys an, und Janis stand wartend vor einem dornigen Gebüsch, das für eine schöne Dalmatinerhündin irgendwie interessant sein mußte. Ihr Fell, mit Liebe und Hingabe von Freund Ralph gestriegelt, glänzte wie das Fell eines Seehunds. Ich ging näher, leise und entschlossen. Ich verpaßte ihr einen anständigen Schlag auf den Kopf. Das Komischste ist, daß es nicht geplant war.

Die Gute wandte sich still ab. Ich hatte den Stock in der

Hand behalten für den Fall, daß sie mich angreifen würde. Doch sie winselte nur traurig und schwankte, warf mir einen scheelen Blick zu und nahm im dreifachen Galopp Reißaus. Ich beschloß, gleich am nächsten Morgen eine Tüte Hundekräcker zu kaufen und mir ein oder zwei Knochen zu besorgen. Würde sie mir verzeihen können? Vermochte sie sich vorzustellen, wieviel verdammtes Leid ein Mensch ertragen konnte? Ich hatte mich drei Jahre lang gequält, Tag für Tag. Sah sie das Ergebnis? Das hatte etwas Erschreckendes, wenn man darüber nachdachte.

Arme Janis! Auch ich hatte mich am Kopf verletzt, in einer dieser Nächte, die nicht mehr und nicht weniger schlimm als jede andere war, na vielleicht doch härter, fordernder, dunkler, als mir nichts anderes übrigblieb, als tief einzutauchen. Wenn es darum ging, ganz runterzukommen, dann setzte ich alles daran! Ich war auf dem Rückweg von einer Abendgesellschaft, mit der Eileen und Victor ihren ersten Hochzeitstag feierten. Eingeladen zu werden hatte mich vierzehn Tage Reden, Versprechungen, Versicherungen, was meine Absichten anging, gekostet, da Eileen nicht verstehen konnte, welches Vergnügen ich daran haben mochte, zuzusehen, wie sie diese Kerze ausblies (die mich, unter uns gesagt, in eine lebende Fackel verwandelte). Ja, aber wie ging sie denn damit um, mit der dummen Zuneigung, die ich ihr noch entgegenbrachte, mit dem Fair play, das ich immer gezeigt hatte, abgesehen von ein paar kleinen Sünden in einem sauberen Krieg, und mit meinem Platz in dieser Gemeinschaft? Sie hatte sich am Kopf gekratzt, mich zögerlich beäugt, sich ihre Antwort vorbehalten. Ich hatte sie sogar auf eine Idee gebracht: irgendeinen

Rausschmeißerdienst anzuheuern, auf meine Kosten. Und diese Schlampe hatte das auch getan!

Nichts wirklich Sensationelles im Lauf des Abends. Keine besondere Stimmung, keine Feierlichkeit, kein Glanz (ein trauriger Ulk verglichen mit den Wahnsinnsfesten, die es früher bei den Paradis gab, als er noch Bücher verkaufte, als er ein guter Mensch, kein bißchen boshaft, als er noch ein Tierfreund war). Ein zum Gähnen langweiliger Abend, ein tödlicher Abend, an den sich außer mir sicher niemand mehr erinnert. Ah! Aber ihr hättet mich sehen sollen, wie ich schluchzend zur Sainte-Bob hechtete, ein kleines empfind-sames und erbarmungswürdiges Etwas, das sich unter den Zweigen duckte, keinerlei Stolz oder Maß mehr, ihr hättet mich sehen sollen, wie ich mir mein Hemd vom Leib riß, mir heulend meine Schuhe auszog, ihr hättet mich sehen sol-len, bei diesem Sprung, als wäre ich ein Sohn des Waldes, ein Kind der Sainte-Bob, ein Kind, das sie in ihren müt-terlichen Tiefen empfangen würde, gewiegt, besänftigt, ge-tröstet, gestreichelt, und bums! stieß ich mir ein Loch in den Kopf. Drei Sekunden später war ich blutüberströmt. Eine kleine Quelle sprudelte aus meiner Kopfhaut, ergoß sich von dort und umhüllte meinen Kopf mit einem schar-lachroten, warmen Schleier (was den Chien-Rouge angeht, sollte Janis in gestrecktem Galopp abziehen und wenigstens das passende Gesicht machen). Das war vielleicht ein Ding! Über mein Waschbecken gebückt, wußte ich nicht, ob ich die Feuerwehr oder den Krankenwagen rufen sollte. Mein Gott, mir ging's derart dreckig! Nicht wegen dieser blöden Verletzung, die praktisch nicht weh tat und aus der nicht mehr viel Blut kam, sondern wegen der tiefen Verzweiflung, die mich befallen und im Laufe des Abends verschlungen hatte. Ihr werdet mir sagen, ich hätte einfach nicht hingehen sollen. Klar. Aber ich liebte meinen Henker noch, und seine Schläge machten mir keine Angst. Suchte ich sie nicht manchmal? Hatte ich nicht aus meiner Tasche diese Schranktypen bezahlt, die nur mich im Auge hatten, darauf warteten, sich bei der ersten Dummheit auf mich zu stürzen? Einverstanden, man kann nie mißtrauisch genug sein. Die Freunde sind da, all die alten Bekannten, und man ist bereit, sich an Ort und Stelle in Stücke hauen zu lassen, wenn die Dinge schlecht laufen, zerfetzt von den Krallen derjenigen, die einen schon fertiggemacht hat, das spielt alles keine Rolle. Das Leben ist ein brennender Dornbusch, doch die Freunde sind da, die Freunde, die dich in besseren Zeiten gekannt haben, die dir einst gezeigt haben, daß sie dich schätzen, die wenigstens eine vage Vorstellung von der schlimmen Zeit haben, die du durchgemacht hast, die dich mit einem Schein von Menschlichkeit, einem Minimum an Würde, ja, wenn erforderlich, einem Hauch von Trost umgeben sollten. Oh, ich erwartete nicht, im Triumph auf ihren Schultern getragen zu werden oder daß sie mit ihren Körpern eine Schutzmauer bildeten, wenn ich Ärger bekam! Ich erwartete nichts. Ich verlangte nichts.

Und ich war nichts mehr.

Mir war das nicht sofort klar gewesen. *Nichts mehr sein* mag als subtile Variation von *nichts sein* erscheinen, doch es liegt klar darunter. Außerdem ist es eine Art Einsickern, ein ziemlich langsames Eindringen, das man nicht tagtäglich messen kann, sondern das man eines schönen Tages entdeckt, bei irgendeinem Anlaß. Zum Beispiel: Eure Ex-

Frau heiratet wieder, und ein Jahr später, getrieben von einer krankhaften, doch unbezwingbaren Neugierde, steht ihr mit einem Glas in der Hand da und bewundert ihren gepflegten Rasen und die Qualität ihrer Gartenmöbel aus Teak (die sie euch gelassen hat, sind aus weißem, stumpfem Plastik, aber stapelbar), in einer wundervollen, wonnig herbstlichen Abendstimmung, die euch langsam die Kehle zuschnürt. Gut. »Alles klar, Leute?...« fragt ihr die beiden Kerle, die auf eure Kosten hier sind, nur um mit einem Menschen zu reden. Ein bißchen später hebt ihr den Blick zum Himmel, weil ihr meint, ihr habt einen Tropfen abbekommen. Aber es regnet nicht, das ist kein Tropfen, *das ist das Einsickern.*

Nun ja, ihr seid nichts mehr! Man kann euch sehr wohl ein Glas anbieten, eine Hand leicht auf die Schulter legen, euch ein paar Worte ins Ohr sagen, ihr werdet es schließlich kapieren. Na los, sucht euch einen Stuhl, das ist nicht leicht zu schlucken. Ihr macht ja vielleicht ein Gesicht! Aber keine Angst, man sieht euch nicht. Und ich will euch noch etwas sagen: Man sieht euch schon eine ganze Weile nicht mehr. Geht's denn einigermaßen, Luc? Ach, Sie wollen uns schon verlassen? Wut und Verzweiflung ändern nichts. Luc, mein Freund, tauch einfach im Fluß unter, etwas Besseres gibt es nicht. Stimmt, es gibt nichts anderes.

Wie findet ihr mich zwei Jahre später? Gealtert, unausstehlich, durchgedreht, lasterhaft, gemein, traurig, bösartig, zynisch? Wirklich? Ihr erspart mir aber nicht viel, sagt mal... Aber wißt ihr, es könnte sein, daß das Leben ein Räderwerk ist. Spielt keine Rolle, ob ihr nach oben oder nach unten gezogen werdet. In der einen oder der anderen Richtung braucht man viel Kraft, um den Mechanismus umzukehren, und jedesmal mehr. Erzählt mir nichts von Wille. Hier braucht es ein Wunder. Seht euch das an: Meine beiden Hände sind zerquetscht.

Wo wir gerade bei Wundern sind: Das Wunder, das Gladys retten sollte, hatte sich noch nicht eingestellt. Es wurde nicht mehr erwartet. Ein Doktor kam noch manchmal am Ende seiner Hausbesuche hoch, vielleicht aus Freundschaft. Jede Woche stellte ein Florist einen neuen Blumenstrauß in ihr Zimmer (ein Abo, das Marc monatlich bezahlte, die Rechnung kam zu uns ins Reisebüro). Sie hatte eine Krankenschwester im Haus (die bisher letzte in der Reihe war ein fettes träges Mädchen, das maßlos Seifenopern, Frauenzeitschriften und Thunfischsandwichs konsumierte), und sie verfügte außerdem über eine große Auswahl an Nachthemden und einen Rollstuhl, den sie nicht oft benutzte.

Im ersten Jahr nach meiner Scheidung besuchte ich sie oft. Ihr ging es damals schon sehr viel schlechter als mir, und weil ich mich ihr gegenüber schämte, konnte ich mein eigenes Leid ertragen. Dann fing Marc damit an, am Abend spät aus dem Reisebüro nach Hause zu kommen (wenn er nicht mit mir herumhing), sich abzusetzen, auf »Geschäftsreise« zu gehen, auf die eine oder andere Art das Weite zu suchen. Oder er parkte das Auto hinter seinem Haus und blieb manchmal eine, manchmal zwei Stunden im Wagen sitzen, bevor er sich dazu durchringen konnte auszusteigen (eines Morgens fand ich ihn, über dem Steuer zusammengesunken, besoffen). So daß man echt nicht mehr wußte, wer oder was seine Frau umbrachte. Aber weiß man je, wer oder was einen umbringt?

Die fette junge Krankenschwester hatte es sich im Wohnzimmer vor dem Fernseher bequem gemacht, der Länge nach auf der Couch ausgestreckt wie ein Seelöwe, der sich eine Bluse übergezogen hat, von der jeder einzelne Knopf kurz vor dem Abspringen war.

»Tschuldigung, Monsieur Paradis, ich hab Sie gar nicht gehört!...«

Ich machte ihr ein Zeichen, sich nicht stören zu lassen, und stützte mich auf die Lehne der Couch.

»Na, Valérie, was sehen Sie sich denn da Schönes an?«

Ein junges Paar knutschte desinteressiert in einer gräßlichen Studiokulisse (aber vielleicht war es ja die Geschichte eines Homosexuellen und eines frigiden Mädchens, die beide frisch von der Handelsschule kamen?).

»Es wäre besser, ihr überhaupt nichts zu sagen, meinen Sie nicht?« erklärte sie, ohne die Szene zu verpassen, wo der blonde Typ sich mit einer Hand unter den BH des Mädchens vorwagte und dazu ein lüsternes Stöhnen absonderte, das nach Folter klang.

»Ja, aber ich glaube, daß er diesmal wirklich Ärger hat.«

»Also ich, ich sag das wegen ihr. Meine Tage sind ja schließlich nicht gezählt, wissen Sie.« (Sie zog sich in dem Moment auf einen Ellbogen hoch, als sich das linkische Pärchen in Unterwäsche und Socken unter die Laken schob, um sich die Härchen zu zählen.) »Und außerdem: Dafür werde ich nicht bezahlt.«

Alle Krankenschwestern, die sich an Gladys' Bett abgelöst hatten, konnten Marc zum Schluß nicht mehr ausstehen, bis er sie dann rauswarf. Aber Valérie war von den ungefähr sechzig Satellitenprogrammen geradezu entzückt. Und Verbrechen, gebrochene Schwüre, unmögliche Liebschaften, Trennungen, Scheidungen, röchelnde Kranke, vergewaltigte Mädchen, Mütter in Tränen, gemeine Kerle, Schwachköpfe und Schurken sah sie jeden Tag bis tief in die Nacht hinein, sah sie mit einer Hand auf dem Mund oder auf der Stirn oder auf dem Herzen oder sogar im Höschen an, sah immer mehr und mehr davon, Kilometer und Kilometer und von jeder Sorte. Sie wunderte sich über nichts mehr, hatte den absoluten Überblick. Oh, aus tiefstem Herzen wünschte sie sich, diese Stelle zu behalten! Gut, ja, Gladys hatte ihre kleinen Beschwerden, aber da gab es doch viel Schlimmeres. Sachen, die einem echte heiße Tränen entlockten.

»Monsieur Paradis, soll ich Ihnen Platz machen?«

Ich drehte mich noch mal zu ihr um, als ich die Treppe zu den Schlafzimmern hochstieg. Eine dicke weiße Made in ihrem Kokon, hätte man meinen können, beschossen von einem besoffenen Stroboskop.

»Ganz im Ernst. Sie hat so einen komischen Flaum auf den Armen und Beinen. Kleine degenerierte Härchen. Als hätte man sie aus einem Gips rausgeholt.«

»Na ja, weißt du, ich glaube nicht, daß ich ein allzu lebhaftes Mädchen ertragen könnte, vor allem keins mit schöner gebräunter Haut. Versetz dich mal in meine Lage. Ich finde sie sehr gut, so, wie sie ist.«

»Du solltest dir einen Mann nehmen. Einen jungen Typ, der dich badet. Was wäre Schlimmes daran? Ich kann versuchen, einen zu finden, wenn du willst.«

»Also das ist wirklich ein unanständiger Vorschlag!«

»Ja, voll und ganz. Und sehr ernst gemeint. Denk darüber nach.«

»Meine Güte, du meinst es wirklich gut mit mir. Das ist der Beweis, daß du dich für mich einsetzt.«

»Wenn wir verheiratet wären, du und ich, dann wäre er hier an meiner Stelle.«

»Oh, hör zu, laß uns bitte über etwas anderes reden! Ich will nicht mal wissen, was für eine Geschichte er sich wieder ausgedacht hat. Das lohnt sich doch nicht, oder?«

»Ist das eine Frage?«

»Du bist zum Beispiel ein ehrbarer Lügner, du hast ein gewisses Talent, aber er... Mein Gott, er ist so kläglich! Er hat ein solches Schuldgefühl, weißt du... Ist mir doch vollkommen egal, ob er eine Affäre mehr oder weniger hat. Welche Bedeutung hat das heute noch?! Oder was meinst du?«

»Ich weiß nicht. Ich glaube, keine große.«

»Ja, sagen wir, es ist erträglich. Nur bald wird er einen Monat dazu brauchen, ein Mädchen zu bumsen. Und das geht eben nicht. Bald kommt er nicht mal mehr auf die Idee, seine Koffer auszupacken. Das weißt du genausogut wie ich. Soll ich dir sagen, wieviel Zeit er in den letzten Monaten zu Hause verbracht hat? Ach Mist, das ist wirklich nicht interessant. Sprechen wir über was anderes, bevor ich dich zu sehr langweile. Nicht mal auf dich kann ich mich verlassen, daß du mich stoppst, was?«

»Bist du über Josianne auf dem laufenden?«

»Laß mich überlegen... wer hat es mir nicht erzählt? Oh, ich glaube wirklich, du mußt der einzige sein. Wenn ich mich nicht irre, habt ihr am Nachmittag an den Wasserfällen gebadet, aber ich habe es erst am Abend erfahren. Ich muß mich mit einer gewissen Verspätung abfinden, weißt du, ich kann diese Geschichte nicht in Echtzeit verfolgen.«

»Eileen will, daß ich sie loswerde. Im Tausch dafür bietet sie mir einen Gutschein für einmal Sex. Ich frage mich, ob es möglich ist, eine Dauerkarte zu bekommen.«

»Hm, ich verstehe… Meinst du, das ist gut für deine Gesundheit?«

»Na ja, ich hab nicht viel zu verlieren. Das ist wie ein neues Medikament, man ist gezwungen, es auszuprobieren.«

»Ist das wirklich so neu?«

»Das Schlimmste ist, sich selbst auf vertrautem Terrain vorzustellen. Eine Kulisse mit einer anderen zu verwechseln … Ich komme nicht weit damit, glaub mir… Um die Wahrheit zu sagen, ich habe es nicht so empfunden, daß sie mir gegenüber voller Nachsicht war… Keine Zweideutigkeit in ihrem Vorschlag. Das ist für sie wohl so wie eine Kontrolluntersuchung beim Zahnarzt oder eine Tennispartie außerhalb vom Tennisplatz, mehr nicht. Weißt du, ich würde lügen, wenn ich sagte, daß sie sich vor Ungeduld verzehrt… Sie ist dazu fähig, es auf eine simple Turnübung zu reduzieren. Das läßt mir wenig Chancen.«

»Luc, ich fürchte, wir sind zwei Kandidaten in unmöglicher Mission.«

»Wir werden sehen. Es zählt nicht immer nur das Ergebnis. Der Spaß liegt im Kampf, nicht? Ich dachte, daß wir uns in dem Punkt einig wären.«

»Ehrlich, ich habe Eileen nie verstanden!… Ich finde, du hast eine Menge Qualitäten.«

»Ich denke schon. Sogar Josianne fängt an, mich zu schätzen.«

»Das habe ich auch so verstanden… Und du wirst diese arme Frau vor die Tür setzen?«

»Ich sollte wieder Sport treiben, nicht? Sonst werde ich fett.«

»Oh, aber dann verspricht diese Geschichte den einen oder anderen Rückprall... Vergiß vor allem nicht, daß ich ans Bett gefesselt bin, und sorge dafür, daß ich die Fortsetzungen nicht verpasse!...«

»Das Komischste ist, daß alles so einfach scheint. Ich dachte, bestimmte Dinge würden mich in Empörung versetzen, daß es Grenzen gäbe, über die ich nicht gehen könnte, aber nichts dergleichen. Kurz spürt man mal, wie einem der Hauch der Verdammnis knapp über den Schädel streicht, aber das verfliegt, das bleibt nicht lang. Du denkst, du mußt gleich niesen, und dann passiert nichts.«

Hört ihr ihn? Hört ihr ihn im Sturmschritt kommen, die Fäuste geballt, die Stirn vorgestreckt, wie er die Reinheit der morgendlichen Stille mit seinen maßlos derben Verwünschungen beschmutzt? Er hat die Abkürzung hintenherum genommen, hat sich durch das dichte Gestrüpp des Geländes geschlagen. Keine Chance, mein Ei in Ruhe zu essen. Hört ihr ihn, wie er näher kommt? Falls er nicht von einer Viper gebissen wird (doch die bringen sich vor einem solchen Wahnsinnigen bestimmt lieber in Sicherheit), ist er in einer Minute hier.

Die Zeit reicht, mein Ei fertigzuessen. Josianne hat Glück, daß ich noch zu Hause bin. Ist Ralph fähig, eine Frau zu schlagen? Wenn es sich um Janis handelt, das sagte ich euch ja schon, kann man für nichts garantieren. Infolge ernster Zwischenfälle (die Präsidentin des Clubs hat ihn außerdem wegen Erregung öffentlichen Ärgernisses angezeigt) darf Ralph mit Janis nicht mehr an offiziellen Hundeausstellungen teilnehmen und ist dazu verurteilt worden, die Schäden aus seiner Tasche zu bezahlen. Das Schlimme für Josianne ist, daß es einen Präzedenzfall gegeben hat. Nun ja, ich werde sehen, was ich machen kann.

Wenn man am frühen Morgen bei den Leuten anklopft und man ist nicht gerade ein Fleurop-Bote, der unter zwei

Dutzend Rosen fast zusammenbricht, sagt man zuerst einmal guten Morgen und entschuldigt sich dann. Ralph sagte nur, in einem Ton, der überhaupt nicht spaßig klang: »Wo ist dieses teuflische Weib?!« und massierte sich dabei das Genick. Er hielt Janis am Halsband, eine Janis, die um den Kopf herum ziemlich bandagiert war, eine Janis, die zwischen seinen Beinen winselte und mich komisch ansah.

Ich ließ sie nicht rein. Ich ging mit ihnen nach draußen, blinzelte in das helle Morgenlicht und zog die Tür hinter mir zu.

»Sie schläft, alter Freund. Wo soll sie denn schon sein?«

Er zeigte mit einem bebenden Finger auf den ersten Stock. Noch außer Atem vom Laufen, aschgrau, vollkommen aufgewühlt, blieb ihm die Sprache weg. Ich hatte selbst bei einigen Gelegenheiten die gleiche unangenehme Erfahrung gemacht. Mit erstaunlicher Regelmäßigkeit, muß ich hinzufügen. Wie das zustande kommt, ist klar: großer Ärger, gemischt mit großem Kummer, und die Sache ist gelaufen. Was mich angeht, trat beides oft gleichzeitig ein. Es reichte also – wenn wir mal ein zufälliges Beispiel aus der Unmenge herausgreifen wollen –, es reichte, daß Eileen mich bei sich vor die Tür setzte, weil sie behauptete, daß ich ihre Abendgesellschaft störe. Sie sagte: »Hau ab! Ich will dich nicht mehr sehen! Du bist wirklich unmöglich!« Da ich still blieb, regungslos, sah sie mich mit herausfordernder Miene an, wartete, ob ich noch etwas hinzuzufügen hätte, und warf dann mit einem Schulterzucken die Tür ins Schloß. Ich dachte wirklich, ich müßte ersticken. Ich sagte nichts, weil mein ganzes Stimmsystem blockiert war, gelähmt, außer Betrieb durch diese Gleichzeitigkeit zweier

Gefühlsströme, die sich gegenseitig bedrängten. Unfähig, einen Ton herauszubringen, mit dem Gefühl, daß mir gleich der Kopf platzte, die Zunge belegt, der Atem metallisch, ging ich zu meinem Wagen zurück und rollte die Augen wie ein Wahnsinniger. Das dauerte eine Weile. Meistens schaffte ich es, nach Hause zurückzufahren, eine Hand am Steuer, die andere an meine Kehle gepreßt, den Fuß fest aufs Gaspedal gedrückt. Dann fiel ich mitten im Wohnzimmer auf die Knie, rang nach Luft, steckte mir ein paar Finger in den Hals, hustete und spuckte eine ganze Weile, bevor ich es schaffte, einen Schrei auszustoßen, der diesen Namen verdiente, eine Art Urschrei, nach dem man mich manchmal fragte, erstaunt, daß ich nichts gehört hatte (vor allem Paul, mein nächster Nachbar, pflegte in solchen Fällen mit einer Jagdflinte bewaffnet auf seine Freitreppe zu treten).

Mit einem freundlichen Lächeln bat ich Ralph, sich doch zu beruhigen, damit er mir anvertrauen könne, was denn geschehen sei.

»Und was hat Janis? Ein Ekzem?«

Es war nicht allzu schwer, Ralph von Josiannes Unschuld zu überzeugen, denn ich schwor sofort, daß ich sie am Abend keine Minute allein gelassen hätte, sogar den ganzen Tag über nicht, sozusagen. Er hatte zwei gute Gründe, mir zu glauben: Der erste war, daß er meine Gefühle für Josianne kannte, und der zweite, daß er meine Gefühle für Janis kannte. Niemals hätte ich irgend jemanden gedeckt, der sich eine derartige Schweinerei zuschulden kommen ließ (in diesem Augenblick dachte ich das ehrlich!). Und während ich eine Dose Entenpastete in Portwein für Janis öffnete, die mich wieder mit verliebten Augen ansah (alles ist käuflich im Leben, wenn man die Mittel dafür hat), verfolgten Ralph und ich verschiedene mögliche Spuren, zeichneten ein paar Phantombilder von Verdächtigen, die ihrer Mißgunst oder der reinen und bloßen Bosheit nachgegeben hatten – denn wie sonst könnte man dazu kommen, einem so hübschen Mädchen einen Schlag auf den Kopf zu geben? Ich achtete sehr darauf, ja keinen zu vergessen. Mißgunst und Bosheit? Wer konnte – wenn auch nur unwahrscheinlicherweise und in einem unkontrollierten Augenblick –, wer konnte von jedem Verdacht reingewaschen werden? Ralph, sie bellt nachts, sie macht sich über die Mülleimer her, sie klettert in Sessel, sie sabbert, sie ist schön und intelligent, sie mag keine Frauen, sie mag dich, sie jagt, sie wühlt den Rasen auf, sie pißt an Rosenstöcke, sie ist frei, sie ist stolz, sie ist reinrassig, sie hat in einem Film mitgespielt, sie ist nicht krank, sie hat ein weites Territorium, sie hat den ganzen Tag nichts zu tun, sie räkelt sich in der Sonne, sie muß sich aus nichts was machen, und heutzutage verstehen die Leute keinen Spaß, was soll ich dir sagen, alter Freund?

Aus seiner Vergangenheit als Aussteiger, Naturbursche, wahrer Menschenfeind und Drogensüchtiger hatte Ralph eine simple Methode der Klassifikation seiner Mitmenschen beibehalten, die alles vollkommen vereinfachte (aber darauf legte er viel Wert, bekannte sich sogar laut und deutlich dazu) und aufgrund derer er alle in mehr oder weniger erträgliche, mehr oder weniger hassenswerte, mehr oder weniger erklärte Arschlöcher einteilte. Er schloß sich selbst dabei mit ein, muß man wissen. Wenn er nicht voll depressiv durchhing, in einer kreativen Krise war (doch wie soll man Scheiße zerstören, wenn es 25 mm dickes Stahlblech ist?!), wenn zwischen Monique und ihm nicht die Fetzen flogen, wenn die amerikanischen Rentenfonds nicht ein Land in die Knie zwangen, wenn er den Treibhauseffekt und den Zustand der Ozonschicht vergessen konnte, wenn er mit dem richtigen Fuß aufstand und Janis ihm die Latschen brachte, dann konnte Ralph ein erträglicher Kumpel sein. Argwöhnisch, egozentrisch, launisch, doch erträglich. Ich sah ihn früher häufiger, weil Eileen und Monique wie siamesische Zwillinge aneinanderklebten. Ich wußte, wie man ihn zu nehmen hatte. Wie man ihn dazu brachte, daß er die anderen mißtrauisch beäugte, zumal sich offenbar unter ihnen ein Arschloch der schlimmsten Sorte verbarg (aber sucht mal auf einem Krankenhaushof einen Hinkenden heraus!).

»Und weißt du, all das, was man sich im Moment über Josianne und mich erzählt, all diese schlechten Schwingungen, die in der Luft liegen... Also, das ist die gleiche Stimmung, das ist der gleiche Wille, Schaden anzurichten... Reizend, nicht?«

Ich würde zu spät ins Reisebüro kommen, doch es begannen sich offenbar langsam allgemeine Auflösungserscheinungen zu zeigen, und da kam es auf jede Kleinigkeit an. Wir waren noch weit von dem Chaos entfernt, auf das ich hoffte, noch weit entfernt von dem großen reinigenden Sprung in die Flammen (drei Jahre hatte ich nach Streichhölzern gesucht). Alles konnte mir noch entgleiten, ich durfte mich nicht zu früh freuen. Wohl war es angenehm, sogar sehr angenehm, die Luft tief einzusaugen und darin die ersten Anzeichen wahrzunehmen. Wenn aber erst der Blitz vom Himmel fahren würde... Ich mußte meine Beschwörungen fortsetzen, weiter meine Glöckchen schwenken, meine Knöchelchen, meine Nagelspäne, meine Fläschchen mit Säften und noch frischem Blut, meine Liebesbriefe, meine Vorladungen, meinen Ehering, meine Schlüssel, meine Amulette, und mit dem Absatz auf den Boden stampfen, beten und noch mal beten, säen und noch mal säen, bis ich es schaffte. Eine Stunde Verspätung im Reisebüro? Wir dürfen nicht das Geringste vernachlässigen.

Ich hatte gerade von Josianne gesprochen, und in der nächsten Sekunde tauchte sie auf. Sie ging quer durchs Wohnzimmer, ohne unsere Anwesenheit zu bemerken, obwohl wir praktisch am Fenster klebten (aber in meiner Bougainvillea verschwanden), dann wandte sie sich der Kochnische zu, machte einen Schrank auf und drehte uns den Rücken zu, stellte sich auf die Zehenspitzen (ich hatte ihr die oberen Regale für ihre biologischen Produkte, ihre Maisblätter, ihre Weizenkeime, ihre Vitamine und Körner überlassen). Sie trug einen sommerlichen Morgenmantel, der nur einen unwesentlichen Teil ihrer Oberschenkel bedeckte – übrigens vollkommen angemessen bei den mehr als milden Temperaturen dieses etwas verrückten, fast degenerierten späten Oktobers, ein Rekord, wie es schien, ein verirrtes Hochdruckgebiet, das irgendwie nichts Gutes verhieß.

»Wie alt ist sie schon?«

»Dreiundsechzig. Also jedenfalls bald.«

»Kaum zu glauben... Echt nicht!«

»Und du solltest sie mal kraulen sehen, eine echte Rakete!«

Wir beobachteten Janis, wie sie nach einem gelben

Schmetterling mit dunkelviolett ausgezackten Flügeln sprang. Ralph traten dabei fast die Freudentränen in die Augen. Das idiotische Aussehen von Janis mit ihrem schiefen Verband schien ihr Herrchen zu entzücken (die Liebe ist ein allmächtiger Trank, so ölig, daß man eine damit beschmierte Brotschnitte runterschlucken könnte, ohne auch nur einmal zu kauen).

»Natürlich, das ist im Moment das große Thema. Ich glaube, es stört eine Menge Leute. Selbst die, die dich in Schutz nehmen, haben Probleme, dich zu verstehen.«

»Was hältst du davon?«

»Ich denke, daß du Mühe haben wirst, das durchzuhalten. Sie würde sich besser eine Wohnung in der Stadt suchen. Weißt du, zu einer anderen Zeit hätte man Steine nach euch geworfen. Man hätte euch die Türen vor der Nase zugeschlagen. Die Frage ist, ob sich das lohnt.«

Jetzt war Josianne auf einen Hocker geklettert, und man konnte sich ihre Beine und eine bis zum Unterarm entblößte Schulter besehen. Ralph lächelte vage. Sieh an, ein Typ, der seine Frau betrog, ohne zu verstehen, daß es seine Frau war, die ihn beschissen hatte. Und noch einer, den diese drei Jahre durcheinandergebracht hatten. Warum hatte ich behauptet, er sei ein annehmbarer Kumpel? Weil in mir irgendwas Totes und Begrabenes ist. Und weil dieses Leben eine permanente Beleidigung unserer Sensibilität ist. Janis würgte einen Schmetterlingsbrei vor unsere Füße. Eine permanente Beleidigung, mit der man irgendwie zurechtkommen muß, wenn man das kann.

Als Josianne zu uns kam (keine begehrenswerte Frau kann lange ignorieren, daß sie beobachtet wird, und sei es auch heimlich), kümmerte Ralph sich nicht mehr um seine Exkommunikation, und sein Lächeln sprach Bände über die Qualität seines Gedächtnisses. Josianne ihrerseits schien entzückt darüber, daß man ihr gleich frühmorgens so viel Aufmerksamkeit schenkte, und man konnte beobachten, wie sie anmutig mit ihrem knappen Morgenmantel kämpfte, der sich oben öffnete, wenn sie ihn herunterzog, und umgekehrt. Die Arme.

»Mein Gott! Die Leute sind abscheulich! Sie hätten sie ja totschlagen können!... Ein Landstreicher, meint ihr?«

»Nein, ich glaube nicht...«, sagte er, verzog das Gesicht und tätschelte Janis den Rücken.

Er und Josianne sahen sich einen Moment lang an, dann ging sie zurück ins Haus.

Etwas später, als ich sie hinunter in die Stadt fuhr, hätte sie demjenigen, der diesem dreckigen Köter eine verpaßt hatte, gerne gratuliert. Ansonsten fand sie, daß Ralph etwas umgänglicher geworden sei und ein paar Kilo zugelegt habe, wobei das eine vielleicht das andere erkläre. Und seine Haare, waren die nicht ein bißchen lichter geworden? Und seine Hände, richtige Metzgerhände, nicht? Es gab viel Verkehr an diesem Morgen, und der unvermeidliche Stau, zu dem es am Eingang jeder Stadt der Welt und egal in welchem System zu jeder beliebigen Tageszeit kommt, sah aus wie eine fließende Masse geschmolzenen Metalls. Eine laue Luft, verdreckt durch Abgase, bereitete uns den immergleichen Empfang, bevor wir in einen Tunnel einfuhren, wo die Schatten wie Trugbilder tanzten. Weil ihr nichts Bemerkenswertes mehr einfiel, wie sich Ralph verändert habe, und sie in Sorge wegen ihres Termins bei der Versicherungsgesellschaft war, den sie verpaßt hatte, fragte Josianne mich, ob ich nicht ein Kaugummi hätte.

Eileen und ich machten ekelhafte Dinge mit Kaugummis, und eine Sekunde lang hatte ich einen Blackout, was zur Folge hatte, daß wir auf das Auto vor uns auffuhren.

Und zwar ziemlich heftig. Ich fiel von einem Blackout in den nächsten, doch ich hatte keine Zeit, mir darüber Sorgen zu machen, denn ich bemerkte gleichzeitig, daß wir im Tunnel drin waren. Alles geht so schnell. Der Himmel ist blau, man wird um ein Kaugummi gebeten, und einen Augenblick später ist alles dunkel, und man hat in das Auto eines braven Kerls in einem Hawaiihemd, der einen in seinem Rückspiegel ansieht, eine Beule gefahren. Man steht eines Morgens auf, und die Frau ist auf und davon...

Fünfunddreißig Jahre später faßt sie sich ans Knie, aber das ist nur die Schwiegermutter, die neben einem sitzt, durch ein anderes Zusammentreffen von Umständen. Und das Ende des Tunnels ist nicht in Sicht. Aber nein, jetzt doch nicht weinen. Plötzlich ist einem kalt? Das ist normal.

Himmel! Wie ähnlich sie Eileen war! Ich sagte das ja schon, aber diesmal hatte ich eine Art Halluzination. Der Typ war wütend, stieg auf meine Stoßstange, begleitet von einem Hupkonzert, das durch den Tunnel und die verständlicherweise gereizte Stimmung noch verstärkt wurde. Doch ich war wie versteinert, starrte ihn durch die Windschutzscheibe an, im Schein eines vagen Lichts, das wohl durch den Beton drang und direkt vom Himmel fiel.

»He, Ihnen ist wohl egal, was ich sage?!«

Ohne Josianne aus den Augen lassen zu können, hielt ich ihm meine Papiere hin.

»Ja haben Sie nicht mehr alle? Was soll ich denn mit Ihrer Versicherungskarte anfangen?!...«

Es war lange her, daß ich mich so schlecht gefühlt hatte. Die Intensität meiner Gefühle war außergewöhnlich. Sie gingen wild durcheinander, während die Autos wütend und voller Unverständnis von meiner Spur ausscherten.

»Luc Paradis? Sie sind Luc Paradis, der Schriftsteller?!... Ja träume ich oder was?!«

»Lieber Himmel, was wollen Sie denn eigentlich?«

Es war gleichfalls lange her, daß ich ein Autogramm gegeben hatte. Mit einem Fuß auf der Stoßstange. Mit einer Art fernem und gleichzeitig nahem Lächeln. Den Füller in der Luft, als würde er Ambrosia pissen.

»Hatten Sie früher nicht ein Kabrio?«

»Ich hatte früher alles.«

»Also Ihre Frau ist aber immer noch so schön wie früher!«

So etwas kann man nicht erfinden.

Mit einigen bedeutungslosen Du-blödes-Arschloch-Gesten bedacht, schüttelte ich mich, um meiner kindlichen, süßen Erinnerung an meine Jahre ganz oben auf der Leiter zu entkommen, und fand meinen Platz neben Josianne wieder, ein Stück von meiner Stoßstange in der Hand.

»Seltsame Begegnung...«, meinte ich in einem verträumten Ton (ein Blick nach links, ein Blick nach rechts, und ich fuhr los). »Weißt du, ich kann das nicht erklären, aber es gibt da eine komische Verbindung des Autors mit seinem Leser. Zwischen ihnen entsteht eine schreckliche Intimität, weißt du. Das läßt sich nicht verheimlichen. Zwischen ihnen beiden sind Dinge in einem vollkommenen Dunkel abgelaufen, also ein bißchen wie in einem Tunnel, schrecklich intime Dinge, glaub mir. Ja, sie haben ihren Schweiß, ihren Atem vermischt, ja, Josianne, ich sage dir, sie haben ihre Körperflüssigkeiten vermischt… Und eines schönen Tages stehen sie sich von Angesicht zu Angesicht gegenüber! Meine Fresse, jedesmal, wenn ich ein Autogramm gegeben habe, habe ich das Gefühl gehabt, ein Geständnis zu unterschreiben.«

Ich drehte mich zu ihr hin: »Ist irgendwas los?«

»Ich habe mich am Knie verletzt.«

»Wie, du hast dich am Knie verletzt?«

Ich wandte sofort meine besorgte Aufmerksamkeit zu gleichen Teilen der Straße (auch ein enthusiastischer Leser kann schließlich müde werden) und ihrem Knie zu, das sie wirklich seit einer Weile über dem anderen hielt, wie eine Gymnasiastin auf einem Ausflug. Ich verzog das Gesicht, aber um ehrlich zu sein: viel sehen tat ich nicht. Ich machte die Innenbeleuchtung an.

»Ach du Kacke!«

»Es ist nichts. Laß uns bei einer Apotheke halten.«

»Verdammt!«

»Luc, hast du kein Kaugummi?«

Ich beugte mich zu ihr hinüber, um das Handschuhfach aufzumachen. Trauriger Anblick: Das Taschentuch, das – auf die Wunde gedrückt – das Blut aufgesogen hatte (jetzt erst bemerkte ich, daß mein Aschenbecher hinüber war), war kaum noch zu gebrauchen (höchstens als Vergleich zu diesen berühmten Slipeinlagen, die einen über Stunden trocken halten), und Josiannes Wade zierten zwei dünne, gleich große kirschrote Rinnsale, die parallel verliefen, während ein anderes sich in die entgegengesetzte Richtung (feiner kleiner Blutstrahl auf rosa Haut) innen an ihrem Schenkel davonmachte.

Oh, es ist mir höchstens eine Sekunde durch den Kopf gegangen! Und natürlich habe ich es nicht getan! Aber die Versuchung, Herrgott, ach, die Versuchung, in die du mich in diesem Zustand gebracht hast, in diesem Tunnel, wie geschaffen für alle möglichen Ausrutscher, und nach all dieser Aufregung! Einen Moment dachte ich, daß meine Zunge die Sperre meiner Zähne durchbrechen würde, um schamlos und wie ein feuchtes Wischtuch aus meinem Mund hervorzuschießen, und weiß Gott, Blut interessiert mich nicht besonders. Ich kann's nicht erklären. Abraham, das Messer über seinem Sohn erhoben.

»Nein danke, Luc, keinen Alkohol … Aber das Kaugummi, kannst du mir das nicht geben?«

Natürlich, ihr habt es erraten: Meine Hand hatte die Flasche mit billigem Scotch gepackt, die in meinem Handschuhfach versteckt war. Alte Sucht eines Singles. Die ewige Antwort auf peinliche Fragen, das ewige Mittel gegen Schmerz. Na gut, wer weiß schon, warum, aber ich schämte mich einfach. Ein komischer Morgen, nicht? Reich an Entdeckungen, voller Überraschungen und dunkler Andeutungen. Ich warf die Flasche aus dem Fenster, um einen Anfang zu machen (zersplitterndes Glas, quietschende Bremsen), und ich fand die Kaugummis für sie.

»Sicher auch einer deiner Leser?« witzelte sie.

Der Typ versuchte, sich auf meiner Höhe zu halten, und zeigte mir seine Faust.

»Eine schreckliche Intimität, habe ich dir ja schon gesagt.«

»Fehlt dir das nicht?«

»Ist nicht alles rosig. Bei jedem Buch fühlt man sich auch niedergeschlagen, unfähig und nutzlos. Man würde gerne ein großes Lachen ans Ende setzen, doch es stellt sich nur die einzig wirkliche Frage: ›Wieviel Zeit bleibt uns zu leben?‹ Verstehst du, was ich meine? Solange Eileen da war, ging das. Ich konnte mich wieder erholen. Weißt du, sie saß da auf deinem Platz, und für mich war alles klar. Ich war einfach damit beschäftigt, Bücher zu schreiben. Mich im Dunkeln mit Unbekannten einzulassen.«

Wir kamen aus dem Tunnel heraus und waren wieder im Licht, im Freien, unter dem majestätischen Blau des Himmels zwischen zwei Reihen Bäumen mit roten Blättern, glänzend, wie mit einem Dampfbügeleisen gebügelt. Josianne, die Hand blutverschmiert, zündete sich eine Zigarette an, während ich in der Nähe einer Apotheke parkte.

Ich machte ihre Tür auf, schätzte mit einem Blick die zweihundert Meter ab, die ich hinter mich bringen mußte, halb im Schatten, halb in der Sonne, und nahm sie dann auf meine Arme, obwohl sie behauptete, laufen zu können, na ja, sie wußte es nicht so recht.

Gleiches Gewicht, gleiche Größe, gleicher Gesamteindruck. Was gibt's da noch zu sagen? Daß sie sich im Rücken versteifte? Zögerte, sich an meinem Hals festzuhalten? Ihren Arm um mich zu legen? Eileen war nicht sicherer, beim ersten Mal (schließlich hatte ich auch vor, sie aufs Bett zu werfen). Aber wirklich, was für einen Streich wollte man mir spielen? Klont mir Eileen, und ihr werdet sehen, ob ich durcheinandergerate. Mal im Ernst, Leute. Haltet mich nicht für blöder, als ich bin.

Dann, damit mir verziehen wurde und weil sie die Sache mit erstaunlich guter Laune nahm, trug ich sie auf eine Terrasse, wo wir ein bißchen verschnaufen konnten (dreihundert Meter diesmal, nonstop, und durch ein schmales, ansteigendes Sträßchen). Das Gluckern eines Brunnens auf einem kleinen Platz, weiche Kissen mit Troddeln, die Preise mit zwei multipliziert: Das war der friedliche Hafen, beliebt bei Leuten, die gerne shoppen gingen, ein wohlverdienter Ruheplatz der Spitzenklasse. Früher war ich hier mal Stammgast. Zwei oder drei meiner Romane hatten sich so gut verkauft, daß ich immer einen Tisch bekam und daß die Chefin kein Auge von mir wendete und die Luft anhielt, bis ich mich entschloß, ein Notizbuch und einen Kuli herauszuholen (weil mir nichts Besseres einfiel, zeichnete ich den Brunnen). Doch wir wollen nicht mehr über die Vergangenheit sprechen. Es gäbe zuviel über die Vergänglichkeit des Ruhms zu sagen. Aber wartet ab, vielleicht komme ich darauf zurück.

Außerdem wußte ich immer, daß es nicht so bleiben würde. Bei jedem Fest, das wir gaben, dachte ich, daß es das letzte sein könnte, und kostete es richtig aus. Eileen weigerte sich, mir auf diesem Weg zu folgen, geißelte meine krankhafte Miesmacherei, meinen Mangel an Vertrauen, meine ärgerliche Neigung zur Schwarzseherei, während ich einfach nur klarsah. Und hat es sich etwa nicht gezeigt, daß ich sehr gut auf die Schnauze fallen konnte? Also, wer hat jetzt recht gehabt? Sie sagte, ich sollte den Mund halten (genau, sie verließ das Zimmer und hielt sich die Ohren zu!), doch damit konnte sie nichts daran ändern. Liebe Scheiße, was für ein Gesicht sie gemacht hat, als wir das Kabrio verkaufen mußten! Eine Woche lang war sie mordswütend auf mich. Sobald ich mich an den Schreibtisch setzte, ging sie höhnisch lachend weg. Hättet ihr das ertragen?

Mein Ansehen in der Stadt hatte unter der Krise im Buchhandel gelitten, durch die meine Verkaufszahlen abgesackt waren (meine mehr als die von anderen), unter dem mangelnden Willen, meine Scheidung zu akzeptieren (eine Zeitlang verwehrte man mir den Zutritt zu manchen besseren Etablissements), und meiner bedauerlichen Angewohnheit, verrufene Orte aufzusuchen, ohne das Minimum an notwendiger Diskretion aufzubringen (mit Hilfe von alkoholfreiem Bier?). Ich wurde nicht mehr mit offenen Armen empfangen, dort, wo ich früher kaum ein Zeichen geben mußte, und schon kamen sie alle gesprungen. Jetzt mußte ich mich zehnmal auf meinem Stuhl drehen und wenden und mit den Armen wedeln, bis eine Bedienung mich bemerkte. (Haben Sie gesehen? Jetzt bringt er seine Schwiegermutter mit, dieser Kerl!...) Auf Rat des Apothekers, der mit pedantischer Sorgfalt zwischen den Schenkeln Josiannes zugange gewesen war, hatten wir ihr Bein auf einen Stuhl gelegt (ich hatte sogar noch ein Kissen darunter geschoben und fürsorglich die Schnalle ihres hochhackigen Schuhs aufgemacht). Ein paar flüchtige, konsternierte Blicke beobachteten das Manöver, nahmen diesen neuen Grad an Verkommenheit zur Kenntnis, bei einem Typ, der es sich nicht mehr erlauben konnte (und außerdem absolut nicht dazu berechtigt war), als Bürgerschreck aufzutreten. Aber was konnten sie gegen meine gute Laune ausrichten? Hatten sie irgendeine Möglichkeit, den Himmel zu verdüstern, mir das Atmen zu verbieten oder die Irrenwärter auf den Hals zu hetzen? Josianne war perfekt. Ich hatte sie verletzt, wegen mir hatte sie ihren Termin versäumt, ich warf sie ihresgleichen zum Fraß vor, und sie blieb unerschütterlich, lächelte, die Augen halb geschlossen, das Gesicht den Sonnenstrahlen zugewandt, die von den schwankenden Ästen einer Linde, die natürlichen Schutz bot, nicht ganz, aber doch zum Teil abgefangen wurden. Ich war stolz auf sie. Sie weckte in mir dieses alte Gefühl, das sich schon seit einer ganzen Weile nicht mehr eingestellt hatte, und man fragte sich sogleich, wie man darauf hatte verzichten können. Welche Kraft! Welcher Glanz! Wie strahlend stand ich da!

Mit einem Lächeln auf den Lippen ging ich ein paar Anrufe erledigen. Ich rief beim Bahnhof an, um auf ihren Namen eine Fahrkarte in die Hauptstadt zu reservieren, einfache Fahrt. Dann entschuldigte ich sie bei der Versicherungsgesellschaft. Danach telefonierte ich mit meiner Werkstatt, und sie sahen nach, ob sie mein Kühlermodell auf Lager hatten. Sie hatten. Was für ein märchenhafter Tag! Und zum Schluß hatte ich Élisabeth dran. Ich erzählte ihr von dem Unfall, sagte ihr, daß ich nicht ins Reisebüro kommen würde, weil ich unter einem leichten Schock stände und vorhätte, meinen Kopf röntgen zu lassen.

»Nur zu, das kann dir nur gut tun… Sag mal, da ist eine lange Nachricht von Jackie auf deinem Anrufbeantworter. Willst du sie hören?«

»Nein, nicht jetzt, das ist lieb von dir. Ich muß dich wohl nicht daran erinnern, daß bestimmte Nachrichten ganz privat sind, oder?«

»Oh… Na ja, ich dachte, du würdest nichts von dieser Affäre vor mir verbergen.«

»Gib dich damit zufrieden, sie in groben Zügen zu kennen. Such dir etwas anderes als meine Liebesabenteuer, um eure Abende aufzuheitern, wenn es dir nichts ausmacht: Ich bin immerhin dein Bruder, und nicht der Clown vom Dienst, oder?... Versuch das nicht ganz zu vergessen.«

»Hör mal, wenn du es wissen willst, es gibt da noch ganz andere Geschichten, über die ich mehr lache als über die mit Jackie. Aber ich möchte lieber nicht mit dir darüber reden.«

»Dafür bin ich dir dankbar. Denk daran, daß wir beschlossen haben, gewisse Grenzen nicht zu überschreiten. Versuchen wir, uns daran zu halten.«

»Okay, du mußt wissen, was du tust.«

»Genau. Ich weiß, was ich tu. Dann sind wir uns also einig.«

Am frühen Nachmittag gab es ein herrliches Gewitter. Schon auf dem Nachhauseweg, während wir unseren Rückzug mit Gelassenheit nahmen (so auf die Art: morgen ist auch noch ein Tag), ballten sich über den Bergen enge Reihen dicker Wolken zusammen, so daß man an eine Invasion fliegender Untertassen hätte glauben können, und es regnete. Bis ich Josianne ins Haus getragen hatte, waren wir naß bis auf die Knochen.

Doch schon nach einer halben Stunde unverhofften Wassers vom Himmel erschien gleich ein schmachtender, gigantischer Regenbogen von der Größe einer Autobahn, und die letzten Tropfen verdampften in der Luft. Wir hatten uns gerade mal umgezogen. Da waren noch die Spuren nasser Schritte auf der Schwelle, unsere Haare waren noch feucht. Der Garten tropfte wie eine von einer leidenschaftlichen, stürmischen Umarmung überwältigte Jungfrau (sie spürt, daß sie zur Frau wird, und sucht mit Blicken nach dem gerissenen Kerl), die Motorhaube meines Wagens dampfte noch, die Erde meiner Rabatten hatte eine schöne dunkle Farbe, so etwas wie duftende Frische schwebte vor dem Fenster, und der Rest war blau. Entschlossen, hartnäckig, hoffnungslos leuchtend blau. Was mir dazu einfiel? Überhaupt nichts. Ein paar Augenblicke der Entspannung in Gesellschaft Josiannes konnten nichts gegen meine seelische Dürre ausrichten. Das war es, was ich mir sagte. Nichts, was die tiefen Wurzeln des Übels erreichen konnte.

Ich ließ sie allein, während sie sich draußen mit ihren Unterlagen einrichtete (drei Kartons mit Akten waren hier angekommen, seit sie unter meinem Dach wohnte, außerdem zwei große Koffer mit Sommerkleidung), ich ließ sie allein mit ihrer Halbbrille auf der Nase, ihrem Kuli zwischen den Zähnen und ihrem ein wenig demonstrativ hochgelegten verletzten Bein. Ich hatte ihre Streitereien mit der Versicherungsgesellschaft nicht besonders aufmerksam verfolgt, doch es war klar, daß der Ausgang noch unsicher war. Alles Wichtige, so schien es, war in winzig kleinen Buchstaben, mehrdeutig und in einem trockenen Stil formuliert, irgendwo (aber wo?) in jedem der von ihrem verstorbenen Mann unterschriebenen Verträge festgelegt. Lieber Himmel, im Reisebüro machten wir das auch so, und wir waren nicht schlimmer als die anderen. Diese traurigen Praktiken waren allgemein bekannt. Und hat nicht außerdem jeder von uns hienieden das tiefsitzende Gefühl, dauernd betrogen zu werden? Ob er nun sein Brot, seine Zigaretten, seine Zeitung oder seine Hemden kauft, den Wahlzettel in die

Urne wirft, mit seiner Bank verhandelt oder das kleinste lächerliche Stück Papier unterschreibt? Kurz und gut, ihre Angelegenheiten interessierten mich absolut nicht. Ich bekam nur mit, daß ihre Lage nicht gerade angenehm war, und ich meinte zu verstehen, daß André sie mehr oder weniger unterhalten hatte, für ihre Miete und die wichtigsten Ausgaben aufgekommen war. Ja. Vielleicht war er am Ende tatsächlich gaga. Da war also ein Typ, der, wenn man dem glaubte, was er einem anvertraute, mit Sicherheit einen ähnlichen Leidensweg hinter sich gebracht hatte wie ich und der bis zum letzten Atemzug für die Bedürfnisse seiner Peinigerin gesorgt hatte. Na bravo. Alle Achtung. Kompliment. Glückwunsch. *Requiescat in pace!*

Als ich sah, wie sie sich in ihre Dokumente vertiefte, erinnerte ich mich daran, daß ich Jackie versprochen hatte, einen Blick hineinzuwerfen, wegen der Schuldscheine. Und ich hatte gleichzeitig diese seltsame Szene vor Augen: eine Frau, die damit beschäftigt ist, in diesem Haus Papiere zu identifizieren, zu ordnen und abzulegen!

Ich füllte Wasser im Kühler nach und fuhr in die Werkstatt, um ihn austauschen zu lassen. Der Regen hatte nicht lange gedauert, aber die Vegetation hatte einen Peitschenhieb bekommen und vibrierte vor explosiver Wut, der Hintern tat noch weh, nach diesem unsanften Erwachen aus dem Schlaf. Im Vorbeifahren grüßte ich Paul. Er stand mitten in seinem Garten, die Füße im Gras, das Gesicht und die Hände zum Himmel gewandt, mit einem Ausdruck sprachlosen Glücks. Fand man Befriedigung, Freude, Gleichgewicht und Frieden beim Gärtnern, wenn man erst einmal die Klippe der sechzig Jahre hinter sich gebracht hatte?

Sollte man *Haus & Garten* abonnieren, um Wahnsinn, Leid und Angst zu vermeiden?

Und er, der Mechaniker, was dachte er darüber? Hatten Kolben und Kurbeln etwas Poetisches? Glich die große Weltmaschine einem Motor von erstaunlicher Schönheit und Komplexität? Okay, er hatte im Moment keine Zeit, darüber zu diskutieren.

Und Patrick? Ja, Patrick, der Sohn von Francis, was sagte er dazu? Mit vierundzwanzig Jahren, zweimal in der Psyche gewesen und fünfzigmal vom selben Mädchen sitzengelassen, wie sah er die Sache? Ich traute mich nicht, ihn zu fragen. Die Pizzeria war proppenvoll mit Menschen, denen eine einzige Frage auf der Stirn geschrieben stand: »Welches ist der kürzeste Weg zum Glück?« Aber falls man nicht etwas aus dem Ineinanderlaufen von geschmolzenem Käse und Dosentomaten herauslesen konnte, war die Antwort ohrenbetäubend still. »Sag mal, es sieht ja ganz so aus, als ging's dir gut«, meinte ich zu Patrick und trank meine Cola (nach Portwein gibt es nichts Besseres für den Magen), obwohl sein Gesicht beunruhigend blaß war. Während ich auf meine Pizza wartete, machte ich mir ein paar Notizen für *Kriminelle,* unter anderem diese: *Patrick ans Ende der Welt schicken* und diese: *Francis: »Ich will, daß man mir die Jahre wiedergibt, in denen ich mich für nichts und wieder nichts aufgerieben habe!«*

Dann klappte ich mein Notizbuch zu, stand auf und ging zum Telefon, das am Eingang unter einer Plexiglasmuschel hing.

»Gut, hör zu, ich habe ihre Fahrkarte hier.«

»Klasse!«

»Ich weiß nicht, ob's klasse ist. Ich war nicht sehr stolz auf mich, stell dir vor. Du mußt dich mal in ihre Lage versetzen, sie war fassungslos...«

»Luc, sie ist eine perfekte Schauspielerin, das weißt du sehr gut. Sie ist vor dir auf die Knie gefallen, kann ich mir vorstellen.«

»Nein, das nicht. Sie hat sich an die Wand gelehnt und mich um ein Glas Wasser gebeten.«

»Oh, ich sehe sie direkt vor mir! Erinnert dich das nicht an irgendwas?«

»Eigentlich nicht, nein... Im Moment nicht.«

»Aber Luc, der Tag, als wir ihr gesagt haben, daß wir heiraten, natürlich! Du hast sogar gedacht, sie wird ohnmächtig!«

»Ja, jetzt, wo du es sagst... Du hast recht.«

»Sie ist eine ausgezeichnete Schauspielerin. Ich dachte, ich müßte dich nicht daran erinnern. Dir hätten eigentlich ein paar Tränen zugestanden, glaub mir.«

»Für mich hat sie Ausschlag bekommen.«

»Immer besser. Morgen hat sie dann Herpes am Mund... Hat Papa dir erzählt, wie oft er mitten in der Nacht im Krankenhaus anrufen mußte, wie oft sie dachte, daß sie stirbt? Hör zu, du mußt eines begreifen: Sie tut das, um mir eins auszuwischen. Mach dir keine Sorgen um sie.«

»Ja... Ich werd's versuchen. Weißt du, sie sagt nichts, aber wendet den Blick nicht von mir. Brrr!... Ich habe das Gefühl, ein Arschloch zu sein.«

»Ach, mein armer Schatz, ich fürchte, das mußt du bis zu ihrer Abreise ertragen... Sei nicht blöd, du hast dir nichts vorzuwerfen.«

»Ja, meinst du? Na gut, ist alles klar mit Freitag?«

»Natürlich!«

»Gut. Ihr Zug geht am frühen Nachmittag. Wollen wir mal sehen: Ich setze sie am Bahnhof ab, das gehört sich so, dann fahre ich im Reisebüro vorbei, und da brauche ich, sagen wir, ein Stündchen... Dann ist es, na ja, vielleicht fünfzehn Uhr dreißig. Wir können uns um sechzehn Uhr treffen. Aber siebzehn Uhr würde mir besser passen, wenn du einverstanden bist. Dann könnte ich noch ein paar Einkäufe machen, ohne ins Gedränge zu kommen. Also das wäre ideal...«

»Siebzehn Uhr dreißig, ginge das für dich?«

»Moment, ich suche gerade einen Kuli... Also, ich notiere: Freitag, siebzehn Uhr dreißig. Alles klar.«

»Luc?«

»Ja?«

»Also... ich weiß nicht... Es ist komisch, nicht, wenn man darüber nachdenkt...«

»Ah, geht es dir auch so?«

Meine Pizzas waren fertig, aber ich blieb noch ein paar Minuten, um mit Patrick zu reden. Ohne große Hoffnung versuchte ich ihn für zwei Mädchen zu interessieren, die mit einem schüchternen Lächeln und Geflüster in unsere Richtung sahen (ich konnte ja nicht wissen, daß sie ihren Job auf dem Männerklo machten, nicht mal, daß sie diesen Job machten, aber ehrlich!). Ohne große Hoffnung jedenfalls, und wenn sie zwei Schulmädchen gewesen wären, so rein wie Lilien, und doch gut gebaut. Ja aber sollte man ihn der Perspektive einer Welt ohne Liebe, ohne Treue, ohne Spaß, ohne leuchtende Zukunft, ohne gehauchte Schwüre, ohne

Zärtlichkeit, ohne Romeo und Julia überlassen? Selbst wenn es mir ganz scheiße ging, hatte ich ihm den Anblick eines Mannes erspart, den dieses verdammte Leben gebeutelt hatte, das im Grunde viel schlimmer war, als er es sich vorstellte. Rannte ich mit verzerrtem Gesicht zu ihm und trocknete meine Tränen? Nein, nein, alles in Ordnung, Patrick, ich fühle mich nur ein bißchen müde, ein bißchen schlapp, alles voll in Ordnung, ach, weißt du, meine Probleme mit dem Magen, die Sorgen, Steuernachzahlungen, meine Bank, die Politik, die in diesem Land betrieben wird, der Weißwein, der Wetterwechsel, das Bewußtsein, unerbittlich alt zu werden und die Lust am Sex zu verlieren, was weiß ich? Aber ein Wort zu ihm über die Brutalität der Frauen? Nie im Leben! Francis und ich nahmen ihn zu Frauenbasketballspielen mit, versuchten ihn in geselligen Clubs unterzubringen, strampelten uns auf endlosen Fahrradtouren ab, sangen begeistert das *Hohelied,* unglücklicherweise ohne besonderen Erfolg (und keiner größeren Wirkung auf mich, höchstens einer perversen). Schade. Er war ein sensibler Junge, intelligent (ich hörte sehr interessiert – mit einem Gesicht, dem nichts anzumerken war, und krankhafter Freude – seine schrecklich desillusionierten Reden an, die erstaunlich treffsicher waren und eine bei einem jungen Mann schöne Anlage offenbarten, künftige Schwierigkeiten, Demütigungen, Prüfungen, Enttäuschungen, Ekelgefühle, Schmerzen, die durch jede Art von Gefühlsbeziehung erzeugt werden, zu erkennen; nein, nicht ich mußte ihm das erzählen, und was konnte ich der reinen, bitteren Wahrheit schon außer einem schlappen, heuchlerischen, niederträchtigen Leugnen entgegenhalten, wenn *alles* in mir schrie *O ja! Sehr richtig! Gut beobachtet! Mehr!*, was ihn bestimmt umgebracht hätte?). Ein sehr heikler Fall, der Kerl (aber was für ein tapferer Leidensgenosse wäre er gewesen, wenn ich mich nicht zurückgehalten hätte, und was für ein brillanter Lehrer wäre ich in meinen schlimmsten Momenten gewesen, in was für eine wahnsinnige Finsternis hätte ich ihn mitgenommen!), ein beunruhigender Fall, dem ich gerne ein bißchen von dieser Lust auf verbrannte Erde eingegeben hätte, die mich am Ende des Rennens wieder auf die Beine gebracht und mir, wenn schon keine soliden Ansprüche auf den Sieg, doch die Befriedigung einer gemeinen Gegenattacke angesichts eines Feindes gebracht hatte, der durch keinen Ehrenkodex zurückgehalten worden war (sie hatten zugeschlagen, als ich gerade mit dem Ende eines Romans ins Stolpern kam = Ermüdung, Anspannung, Reizbarkeit, Schwäche, Bedürfnis nach Alleinsein, Desinteresse an der Welt, keine Lust auf Sex und das ganze Tralala).

»Wieder?! … Faß sie doch endlich mal hart an, Junge, gönn dir wenigstens das Vergnügen! Vielleicht ist es im Grunde das, was sie von dir erwartet, wer weiß? Ich kannte früher mal ein Mädchen, das ich an einen Baum binden mußte, nackt natürlich, ich weiß nicht, ob ich dir das erzählt habe…«

»Wo ich gerade dran denke, ihre Mutter hat mich gefragt, was es Neues bei dir gibt… Gehst du nicht mehr hin?«

»Warum, macht sie sich Sorgen?«

»Ich glaube, sie haben jüngere Mädchen engagiert.«

»Ach, warum denn das? Die denken wohl, sie sind im Crazy Horse. Weißt du, es reicht nicht, eine gute Figur zu haben, um eine gute Stripperin zu sein. Nimm zum Beispiel einen Schriftsteller. Reicht es, daß er eine gute Geschichte hat? Warum, denkst du, sind sie im allgemeinen so schlecht? Weil man kein echtes Verlangen spürt. Sie machen den Eindruck, als würden sie an was anderes denken. Was soll's, die Beine breit zu machen, wenn man nichts im Blick hat? Etwas, das Nicole hat, und die anderen nicht: ein Hauch von Menschlichkeit. Im Guten wie im Schlechten. Und wenn du das nicht hast, kannst du nichts Gutes zustande bringen. Weder auf dem Tisch tanzen noch ein Buch schreiben.«

»Ja... also davon verstehe ich nichts.«

»Hör zu, wenn Nicole etwas wüßte, hätte sie es dir gesagt. Aber ich gehe zu ihr, wenn du willst. Was ist schon eine Woche? Und länger dauert es im allgemeinen doch nicht. Sie kommt zurück. Meinst du, du hältst es aus, du Dummkopf?! Lieber Himmel, fang damit an, daß du dich richtig ernährst. Laß die Finger von Pizza. Sieh zu, daß du zu Kräften kommst. In ein oder zwei Tagen hört Nicole was von ihrer Tochter. Halt dich bereit. Und dann kannst du ihr ein paar verpassen.«

»Habe ich schon gemacht.«

»Na gut, mach's noch mal. Laß dich nicht hängen. Denk an deine Brüder und Schwestern in der ganzen Welt. Nimm sie dir zum Vorbild.«

Ich ging ein paar Besorgungen machen. Diastole, Jogging zwischen den Regalen, Hochleistung, ruhiger fließender Kreislauf zu den Kassen, Kofferraum vollpacken, Abfahrt auf den Felgen, Umleitung durch die Waschstraße, Systole. Danach kleiner Routine- und Höflichkeitsbesuch im Reisebüro, um Élisabeth aufzumuntern, sie über den Zustand meines Kopfs zu beruhigen, ein paar Telefonate zu erledigen, den Anrufbeantworter abzuhören (die Nachricht von Jackie war eine lange Variation über das Thema, daß ich mit Sicherheit da sei, mich aber aus irgendeinem unerklärlichen Grund weigerte, das Telefon abzunehmen, was allerdings gut den Niedergang unserer Beziehung seit der Ankunft Josiannes widerspiegle, einen Niedergang, der ein paar Erklärungen verdiene, denen ich mich nicht mehr entziehen könne, eine allzu einfache Lösung angesichts der ihrerseits unternommenen Anstrengungen, wobei ich doch zugeben müsse…) und meine Post zu holen. Keine Nachrichten von Marc. Eine neue Flasche in meiner Schublade. Vier Uhr am Nachmittag. Élisabeth und ihr Nagellack. Träumerei. Absprung von meinem Schreibtischsessel.

Auf der Couch von Juliette Montblah, meiner Therapeutin, legte ich die Hände hinter dem Kopf zusammen, um mit einem echten Lächeln den ganzen Zuspruch aufzunehmen, mit dem sie mich überhäufte. Ohne damit prahlen zu wollen, aber sie kriegte sich nicht mehr ein. Ich mußte sie sogar in ihrem Übereifer bremsen, denn sie sah schon die Ehe von Victor und Eileen zu Fall gebracht, während sie und ich in einem reizenden Restaurant ganz in der Nähe Champagner in uns hineingossen und mit dem Glas in der Hand planten, das Sägewerk abzufackeln. Soweit waren wir noch nicht. Aber immerhin war sie von der Wendung, die die Dinge nahmen, ganz begeistert. Sie machte große verzückte Augen, und sie sagte mit einer so liebevollen und gierigen Stimme ein paarmal »Du Scheißkerl!«, daß ich mich fragte, ob mir nicht das, was sie mir einst im allerletzten Moment verweigert hatte, in nicht allzu langer Zeit als Dank für meine guten Dienste auf einem Tablett serviert würde. Meine Fresse, es schien, daß in letzter Zeit alles zu bekommen war, wenn man den Frauen gewisse Dienste leistete. Juliette hatte ihre Scheidung von Victor nicht so schwer genommen wie ich, sie war sogar ein bißchen entschädigt worden (finanziell und sexuell), aber sie hatte bei mir immer den Gedanken an eine mögliche Rache wachgehalten, und sei es nur aus therapeutischen Gründen. Auf einen Sieg folgt ein Sieg, und auf eine Niederlage eine Niederlage. Das sind spiralförmige Strudel.

Wieso war ich plötzlich wie verzaubert? Als ich in den Chemin du Chien-Rouge einbog, hielt ich eine Minute an, um die Landschaft und den Aufstieg, der mich erwartete, zu betrachten. Nach dem Regen erblühten die Frauen um mich herum, zeigten, was sie hatten, und verströmten ihren Duft. Ich hatte die letzten drei Jahre auf einem Feld voller Dornen und Disteln verbracht, mit jämmerlichen Überlebensrationen, die nicht immer nach meinem Geschmack waren, dem schwankenden Wohlwollen einer Stripperin (sie hatte nicht nur das zu tun) und, gegen Ende, ein paar Runden Versteckspiel mit Jackie, zu denen es nicht viel zu sagen gab. Dieser Tag sah aus wie ein guter Tag, und von dem Moment an breitete sich eine subtile Ruhe aus. Ja, ich gebe es zu, die Gesellschaft der Frauen hatte mir verdammt gefehlt. All die Jahre des Schreibens hatten mich an ihre Anwesenheit, ihre herzliche Aufmerksamkeit gewöhnt. Ich hatte wie ein Hund unter meiner Scheidung gelitten, doch nicht genug damit, daß ich eine verlor, hatte ich alle verloren. Erst waren sie so liebevoll, so charmant, so zuvorkommend zu dem lieben Luc Paradis gewesen, und dann hatten sie mich fast von heute auf morgen fallenlassen. Ja, die rohe, reine

Gleichgültigkeit der Frauen, wenn man den dunklen Samt ihrer Versprechungen gekannt hat (ob sie nun gehalten werden oder nicht), das Angora ihres Atems im Ohr, das Chinchilla eines verhangenen Blicks, die elektrisierende Botschaft einer Hand auf dem Arm. Ja, aber so schrecklich, daß es einen fertigmacht, ist es auch nicht, werdet ihr mir sagen. O ja doch! Und alles war meine Schuld. Ich benahm mich abartig, vielleicht aggressiv, hatte in der Stadt für ein paar Skandale gesorgt, trank ein bißchen zuviel, kam nicht mehr im Fernsehen (das Gesicht gepudert und mit leuchtenden Augen), plante keine Veröffentlichung für den Herbst mehr, arbeitete in einem Reisebüro, und es ging das Gerücht, daß ich aus dem Haus einen Saustall gemacht hatte und mich nach Einbruch der Nacht unaussprechlichen Riten hingab (was falsch war: es kam vor, daß ich nicht jeden Tag abspülte, daß ich eine relative Unordnung akzeptierte, daß ich nicht so häufig die Bettwäsche wechselte, doch ich hatte die Lage alles in allem im Griff und hatte mich immer bemüht, das Haus gemütlich zu erhalten, sogar im ersten Jahr, das sich in vielerlei Hinsicht als das schlimmste herausstellte). Ja, ich hatte es wirklich herausgefordert. Ich hatte mich wie ein Trottel verhalten. Ich glaubte, nichts mehr von Frauen wissen zu wollen, sprach schlecht über sie, machte sie fertig, grinste hämisch, wenn sie vorübergingen, wie ein vom Teufel besessener Prediger. Ein bißchen Wichsen, und die Sache war geritzt. Kein Kontakt (oder aber ich war zu besoffen und unzurechnungsfähig). Ein paar Scheine, unter eine Nachttischlampe geschoben, nach dem Abspritzen auf einen nackten Körper aus einem Meter Entfernung (wenn ich gut zielte – eines der Mädchen nannte mich Buffalo

Bill). Klar, ich hatte geglaubt, mich billig aus der Affäre ziehen zu können. Eine Zeitlang, als ich wie ein Beknackter über meinen *Mördern* und meinen *Kriminellen* hockte, war es mir gelungen, ein bißchen von ihrer Präsenz zu erhalten, hatte ich sie eingeschlossen in kleine Fläschchen, über die ich meine Nase hielt, doch der Betrug zeigte keine Wirkung mehr. Es war zu spät, als ich wieder zu mir kam. Sie waren auf und davon. So war ich nun den Tränen nahe, als ich spürte, daß sie zurückkamen. Es waren nur eine Handvoll, die sicher nicht ihrem Herzen gehorchten und mir wohl kaum ihre Achtung bis ans Ende der Zeiten bewahren würden, doch die Glocken in der Ferne kündigten ihre Rückkehr an. Halleluja! Dein Wille geschehe, Herr! Du hast mich Feuer fassen lassen, denn du wolltest mich nicht in ewiges Eis einfrieren. Ich raffe alles zusammen und bringe dir diese ganze Landschaft dar wie einen Blumenstrauß. Halleluja!

Eine von ihnen wartete auf der Veranda auf mich, vielleicht nicht die schlechteste, aber das war nicht die Frage, nein, mein Haus stand ihnen offen, ohne Ansehen von Alter, Rasse, Schönheit, sozialer Zugehörigkeit, ohne Hintergedanken. Ich lud die Einkäufe aus, während sie sich streckte und leise über diese verdammten Papiere stöhnte, ohne mich dabei aus den Augen zu lassen, mit fragender Miene, wie's mir ging. Mir ging's gut. Überflüssig, in die Details zu gehen. Und was machte ihr Knie?

In meiner Abwesenheit hatte Paul ihr einen Besuch abgestattet und weder einen Schmerzpunkt noch eine besonders starke Schwellung an der Verletzung feststellen können. Das war doch beruhigend. Ich meinte, er wäre eigentlich der

Richtige, um am Abend ihren Verband zu wechseln. Aber die Idee fand sie nicht allzu begeisternd. Ich beharrte nicht darauf. Ich wollte nicht, daß Sonia bei dieser Geschichte an meiner Neutralität zweifeln könnte.

Gut, sehen wir mal, ob André so chaotisch und weich in der Birne war, wie sie behauptete. Ich brachte kühles Bier und Gläser (sie gewöhnte sich langsam daran, doch sie mochte noch immer nicht auf letztere verzichten) und setzte mich mit dem Lächeln eines Chorknabens neben sie, bereit, ihr zu helfen, dieses herrliche Spätnachmittagslicht auszunutzen, das über ihrem Papierwust tanzte. Also los, dann wollen wir mal. Ich bot ihr gerne meine Hilfe an. Prost!

Ich war ein bißchen auf eine Reise in die Vergangenheit gefaßt, da es sich um die Papiere eines Toten handelte. Ein paar Minuten später war Josianne eine unternehmungslustige Zwanzigjährige, die eines schönen Tages einem verführerischen jungen Mann in die Arme lief. Ich wartete ungeduldig auf die Fortsetzung. Zufällig fiel ihr ein Foto aus jener Zeit in die Hand, und ich konnte sie beide bewundern, Arm in Arm auf dem Platz eines Dorfs, Terrassen mit Rohrgeflecht, frohe Mienen, lächelnd wie Engel, fast verwundert darüber, den Schlüssel zu einem solchen Glück gefunden zu haben, das sie ein paar Jahre später systematisch zerstören sollten und von dem kein Stein auf dem anderen bleiben würde. Aber ob ich bestimmte Dinge über André wisse? Ob ich bereit für ein paar Wahrheiten sei, auf die Gefahr hin, daß sie Schatten auf das Bild eines Mannes warfen, der sich immer als Opfer hingestellt hatte?

Als ich nickte, ein paar Papiere zwischen den Zähnen, damit beschäftigt, die Dokumente des Verstorbenen, dem es langsam in den Ohren klingeln mußte, unter die Lupe zu nehmen, erfuhr ich also aus maßgeblicher Quelle, daß André homosexuell war.

Warum nicht? Darauf mußte man erst einmal kommen. Ein bißchen heavy vielleicht? Doch was konnte man nicht auf die Schultern eines Toten packen? Wenigstens mal ein Mann, der sich nicht in die Karten sehen ließ, nicht? Ein echter Profi. Und gleichzeitig mit einem ziemlich komplizierten Charakter. Der daran krepierte, daß seine Frau ihn verlassen hatte (darüber wußte ich einiges), aber nur an Jungs dachte. Teufel eins! Wirklich undurchsichtig, dieser Typ. Ein polymorph Perverser, der so tat, als wäre er unglücklich. Also mal ehrlich...

Die Sache war nicht so einfach, das konnte ich mir denken (währenddessen hatte ich meine Suche wieder aufgenommen). Ein paar Jahre lang hatte André seine Dämonen auf Distanz gehalten, hatte gegen sie den Schild der sogenannten Liebe zu seiner Frau geschwungen. Und in diesem Punkt legte Josianne Wert auf Klarheit: Die Aufrichtigkeit seiner Gefühle ihr gegenüber waren eine Sache; was er ansonsten anstellte, eine andere. Kurz gesagt: André war ein zerrissener Mensch, von widersprüchlichen Kräften hin und her gezerrt.

Ah, da war es, was ich suchte: die Schuldscheine. Ein bißchen Luft würde nicht schaden. Ich fächelte sie mir damit zu.

War es schrecklich schwierig für mich, mir das Leben vorzustellen, das André ihr geboten hatte? Lassen wir einen Moment das löbliche Gefühl beiseite, das die Tragödie Andrés bei uns auslöst, und wenden wir uns jetzt ihr zu. Werden wir weiter mit dem Finger auf sie zeigen, sagen, sie habe ein Herz aus Stein, und sie wie ein kaltes und gleichgültiges Ungeheuer behandeln? Was den Gatten angeht, sollten wir keine Angst haben, die latente Homosexualität durch eine zunehmende Unfähigkeit, seine ehelichen Pflichten einzuhalten, zu ergänzen, ja doch, wir wollen den Blick nicht abwenden, sondern uns ein vollständiges und ehrliches Bild der Situation machen, wenn wir schon mal dabei sind, und wagen wir es dann noch, wagen wir es, ihm, *ihm allein*, all unser aufrichtiges Beileid zu schenken? Wäre das gerecht?

»Josianne, lieber Himmel, soll ich dir noch eins einschenken?«

Sie versuche nicht, mich mit alldem zu rühren (es war auszuhalten), andererseits war so viel Wasser ins Meer geflossen, hatte manch einer so viel Schlimmes durchgemacht, und genausoviel Glück erlebt. Sie versuche mich nicht zu rühren, aber sie fühle sich von einer Last befreit und danke mir dafür, daß ich ihr zugehört und ihr Wort nicht in Zweifel gezogen hatte.

»Mit oder ohne Schaum?«

Sie erinnerte sich an den Tag, als ich meine Bougainvillea gepflanzt hatte, wirklich perfekt, fand sie, ganz mein Stil, dunkel und schön, trotz ein paar Stacheln, widerstandsfähig und eigenwillig. Ah ja, die Gefahr in dieser Jahreszeit war, sich einen Sonnenstich zu holen. Die Sonne wirkt so mild, so harmlos. Noch ein paar Bier, und sie fühlt sich wie ein Schulmädchen und erklärt dem Ex-Schwiegersohn, daß er ein nettes Lächeln und traumhafte Bizepse habe. Wie viele anständige Frauen, fromme Damen, untadelige Hausfrauen haben schon den Verstand verloren und sich ihrer Geilheit überlassen? Ganze Regimenter.

Josianne kam aus der Stadt, doch ich erwähnte ja schon ihre animalische Seite, und der erregte Atem des regennassen Gartens, das hoch aufgerichtete Leuchten des kleinsten Grashalms, der Geruch der aufgewühlten Erde schienen ihr in den Kopf zu steigen. Was tun? Wie ein Schleier aus blaßlila Seide, golddurchwirkt und am Horizont entflammt, verhüllte der Abend mit geschmeidig-harmonischer Bewegung den Himmel.

»Josianne, komm, setz dich auf meine Knie...«

Wer sagte das? Niemand natürlich. Und hatte ich überhaupt Lust dazu? Ich wußte es nicht so richtig. Ich war weit davon entfernt, mich zu zieren, und eigentlich gab es auch keinen Grund dafür, denn Josianne war in meinen Augen verführerisch, und allein der Gedanke an diesen im Stich gelassenen Körper, durch die Laune der Natur zum alten Eisen geworfen, brachte mich auf Ideen. Nur war sie nicht das Mädchen von nebenan, um das mindeste zu sagen. Und eine Frau auf dem Papier zu bumsen war leicht, aber in der Realität? Ha ha! Nicht wahr, wenn man nicht gerade ein Matschhirn hat und jeden Morgen Steak ißt, gibt es genug Gründe, darüber nachzudenken, oder?

»Luc, kann ich mich auf deine Knie setzen?«

Das ist was anderes. Das würde den ganzen Unterschied ausmachen. Tut mir leid, aber es geht nicht um Haarspalterei. Nicht nach dem, was ich erlebt habe. Man streckt die Hand aus, und sie wird einem abgehauen. Danach, glaubt mir, ist man reif für die Dialektik. Das Für und Wider abzuwägen. Um sich vor euch als mit Narben übersäter Jäger aufzubauen, schweigsam, die Nase im Wind, alle Sinne alarmiert, einen trockenen Kothaufen oder einen leichten Lufthauch zum Sprechen zu bringen. Würdet ihr es tun? Ich meine, wenn sie nicht den ersten Schritt macht, würdet ihr es tun?

Na ja, zu spät. Paul und Sonia tauchten auf. Da sie von mir kein Lebenszeichen mehr erwarteten, erklärte Sonia halb im Scherz, halb im Ernst, hätten sie beschlossen, sich einzuladen, und akzeptierten gerne irgendeine Erfrischung oder jedenfalls einen Platz im Schatten, denn selbst um diese Zeit würde sie nach weniger als fünf Minuten wie eine Tomate aussehen, wenn sie sich den Strahlen der Abendsonne aussetzte. Hinter ihr, aus der Höhe von ein Meter achtzig und etwas, die Hände in den Taschen seiner weißen Hose und den Kopf tadellos kahlgeschoren, warf Paul Josianne das Lächeln eines eingefleischten Junggesellen zu.

Sonia betrachtete mich ein wenig als ihr Kind. Ich hatte zwar nach meiner Scheidung nicht wieder angefangen, ins Bett zu pissen, aber weit davon entfernt war ich auch nicht gewesen. Anders als bei Paul, der in seinen verschiedenen Ehen ein halbes Dutzend Schwachköpfe gezeugt hatte (mehr sagte er nicht darüber), war Sonias Kinderwunsch wegen einer Verwachsung der Eileiter unerfüllt geblieben, und da sie mich eines schönen Tages leblos in meiner Kotze gefunden hatte (ich muß zu meiner Schande zugeben, daß ich schlief), hatte sie sich meiner angenommen, als wäre ich an einem Gewitterabend auf ihrer Türschwelle ausgesetzt worden. Ich war so schlecht beieinander, daß ich nicht die Kraft hatte, ihre Hilfe zurückzuweisen. Ich hatte gelernt, ihr Gesicht durch einen Nebel zu erkennen, ihre Stimme durch das rasende Kopfbrummen hindurch, das mir das Hirn marterte. In der ersten Zeit brachte sie mir zu essen, machte mir Mahlzeiten, bei denen sie Schritt für Schritt das Rezept aus einem Buch nachkochte, und wachte darüber, daß ich keinen Bissen übrigließ. Paul fragte sich, wie ich so ein Zeug essen könne, da Sonia unfähig sei, ein Ei zu kochen, und jedes Zutun ihrer Köchin ablehnte, wenn es darum ging, die kleinen Gerichte für mich zuzubereiten. Tatsächlich hatte ich keine Meinung über ihre Kochkunst. Der Geschmack, die Farbe, die Konsistenz waren mir völlig egal. Hat man je erlebt, daß ein Typ, der im Sterben liegt, sich über das Tagesmenü beschwert? Sie behauptete, nur erstklassige Zutaten zu verwenden. Waldhonig, Vollkornmehl, chinesische Blütenöle, Bierhefe, Vitaminbeigaben, rohe Eier, tagesfrisch. Obwohl ich sehr unangenehme Koliken kennenlernte oder Verstopfungen, die nahe am Darmverschluß waren (sie schob alles auf meine eisigen Bäder in der Sainte-Bob), hatte Sonia mir zweifellos das Leben gerettet (und praktisch mit Portwein meine Magenschmerzen besiegt).

Es war eine Weile her, aber sie behielt mich immer noch im Auge. »Und ich hoffe, daß du mir diesen bösen Streich kein zweites Mal spielst.«

»Ja sieht man denn nicht, daß ich in Hochform bin?«

Josianne und Paul fanden, daß ich einen ziemlich guten Eindruck machte.

»Und du meinst, du bist clever genug, irgendwas vor mir zu verheimlichen?« Sie fixierte mich über den Tisch hinweg, während die Eiswürfel in einem Krug mit Grapefruitsaft knisterten und knackten.

»Ich weiß nicht.«

»Ach, das weißt du sehr gut.«

Ich lächelte ihr zu. Ich hatte ein Problem mit Sonia. Anders als man hätte denken können, hatte sie nicht klar meine Partei gegen Eileen ergriffen, o nein, nicht mehr als die anderen. Paul und sie hatten weiter Kontakt mit den beiden schrägen Vögeln gehabt, als ich vollkommen neben der Kappe war und nicht wußte, was mir überhaupt geschah. Ich schaffte es höchstens mal, daß sie mich irgendwie liebevoll oder mitleidig anschauten. Aber sie dazu zu bringen, daß sie Eileen ein Luder nannten, war nicht drin. Na gut, das gab mir jetzt einen gewissen Bewegungsspielraum. Ich mußte keinen von ihnen mit Samthandschuhen anfassen. Ihr hättet mal erleben sollen, wie sie die Schuld zwischen Eileen und mir aufteilten, die Waagschalen ausglichen und dabei ihre elenden Apothekermienen aufsetzten. Ich verbrachte meine Nächte damals im gefrorenen Gras, unter dem Fenster der beiden, schlug mit meiner Stirn auf die harte Erde, schrie in der schrecklichen Finsternis mit den Bussarden um die Wette (ich muß damit aufhören) und schaffte es nicht, mein Fernglas einzustellen, wegen meiner Tränen und meiner laufenden Nase und weil es wenigstens drei oder vier Grad unter Null und meistens feucht war. Saubande.

Die Botschaft Sonias in Richtung Josianne war absolut klar: Richte hier kein Chaos an. Das abwesende Lächeln Josiannes bedeutete: Kümmere dich um deinen eigenen Scheiß. Die versunkene Miene Pauls: Nur die Ruhe, Mädels. Ein bißchen laue Luft wirbelte um uns herum, heimtückisch und unheilvoll, angezogen von diesen Gegenströmungen.

Paul hatte den Einfall, das Thema zu wechseln, und beklagte sich darüber, wie gemein die Leute doch seien. Als Beweis führte er die Sache mit seinem Briefkasten an, den ich am Abend demoliert hatte, als ich von Gladys zurückkam. Er war vor Empörung wie vor den Kopf geschlagen gewesen. Wie konnte man so etwas tun? Ich wußte nichts darüber, aber hatte er im Lauf des Tages Besuch von Ralph gehabt? Nein? Ah ja. Warum? Ach nichts.

Sie fielen uns eine Stunde lang auf die Nerven. Dann war ein Mückenschwarm stärker als die Neugierde Sonias, die mehr über Josiannes Absichten herauszubekommen versuchte. Die Antworten waren ausgesprochen vage. So wenig zu packen wie ein Aal. Die ganze Kunst des vorsichtigen Ausweichens, Verschleierns, Zerstreuens, Köderns, Ablenkens, Zickzackens und geschickten Umgehens. Eine um so leichtere Übung, als das normale Ziel dieser Art von Treffen darin bestand, über Abwesende zu sprechen. Ah, es gab eine ganze Menge Haltepunkte am Chemin du Chien-Rouge, massenhaft Gesprächsthemen. Und die arme Sonia trippelte widerwillig mit – wo? wie? sagt nur? da kann man mal sehen! –, als wundersamerweise die Geschichten von diesen und jenen aufs Tapet kamen und sie zwangen, ihre ungeeigneten Waffen wieder einzupacken.

Ich war gnadenlos. Als ich sah, daß sie vergebens um sich schlug, um diesen unglaublichen Mückenschwarm zu verjagen, der um sie herum kreiste (war ihr Parfüm zu süßlich?), erklärte ich ihr, daß mein Insektenspray leer sei.

Sie stand auf. »Entschuldigt mich!« Man hätte geschworen, daß sie von bösen Geistern gejagt wurde. Vielleicht hatte Josianne sie verhext (sie beobachtete, wie die Un-

glückliche um sich schlug, und rührte keinen Finger, ein un-
bestimmtes Lächeln auf den Lippen, ihre Augen leuchtend
im goldbraunen Glanz des Sonnenuntergangs), wer weiß,
wozu sie untereinander fähig sind. In eine Windmühle verwandelt, flüchtete Sonia die Stufen hinunter.

Paul seufzte frustriert hinter Josianne her, die die Gläser
nach drinnen brachte. Klar, sie hinkte, aber der Rest war
doch klasse! Wir fanden nichts dabei, daß sie sich für ihr
Alter ein bißchen jugendlich anzog. Verglichen mit Sonia,
die in ihrem mit einem lebhaften Muster aus Kirschen und
blühenden Erdbeeren bedruckten langen Kleid durch den
Garten wirbelte. Josianne hatte unseren Segen. Die Karos-
serie war tadellos, wie man so sagt. Und Paul wußte nicht
einmal, daß sie kaum Kilometer auf dem Tacho hatte (erinnern wir uns: André hatte sie nicht oft gebraucht). Ich bin
schrecklich, nicht? Ja was, darf man denn keinen Spaß mehr
machen?

Paul machte sich daran, dem rechten Weg zu folgen, un-
terstützt von den nachdrücklichen Aufforderungen seiner
Frau, die immer noch um sich schlug (von uns aus gesehen
eher ein Käfer am Horizont). Ich hielt ihn am Arm zurück
und vertraute ihm meine Vermutungen an, was die Sache
mit seinem Briefkasten betraf. Vor mir habe Ralph mehr
oder weniger klare Drohungen ausgestoßen. Und Ralph sei
sowieso ziemlich gestört, das wisse ja jeder.

»Bist du sicher?«

»Nicht hundert Prozent.«

»Dieser kleine Kacker!«

»Denk daran: Ich habe nichts gesagt.«

Ich setzte mich in meinen Schaukelstuhl, sah zu, wie sie

abzogen, und rauchte eine Zigarette. Dann ließ ich meinen Blick zu den Häusern meiner *Mörder* wandern. Und zu denen meiner *Kriminellen*. Ich freute mich noch nicht so sehr darüber, wie ich gedacht hatte, der Wurm im Kern der Frucht zu sein. Ich hätte nicht erklären können, warum. Das würde vielleicht noch kommen. Es brauchte sicher ein Minimum an Training. War ich überhaupt noch dazu fähig, Freude zu empfinden? Das war genau die Art von Frage, die mich unruhig machte. Und diese andere, die mich erschreckte, so daß ich sie nur bei Tage, in einer stillen Stunde erwägen konnte, ohne daß sie mich belastete: Konnte ich all das wiederbekommen, was ich verloren hatte? Es passierte mir, in seltenen, dummen Momenten der Euphorie, mir vorzustellen, daß wir wieder zusammenlebten, Eileen und ich. Und dann fragte ich mich: Hast du das Ziel erreicht? Ist *alles* wieder in Ordnung? Bist du das, Luc Paradis? Und wenn die Suche ohne Ende war? Wenn es keine Antwort gab? Es konnte sein, daß durch einen anständigen Schlag auf den Kopf die Welt zusammenschnurrte, doch was würde man entdecken, wenn man ein Auge aufschlug? Daß an der Theorie der Expansion was dran war? Daß ein wahnsinniges Lachen in einem hochkam?

Ich ging wieder rein, um mir ein Glas einzugießen. Josianne hatte den Tisch gedeckt und die Pizzas in den Ofen geschoben. Es lag etwas gleichzeitig Beruhigendes und total Tragisches in dem stillen Halbschatten des Zimmers (sie war über einen Artikel in *Vogue* gebeugt, hing zwischen zwei Seiten fest). Ich machte ihr Komplimente für die Art, wie sie Sonia ausgetrickst hatte, nur um irgendwas zu sagen. Sie antwortete mir mit einem belustigten Lächeln. Sie war also ansprechbar. Ich machte ein bißchen Licht, eine mandarinfarbene Lampe, die ich vor der Plünderung gerettet hatte und die ein Zankapfel zwischen Eileen und mir geblieben war (sie hatte eine aus taubenblauem Opalglas mitgenommen, die ich genausowenig mochte, aber ich kann auch ein verdammter Dickkopf sein).

»Hast du die Absicht, lange zu bleiben?«

Sie hob den Blick und sah mich an, während ich zwei Gläser eingoß. Ich hatte das in einem ernsten, aber freundlichen Ton gesagt, doch sie tat so, als würde sie nicht verstehen.

»Oh, nun ja … Es wäre mir lieb, wenn ich Zeit genug hätte, um meine Angelegenheiten –«

»Das meine ich nicht, ich möchte einfach nur gerne wissen, wie du die Dinge siehst.«

Sie war einen Augenblick verlegen, dann ging sie es auf die leichte Art an: »Offen gesagt, Luc, ich weiß nicht, was ich dir antworten soll …« Ihr Lächeln war unschlüssig. »Schließlich hängt das nicht von mir ab …«

Ich war kurz davor, mich ihr gegenüber hinzusetzen, blieb dann aber doch stehen. Ich wußte meinerseits nicht, was genau ich wollte.

»Stimmt. Aber nehmen wir einmal an, es hinge von dir ab.«

Sie beugte sich vor, um ihr Glas zu nehmen. Ich sah, wie sie mit der Zunge die Backe ausbeulte, während sie sich ihre Antwort überlegte.

»Hör zu, laß uns Tacheles reden …«, fuhr ich fort. »Ich dachte nicht, daß wir uns verstehen würden. Wir waren nie besonders enge Freunde, und ich weiß nicht, ob wir das je werden. Aber gut, es zeigt sich, daß nichts so abläuft, wie man es sich vorstellt. Ich weiß nicht, wer von uns sich verändert hat, vielleicht haben wir uns beide verändert, das ist möglich, jedenfalls haben wir gewisse Fortschritte gemacht, findest du nicht?«

»Wir haben mehr Zeit füreinander...«

»Das ja, verflixt!« spottete ich. (Ich trank mein Glas in einem Zug aus und goß mir gleich ein neues ein.) »Das stimmt, wir haben mehr Zeit füreinander! Wir werden nirgendwo erwartet, du und ich, die Leute drängen sich nicht gerade draußen vor der Tür. Es wird langsam finster, hast du schon gemerkt?«

»Wir haben schon darüber gesprochen, aber du hast mir nicht zugehört.«

Ich kümmerte mich um unsere Pizzas.

Als wir später beim Essen saßen, schlug ich vor, ihren Aufenthalt mal anders zu betrachten.

»Wieso provisorisch? Es steht dir frei, morgen abzureisen, wenn du willst, aber müssen wir im voraus einen Zeitpunkt festlegen?«

Sie hörte mir aufmerksam zu. Wir ließen die Tür offen, damit ein bißchen Luft reinkam. Die Nacht war totenstill.

»Ich glaube, ich bin sogar sicher, daß die Situation sehr viel angenehmer wäre. Weißt du was: Wir probieren das jetzt aus! Laß uns deine Koffer in den Keller bringen. Wir wissen ja, wo wir sie finden, wenn wir sie brauchen.«

Über die Streifen des Tischtuchs schob sich ihre Hand auf meine zu, eine schmachtende Schlange.

»Luc, ich danke dir von ganzem Herzen.«

Wenn sie spielte, dann spielte sie so gut, daß es eine

Freude war. Wir holten uns Eis am Stiel aus dem Kühlschrank.

»Merkst du, das sieht aus, als wäre es nichts, doch es ändert alles. Man kann anders Luft holen. Eine gewisse Gelassenheit. Hängt von uns ab, das richtig zu nutzen.«

Sie preßte die Schenkel zusammen, während ich ihren Verband wechselte. Ich hatte sie weniger prüde erlebt, als sie ein bißchen getrunken hatte und ich unfreundlich zu ihr gewesen war, doch ich bettelte in diesem Fall um nichts, denn ich wollte für Freitag in Form sein. Nach dem, was Juliette Montblah, meine Therapeutin, sagte, fickte Victor gut. Ich versuchte, nicht allzusehr daran zu denken, doch so war es nun mal. Was den Sex anging, hatte Juliette ihre Ehejahre in guter Erinnerung, und wenn sie heute auch Spaß an Abwechslung hatte, so kamen ihr doch nicht viele wie er unter, das konnte ich ihr glauben. Ich glaubte es ihr. Und ich mochte diese Art Wettbewerb, der mich da erwartete, nicht besonders. Man kann ja seine Tricks, seinen Rhythmus, sein Vokabular, seine kleinen persönlichen Manien haben, und man ist doch vor nichts sicher. Und bei mir war, wenn man unbedingt schwarzsehen wollte, auch ein peinlicher Hänger drin. Seht ihr, was mir da drohte? Könnt ihr euch vorstellen, was in mir vorging? Könnt ihr euch vorstellen, wie mein Leben für den Rest meiner Tage sein würde? Ich machte Josiannes Verband fertig und kam nur mit Mühe wieder hoch: ein Amboß auf jeder Schulter und eine Lanze durch die Brust.

Siebenundvierzig ist das Alter der Unsicherheit. Man ahnt, daß sich auf einer Menge Gebiete nichts regeln wird. Einerseits geilt man sich im Kopf immer noch auf, doch andererseits... Eine Panne im Bett, und all das schöne Gerede macht den Kahn nicht mehr flott. Ich schrieb Bücher, und der andere fabrizierte Zigarrenkisten, doch bei wem schoß das Testosteron in die Höhe? Wer würde immer das letzte Wort haben? Ich hatte Eileen wunderbare Briefe geschickt, Elegien, Prosagedichte, gewundene Sonette, Haikus mit sinnlichen Zeichnungen. Muß ich hinzufügen, daß sie gut gemacht waren, aber daß sie nicht die Wände ihres Zimmers damit tapeziert hatte? Daß sich vielleicht, falls sie sie las, ihr Blick plötzlich trübte, wenn Victor ihr über den Hintern streichelte? Wo also war die Allmacht der Literatur geblieben? Auch als ich mich, am Ende meiner Kräfte, darauf beschränkte, was von Milton, Verlaine oder Bashô abzuschreiben, bekam ich deshalb keinen Telefonanruf. An was sollte man denn noch glauben? Sollte ich mich auf Konzeptkunst werfen? Auf serielle Musik? Sollte ich mich auf Ellipsen verlegen, aus dem Käfig des linearen Erzählens ausbrechen? Für ein kleines freundliches Wort hätte ich einiges mehr getan. Aber ich erkannte, daß das nicht der Kern des Problems war. Daß es nicht darum ging, sich zwischen Godard und Ozu zu entscheiden. Also warum sich damit herumärgern? Nichts Neues seit Schostakowitsch. Hoffen wir, daß die Literatur die Frauen in zwanzig Jahren wieder erregt.

Egal, es könnte sehr gut sein, daß Schreiben ein Laster ist. Nehmen wir meinen Fall. Ich hatte keinen Grund, auch nur drei Zeilen zu schreiben. Erstens: Ich war nicht mehr im Rennen. Zweitens: *Mörder* und *Kriminelle* hatten als Therapie keine große Wirkung mehr. Drittens: Ich hatte keinen Literaturpreis bekommen. Viertens: zu großer Energieaufwand. Fünftens: Es kommt nichts Gutes raus, wenn man nicht nüchtern ist. Sechstens: Ich wollte meine Frau zurück. Siebtens: Soll das schon alles sein?... Nun ja, also: Wenn ich nach oben in mein Schlafzimmer ging und an der Treppe vorbeikam, die in mein Arbeitszimmer führt, konnte ich im allgemeinen nicht widerstehen. Ich vollführte eine Drehung auf einem Bein und beschrieb mit dem anderen einen Bogen, damit ich mich vor diesem Treppenstück wiederfand. Unmöglich zu entkommen. Ein unbestimmter Blick nach links, dann nach rechts, für den Fall, daß man mich beobachtete, und dann ging ich hoch, und all die guten Gründe, es nicht zu tun, lösten sich in nichts auf.

Wenigstens ein paar Zeilen, schnell, ein kleines geschwärztes Stück Papier, sieh an, und man hat irgend etwas ausgespuckt. Schwer zu sagen, was genau, ist auch nicht wichtig. Bewegt es sich, lebt es? Klebrig, undurchsichtig, rosa, durchscheinend? Muß man sich den Mund wischen oder was? Muß man sich schuldig fühlen? Wer da? Mein Gott, was habe ich getan? Tag für Tag. Ich verstand, daß ich krank war, als ich mir ein kleines Notizbuch kaufte, das immer in meiner Tasche steckte. Totale Abhängigkeit. Kritische Phase eines besonders perversen Narzißmus. Horror, sich wie ein Handschuh komplett zu wenden. Drei Zeilen, und man kann seine Hose wieder hochziehen. Vergessen, was sich im Gras regt und stöhnt. Und das soll kein Laster sein?

Jetzt war ich also in meinem Arbeitszimmer, die Finger auf der Tastatur, verband das Angenehme mit dem Nützlichen, als es an meine Tür klopfte, nachdem der Knauf in alle Richtungen gedreht worden war. Meine Außentür. Die,

die man erreichte, wenn man unauffällig den Garten durchquerte und die Holztreppe hochging, von Ralph angefertigt und mir zum Preis eines Kunstwerks von Rang verkauft. Die mit den kleinen Scheiben. Dahinter ein Gesicht, verzerrt vor Ungeduld und durch Fehler im Glas (Ralph hatte es aus einer angeblich verlassenen Abtei, doch die Geschichte war nicht sauber), das Gesicht Jackies.

Jackie, um elf Uhr abends, die unangemeldet kam und sich gleich über meinen Mangel an Begeisterung wunderte.

»Nein, das ist es nicht, aber ich habe gerade gearbeitet, weißt du...«

»Na und? Kannst du für mich nicht aufhören zu arbeiten?«

»Natürlich, aber darum geht es nicht...«

»Ist die Alte unten?«

»Josianne? Ich denke schon...«

Ich ließ die Fische über den Bildschirm meines Computers ziehen, während sie meinen Schreibtischsessel in Besitz nahm. Ich spürte, daß sie auf Streit aus war. Ich hatte Lust, sie zu fragen, was sie wollte, doch die Frage kam mir unangebracht vor. Zum Glück waren ihre Tage noch nicht vorbei, falls ich mich nicht verrechnet hatte.

»Hast du meine Nachricht bekommen?«

»Was für eine Nachricht?«

Ich mußte ihr erklären, warum ich den ganzen Tag lang nicht im Reisebüro gewesen war. Sie hörte mir zu, jedenfalls nickte sie leicht mit dem Kopf und betrachtete dabei die Fotos, die ich mir an die Wand gepinnt hatte: die Galerie der *Mörder* und der *Kriminellen,* gut hundert Stück, die ich – um die zweitausend Jahre nach Christi Tod, am Tag nach meiner Scheidung – zwanghaft um mich versammeln mußte. Ich hatte ihr schon die Bedeutung von Modellen für einen Schriftsteller erklärt. Wie der Künstler es dank einer ziemlich hochentwickelten Konzentration schafft, vertraute Gesichter und Körper zu verwandeln, um aufs Universelle zu zielen. Das war kein Zuckerschlecken, aber das hatte ja auch keiner behauptet.

Ich mochte sie nicht in meinem Arbeitszimmer haben. Weder sie noch irgend jemand sonst. Natürlich, wenn es einen Ort gab, der ihre Neugierde anstachelte, dann war das nicht der Keller. Und sie hatte diese Neugierde eines schönen Abends befriedigt, obwohl ich mich gleich an ihre Verfolgung machte, unterwegs einen Rock, Strümpfe, einen BH aufsammelte, raffiniert mit einem übermütigen Lachen auf den Stufen meiner Treppe verstreut. Ihr Slip flog mir ins Gesicht, als ich murrend durch die Tür kam. Verdammte Scheiße! Sie war eine Stunde geblieben, um alles auszukundschaften, während mein Saft ihr noch die Beine runterlief, meine Platten, meine Fotos, meine alten Bücher, meine Videos, meine Pornozeitschriften (das Universelle, mein Schatz, das Universelle!), meine Zeichnungen (schlimme Schmierereien eines besoffenen betrogenen Ehemannes), meine Messersammlung, meine Dessouskataloge von La Perla und den ganzen Krempel, der ihr in die Hände fiel.

Ich hatte einen Futon in der Ecke. Sie hatte Mühe, die Gründe dafür zu erklären, aber sie behauptete, darauf unsere zwei besten Nummern erlebt zu haben, und versuchte unaufhörlich, mich auf diese Matte zu zerren. In Wirklichkeit wollte sie in meinen Sachen wühlen. Von diesem Ort Besitz ergreifen, ihn wenigstens mit mir teilen. Hier nackt herumlaufen, ihren Abdruck hinterlassen. Ihren Hintern auf meinen Stuhl pressen (kratzte das nicht zu arg?), ihren Busen über meinen Schreibtisch hängen, sich mit meinem Radiergummi amüsieren, sich an meinen Gardinen abtrocknen (ich übertreibe kaum), sich auf meinem Teppich wälzen (ich übertreibe nicht). Und mein Zögern, sie hier einzulassen, reizte sie. Hielt ich sie für unwürdig, ins Allerheiligste vorzudringen? Heraus mit der Sprache, mein Lieber!

»Mach weiter mit dem, was du gerade getan hast. Laß dich durch mich nicht stören...«

Sie saß an meinem Tisch und besetzte meinen Stuhl. Ich beobachtete mit einem ängstlichen Blick, was sie mit meinem Radiergummi anstellen würde, doch noch deutete nichts darauf hin, daß es irgendwie schlüpfrig würde.

»Pah, was Gutes war's jedenfalls nicht. Ich bin nicht in Form.«

»Schade. Thomas kommt erst morgen zurück. Es ist heiß, nicht, oder meine ich das nur?«

Sie trug ein Polohemdchen mit kurzen Ärmeln. Nun trug sie es nicht mehr. Einen BH, meint ihr? Weggeflogen. Gott sei Dank behielt sie ihren Rock an.

»Brauchst du eine schriftliche Einladung?«

Ich lächelte schwach und ging auf sie zu, eine Hand auf dem Magen.

Diese Frau hatte mich aus einem tiefen Loch rausgeholt. Hatte meinen schlaffen Schwanz gestreichelt, während ich an ihrer Schulter flennte. Durch sie hatte ich wieder Selbstvertrauen bekommen. Sie war der Motor unserer Beziehung gewesen, während ich erst nach und nach aus den Trümmern auftauchte. So was vergißt man nicht.

Zwei Minuten später zeigte ihre mit Speichel bedeckte Brust praktisch nach oben. Besser ging's nicht. Aber dann? Ich wußte sehr gut, mal vom Biologischen her gesehen, daß eine normale Ejakulation einer anderen, ungefähr zwei Tage später, nichts anhaben konnte. Ja und?

Ich hatte Jackie nichts vorzuwerfen. Sie hatte auch ihre Probleme, ihre Gelüste, ihre Ängste, rackerte sich ab wie die anderen. Sie war nicht egoistischer als ihr und ich, nicht nerviger, nicht gieriger, nicht vernachlässigenswerter, das nicht, in keiner Weise, und ihre Fehler waren so wie meine oder eure. Aber es war zweifellos der Moment gekommen, ein bißchen auf Distanz zu ihr zu gehen. Nicht Schluß zu machen, natürlich. Sagen wir mal, unsere Beziehung ein bißchen abkühlen zu lassen, denn ich hatte nur zwei Arme und zwei Beine. Und kein besonders konkurrenzfähiges Gerät.

Ich mußte schnell sein, um nicht auf dem Futon zu landen: Wenn ich sie richtig verstand, hatte sie sich irgendwas ausgedacht, damit ihre Tage kein Hindernis waren, und ließ meine Übelkeit, die mich den ganzen Abend über geplagt hatte, nicht gelten. Ich fragte mich, ob ich mich nicht zwingen sollte zu kotzen, damit sie zur Vernunft kam.

»Hör zu, Jackie, ich muß dir was sagen…«

»Gut. Aber mach schnell.«

»Hör zu, nein, zieh deinen Rock nicht aus. Ich muß mit dir reden. Mach die Sache bitte nicht noch schwieriger…«

»Tut mir leid, zu spät!«

Mit einem Seufzen hob ich den Rock auf und legte ihn gefaltet über die Lehne eines Stuhls, auf dem ein Stapel Reisezeitschriften lag, in deren letzter Nummer es um ungewöhnliche Nudistenferien ging (in den Bergen, mit Einführung ins Klettern und Abseilen).

»Nun ja«, setzte ich mit niedergeschlagenem Blick an (ich dachte darüber nach, was sie mir an den Kopf werfen, an das Geschrei, das Josianne bald hören, an den Kampf, zu dem es vielleicht kommen würde, also an all die unangenehmen Sachen, die völlig unvermeidlich folgen würden, doch die wir wirklich verdienen, das wollen wir zugeben, die nur der gerechte Lohn für unsere Kindereien sind, das wissen wir nur zu gut, deshalb sollten wir uns nicht darüber wundern, sondern sie hinnehmen, widerwillig oder nicht), »also, ich habe was mit Eileen. Was Sexuelles.«

Sie war dabei, die Haare zu einem Knoten zurückzubinden, mit einem entschlossenen Ausdruck, so wie man sich die Ärmel hochkrempelt, bevor man sich kopfüber ins Vergnügen stürzt. Sie hielt in der Bewegung inne.

»Ich glaube, ich hätte früher mit dir darüber reden sollen.« Oje-oje, diese Stille, dieses Gefühl der unmittelbar bevorstehenden Explosion, das Auge des Zyklons, ich sah lieber nicht hin! »Verzeih mir, Jackie, es tut mir leid.«

»War es gut?«

Manchmal, zu Tode verwundet, kommt es vor, daß sie den Kopf oben behalten. Ich habe viel Respekt und Bewunderung für diese Art Frauen. Ich hatte mich selbst ein paar Minuten gehalten, als Eileen mir verkündete, daß sie gehen würde. Ich wußte, wie schwer einem das fiel. Was für eine übermenschliche Anstrengung hatte mich der simple Akt gekostet, ihr zuzuhören, ohne zusammenzubrechen, und dann ruhig die Tür hinter ihr zu schließen. Diese schrecklichen Minuten hatten eine Ewigkeit gedauert, meine ganze

Kraft gebraucht, doch was für eine Freude kurz vor dem Zusammenklappen, was für ein mächtiges Aufwallen von Stolz, als ich mit der Nase auf den Teppich fiel und mich den harten Realitäten des Lebens überließ.

»Wie war's?«

Sie ließ nicht locker. Das hätte ich persönlich nicht gekonnt. Ganz am Anfang und in der ersten Zeit konnte ich Eileen nicht nach der kleinsten Erklärung fragen und hatte mich in einen nüchternen, ziemlich kargen, verdrängenden Stil geflüchtet.

»Mein Gott, Jackie, weshalb ist das wichtig?«

»Ich weiß nicht… Das muß komisch sein, nicht?«

Sie machte weiter mit dem pedantischen Verknoten ihrer Haare, als gingen wir auf Fahrt nach Kap Horn.

»Jackie, ich weiß, wie du dich jetzt fühlst. Lieber Himmel, es tut mir leid. Ich wußte, du würdest es mir übelnehmen.«

Sie riß erstaunt die Augen auf: »Warum sollte ich dir das übelnehmen? Was für eine Idee. Ich mach's ja auch mit Thomas, oder?«

Ich setzte mich hin. Plötzlich überkam mich eine leichte Melancholie, in die sich Überdruß mischte.

Ich ließ mich abseits nieder, am Rand vom Swimmingpool, mit einer großen Sonnenbrille und einem breiten, abartig teuren Strohhut, den ich gleich nach meiner Ankunft gekauft hatte, obwohl es Sonnenschirme gab. Auf den Rat einer jungen Verkäuferin, die sich auszukennen schien, hatte ich mich modisch zurechtgemacht und zeigte mich, ohne zu übertreiben, in einer kurzen Calvin-Klein-Bermuda wie die anderen auch. Nur daß meine Haut weiß war, meine Bauchmuskeln bescheiden und mein Lächeln traurig.

Ich hatte einen Cocktail mit viel Alkohol bestellt. Dann hatte ich es mir noch einmal überlegt und mich für Mineralwasser entschieden. Ich war bei meinem vierten Glas. Es war halb vier. Ich war in einem Zustand extremer Anspannung. Ich hatte die Tagespresse überflogen und mich über die schlimmsten vermischten Meldungen hergemacht, irgendwo auf der Welt begangene Greueltaten, damit ich die Prüfung, die auf mich wartete, distanzierter angehen könnte. Verlorene Mühe. Meine Mitmenschen konnten sich meinetwegen gegenseitig die Kehle durchschneiden, grausam zugrunde gehen, eine Mutter konnte ihr Kind ermorden, der Mann ihr den Kopf auf den Küchenherd donnern, während haufenweise Granaten über sie hinwegzischten und auf ein Landkrankenhaus niedergingen, wo die Nonnen von einer Bande Psychopathen mißhandelt wurden, die irgendeine Ölgesellschaft bis an die Zähne bewaffnet hatte, ich schöpfte daraus keinerlei Trost. Höchstens eine Art Dumpfheit stellte sich ein, eine Lust, auf dem Boden zu kriechen.

Ergebnis? Meine Eier hingen so tief im Sack, als wären sie aus Blei, obwohl die Temperatur ideal war und überall Frauen im Bikini herumliefen. Ich sah darin kein besonders ermutigendes Zeichen, das ist klar. Aber ich hatte eine furchtbare Nacht hinter mir, und das war das Ergebnis.

Als ich angekommen war, hatte ich mir das Zimmer angesehen und die Matratze getestet, mit deren Größe ich auf den ersten Blick zufrieden war, hatte das strahlende Bad inspiziert, an den Kosmetika geschnuppert, die Beleuchtung gecheckt, den Obstkorb von seiner Zellophanhülle befreit, die Handschellen an den Bettpfosten festgemacht. Ich hatte mir eine Seite ausgesucht und dann meine Tasche unter den Nachttisch geschoben, so daß ich alles in Reichweite hatte: Vaseline, Kaugummi, Federn, Flachmann, verschiedene Utensilien, ein paar Fotos von unserer Hochzeit, die Lou-Reed-Kassette, Aspirin mit Vitaminzusatz, Massageöl, Mentholbonbons, Deostift, Zigarren, Batterien, Schreibzeug, Kartenspiel, Verbandmaterial, Strümpfe zum Wechseln, Strumpfhalter, weißen Käse, Honig, konzentrierte gezuckerte Milch in der Tube und eine Kopie der entwerteten Zugfahrkarte. Außerdem hatte ich Blumen hingestellt, bevor ich wieder runterging. Alles schien gerichtet. Bis ich in der Umkleidekabine diese jämmerlichen, traurigen, schlaffen Eier entdeckte und mich zusammenreißen mußte, um nicht angeekelt hochzufahren. O Herrgott, welch unbeschreiblicher Schreck mich heimsuchte!

Eine schwache Hoffnung leuchtete allerdings insofern auf, als mich noch zwei Stunden von meinem Rendezvous trennten. Ich hatte Lust, ein bißchen zu schwimmen und so wieder zu Kräften zu kommen. Ich hatte ein paar junge Sekretärinnen mit verdammt steifen Brustwarzen aus dem Wasser kommen sehen, und dieses Bild spukte mir durch den Kopf.

Ich hatte den Sport zur gleichen Zeit aufgegeben wie die Literatur. Tennis, Squash und Fitneßcenter. Bis jetzt hatte ich das nicht bedauert, doch das Gewicht meiner Nachlässigkeit lastete mit einem Mal auf mir. Das gräßliche Weiß meiner Haut und mein schlapper Körper machten mich krank. Deprimiert, geschockt und fertig saß ich in meinem Liegestuhl, rieb und kniff voller Ekel an mir herum, dachte bedrückt an das Gesicht, das Eileen machen würde, und das mit Recht. Ich sah aus, als käme ich aus einem Sanatorium, wo man mich mit Rüben und Maisbrei ernährt hatte, ohne mich an die frische Luft zu lassen.

Ich hoffte, mir den Kopf an der Oberfläche des blauen Wassers einzuschlagen, nach einem letzten Sprung vom höchsten Brett. Dann überlegte ich und nahm die Leiter, die ins kleine Becken hineinführte. Etwas anderes stand mir nicht zu.

Ich sah es ein: In mehr als einer Hinsicht verdiente ich das geringe Interesse, das man mir ringsumher entgegenbrachte. Selbst diese Typen mit Silberhaar, zwar Bauchansatz, doch gebräunt, über sechzig, aber stattlich, um die herum sich die hübschesten Frauen drängten, waren sehr viel attraktiver.

Ich sah es ein. Von seiten dieser jungen Dinger zog ich keinen Blick auf mich, nicht einmal einen skeptischen.

Zum Glück blieb mir noch ein bißchen Luft, und ich erlaubte mir, sie unter Wasser zu betrachten, aus respektvoller Entfernung, abgesehen von einem bedauerlichen Zusammenstoß, für den ich sofort die ganze Schuld auf mich nahm, ohne zu versuchen, ein Gespräch anzufangen. Das war nicht meine Absicht. Mich in Stimmung bringen, mich an ihrem Anblick weiden, um bestimmte chemische Mechanismen auszulösen, meine Eier mit Hilfe des Himmels (und einer Hand in meinen Calvin Kleins) wieder ein bißchen in Form zu bringen, bevor Eileen kam, hier und da ein paar Brocken Stärkung einzusacken, die diese Schlampen nichts kosteten, das war alles, wessen man mich beschuldigen konnte. Aber mir das vorwerfen, mir, der ich nichts weiter wollte?! In diesem Luxusbordell?!... Das wäre doch wirklich grausam und unverschämt gewesen.

Um siebzehn Uhr dreißig lag ich ausgestreckt auf dem Bett, nur in T-Shirt und Unterhose, eingecremt mit einer fettfreien Lotion gegen Sonnenbrand, teuer in der Hotelboutique gekauft, auf Rat derselben Verkäuferin. Jedenfalls roch sie gut.

Was die Eier anging, hatte ich Schlimmeres erlebt. Je näher die Zeit kam, desto normaler waren sie wieder und sorgten mich weniger als die unschöne Rosafärbung durch den Sonnenbrand, der sich auf meiner Brust und meinen Schultern ausbreitete. Ich hatte die Gardinen zugezogen und das Licht reguliert, um den Schaden zu begrenzen, und es ging. Siebzehn Uhr dreißig. Die Stadtausfahrt, Staus, vielleicht Bauern quer auf der Straße.

17 Uhr 40 ... auf die letzte Minute oder die Autobahn-
auffahrt verpaßt, die nicht sehr...

17 Uhr 41 ... infantil, doch das ist ihr gutes Recht, aber
nicht übertreiben mit...

17 Uhr 42 ... bedeutet was? Glaubt sie, ich habe Lust...

17 Uhr 43 ... darüber lachen und mich nicht aus der Fassung bringen lassen von dieser kleinen...

17 Uhr 44 ... mich so leicht für dumm zu verkaufen, dafür müßte man...

17 Uhr 45 ... im Kreis und meine Faust in ihr Kissen
schlagen, verdammte...

17 Uhr 46 ... wird nicht mehr kommen, daß ich mich nie
wieder davon erhole und atme schon...

17 Uhr 47 ... derart verdorben, derart gleichgültig gegenüber den Leiden von...

17 Uhr 48 ... mich allein und in Ruhe lassen, bitte...

Um 17 Uhr 52 wurde es dunkel, und die Rezeption rief
bei mir an, um mir zu sagen, daß Madame Paradis am
Swimmingpool auf mich warte. *Madame Paradis!* ... Ich
ging ans Fenster. Sie hatten ihn beleuchtet, er war in einen
phantastischen Türkis-Block gehauen. *Madame Paradis*,
Herrgott!... Eileen winkte mir mit großer Geste zu: »Luc,
mein Schatz, na, was meinst du?«

»Komm rauf!«

Ich legte meine Hand aufs Herz, um zu spüren, wie es
schlug. Bescheuert, nicht?

Sie warf sich mir an den Hals. Behauptete, es sei meine
Schuld, daß sie zu spät komme.

»Aber das ist doch keine Verspätung«, beruhigte ich sie.

»Doch wieso bin ich schuld?«

Sie setzte eine maliziöse Miene auf und zog das berühmte schwarze Seidenteil aus einer Tasche. Ich lächelte.

»Himmel, Luc, ich konnte das Ding nicht mehr finden!«

»Verdammt, ich bin nicht sicher, ob es mir noch paßt, weißt du!«

Ich war nervös. Sie nicht. Einen Moment lang hätte ich viel dafür gegeben, woanders zu sein, aber ich fing mich wieder. Ich hatte mir immer vorgestellt, daß Sex mit Eileen (ich spreche nicht von meiner krankhaften Geilheit zwischen Tür und Angel) der Endpunkt einer langen Rückeroberung sein würde, ein Augenblick der reinen Freude und des Loslassens nach einer glücklichen Lösung unserer Probleme. Ich hatte mich getäuscht. Wie sehr hatte es dem Ergebnis geschadet, daß ich das Pferd am Schwanz aufgezäumt hatte? Ihr werdet mir sagen, daß ich Zeit genug gehabt hatte, darüber nachzudenken.

Ich fing damit an, daß ich ihr die Zugfahrkarte Josiannes gab, als Einstieg in unser Abenteuer. Wir saßen auf dem Bett, und ich war noch zu keinem Schluß gekommen, wie und auf welche Art ich es anstellen sollte (eine große Leere hatte sich in meinem Kopf ausgebreitet: die Ratten verließen das sinkende Schiff). Eileen legte sich hin und lachte, die Arme hinter dem Kopf ausgestreckt. Sie erklärte, daß die schlimmen Dinge, die wir zusammen durchgemacht hatten, nicht ihr Vertrauen in mich untergraben hätten. Mein Wort genüge ihr. Ihr Rock rutschte hoch, und der Schritt zeichnete sich ab. Ich bestellte eine Flasche Portwein, möglichst ein Jahrgangswein. Sie wollten sehen, was sie hatten. Ich sah sie an.

Ich glaube, ich hatte Lust, sie in meine Arme zu nehmen,

sie an mich zu drücken, mein Gesicht an ihren Hals zu legen, meine Lippen auf ihren Mund zu pressen. Ja, vor allem das: einen langen, leidenschaftlichen Kuß mit ihr zu tauschen, der uns nach Luft schnappend und keuchend vor Erregung zurücklassen würde, ohne daß wir verstanden, wie uns geschah.

Dann wurde mir klar, daß sie kein Höschen anhatte. Strümpfe, aber kein Höschen.

»Das zeichnet sich so häßlich ab«, erklärte sie mir.

»Ja, sicher.«

Als ich ihren Rock hochschob, stellte ich fest, daß sie rasiert war. Ich hatte nichts dagegen, aber sie war eine andere Frau, würde man meinen.

»Da sieh mal einer an!«

»Was hältst du davon?«

Ich schlug ihren Rock wieder runter, weil es an der Tür klopfte. Kein Jahrgangswein. Kein Trinkgeld.

Und auch kein Gefühl. Keine Zeit, ruhig ein Glas zu trinken, unsere Eindrücke auszutauschen. Aber hatte sie nicht recht, alles in allem? War es nicht besser, sich gleich dranzumachen, mir nichts, dir nichts ins Wasser zu springen, als wäre alles nicht so wichtig?

Ich wollte kein Spielverderber sein. In einem Augenblick der Euphorie, als sie mein Gesicht zwischen ihre Beine preßte und Obszönitäten grunzte (sie hatte mehr als früher auf ihrer Liste), dachte ich noch einmal über meine Lage nach: Und wenn das Körperliche ausnahmsweise den Weg zum Herzen freimachte? Wenn ich nun auf Umwegen an mein Ziel gelangte? War das möglich? Eileen wunderte sich laut darüber, in welchen Zustand wahnsinniger Erregung unser Wiedersehen sie versetzte. Ich traute meinen Ohren nicht. Ich weinte fast, das müßt ihr euch mal vorstellen, und ging sofort zum zweiten Akt über, damit sie mir noch weiter Komplimente machen konnte. Und was sagte sie mir wohl in verzückter Vertraulichkeit?

»Luc! ... Ich hatte vergessen, daß du so gut lecken kannst!...«

»Dann hast du ein schlechtes Gedächtnis. Pech für dich...«, witzelte ich und wischte mir das Gesicht mit dem Hotelhandtuch ab, das mit einem Hirschkopfetikett geschmückt war.

Kurz darauf konnte ich meinerseits feststellen, was sie alles draufhatte. Doch dann mußte ich sie daran hindern weiterzumachen, damit ich meine Ladung nicht gleich verschoß. Kann eine Frau das kapieren, ohne ein Gesicht zu ziehen? Pah, das kannst du erklären, soviel du willst...

»Magst du ein Kaugummi?«

Sie wurde doch tatsächlich rot. Vielleicht hatte ich zuviel Tempo gemacht. Andererseits fühlte ich mich ermutigt und war bereit, meinem Glück nachzuhelfen. Wenn Sex uns ins Paradies führen sollte, war ich entschlossen, fest anzuklopfen und in die vollen zu gehen. Man muß immer einen Preis zahlen.

Sie lehnte sich an meine Schulter, während ich die Kaugummis auswickelte. Sie beobachtete, was ich tat, und biß sich dabei auf die Lippen, als wäre ich dabei, eine Bombe zu basteln. Eine Sache überraschte mich trotzdem: Hinter ihrer ernsten Miene leuchtete etwas Gieriges auf. Na also, sie traute sich jetzt was.

Eileen hatte sich früher oft gefragt, ob bestimmte Praktiken unser nicht unwürdig seien. Offen gesagt fand ich das nicht. Oder der Zuneigung, die einer für den anderen empfand? Ebensowenig, unter der Bedingung, daß man keine schlechten Gewohnheiten entwickelte, und was wir mit Kaugummis machten, war eine, dessen war ich mir bewußt. Aber schließlich war es eine besondere Gelegenheit, und ich übernahm für dieses Mal die Verantwortung. Wir waren schließlich zwei erwachsene Menschen.

Ich kaute das eine und sie das andere. Man mußte einen Moment warten, bis das Zeug soweit war, fast ohne Geschmack, nur klebrig und höchst elastisch.

Wir hatten also massenhaft Zeit, an etwas anderes zu denken. An Ablenkungen fehlte es nicht. Aufgeheizt durch meinen Sonnenbrand und froh darüber, wie alles lief, drehte ich sie hin und her, knabberte an ihrem Ohrläppchen, knetete sie, streichelte sie, kratzte sie, zerrte an ihr und steckte ihr ein, zwei, drei – zählte ich überhaupt? – Finger rein. Sie schob ihr Kaugummi in die Backe und sagte: »Luc... o Luc... das ist ja Wahnsinn... Dieser bescheuerte Victor ist verglichen mit dir ein ungeschickter Trottel!«

Sie offenbarte mir ihre Gedanken nicht in diesen Worten, aber die Grundstimmung war die. Ich war nicht unzufrieden, muß ich zugeben. Ich holte Luft, richtete mich wieder auf, war voll da, beschuldigte mich nicht mehr selbst, so sexy wie ein weißer Kürbis zu sein, bewegte mich athletisch und griff mit einem Lächeln auf den Lippen nach dem Vaselinetopf, fast mit dem Leben versöhnt... als rums! heimtückisch und grausam das Bewußtsein des ganzen Desasters, das Bewußtsein dessen, was wir zerstört hatten, dieser drei Jahre, für immer verloren, egal, was passierte, seinen

Schatten über mich warf wie einen nassen Lappen. Ich mußte mich schütteln. Ich hatte schon die Hälfte der Vaseline über ihren Hintern verteilt. Ich mußte mich heftig schütteln, um wieder auf die Spur zu kommen.

Dann dachte ich einen Moment nicht mehr dran. Eileen wollte einen Arschfick, und die Aktion lenkte mich von diesem grauenhaften Gefühl eines unverzeihlichen Fiaskos ab, wie es einem, so denke und hoffe ich, im Leben nicht oft begegnet. Irgend etwas hatte mich gestreift, aber was? Eileens Gesicht war geil und okay. Das schwarze Seidenteil paßte mir noch. Ich hatte achtgegeben, daß ich nicht abspritzte. Das Zimmer war in beruhigende Pastelltöne getaucht. *Perfect day* war eines meiner Lieblingsstücke. Der Boden bebte nicht unter unseren Füßen. Der Sieg war in Sicht. Wie sollte ich ahnen, daß das Gift schon in meinen Adern floß?

Ein böser Schatten schlich herum, mehr wußte ich nicht. Unbekümmert und geschäftig kramte Eileen in meiner Tasche nach ein paar Toys und kaute eifrig auf ihrem Kaugummi herum. Zwischen ihren Beinen floß es wie aus einer Quelle, ein Speichelfaden hing an ihrem Kinn (ich trocknete es ab), aus ihrem Busen schoß fast die Milch raus, ihre Möse hatte rote, aufgeblasene Backen: Mir fehlte der Mut, sie mit meinen Geschichten zu beunruhigen, und ich wußte eigentlich ja auch gar nicht, um was es dabei ging.

Was? Eine Art Übelkeit? Angst? Ein Rückfall? Es war zu früh, um darüber zu sprechen. Eileen ließ mich keine Minute in Ruhe. Sobald ich ihr ein bißchen tiefer in die Augen sehen wollte, schlug sie mir ein neues Spiel vor, hielt mir eine Feder hin, betastete mich, leckte durch die Seide meine

Brustwarzen, gab mir die Handschellen, spuckte in ihre Hände, daß ich es einfach nicht mehr schaffte, mich auf meine traurigen Gedanken zu konzentrieren.

Wir beschlossen, eine Minute Pause zu machen, um etwas Obst zu essen. Eileens Möse und ich, wir genossen eine Banane. Danach haben wir mit etwas mehr Ernst zwei Birnen geschält und ein paar Trauben genommen, eine Aufmerksamkeit der Direktion.

»Luc, du siehst aus, als würdest du dir Sorgen machen... Ist irgendwas nicht in Ordnung?«

»Nein, ich weiß nicht... Ich glaube, es ist soweit alles okay.«

Bei einem 69er etwas später fiel mir eine schlimme Sache auf: Wir hatten uns nicht ein einziges Mal richtig geküßt. Kaum zu glauben, aber so war es. Nur weil alles so schnell gehen sollte... Um ganz sicher zu sein, ging ich in Gedanken Schritt für Schritt zurück, bis zu dem Augenblick, wo wir auf dem Bett saßen: Na klar, kein Zweifel, wir hatten ein Maximum geschafft, eine gepfefferte Liste, die erschöpfend schien, abgesehen von diesem berühmten Detail, das durch Abwesenheit glänzte. Und das ärgerte mich. Als sie merkte, daß nichts mehr passierte, zog Eileen sich auf einen Ellbogen hoch.

Ich gab ihr keine Erklärung. Ich schob mich über sie. Auf ihren Mund zu. Das schwarze Seidenteil wollte nicht so ganz, wie ich wollte, denn so sehr Seide auf trockener Haut gleitet, fließt und knistert, so sehr zieht sie sich zusammen und klebt zwischen den Körpern, die sich beim Sex herumwälzen. Die Laken sahen, nebenbei bemerkt, nicht besser aus: Sie klebten auf dem Matratzenschoner und würden

Bände über uns sprechen. Ich stellte mir schon die mit Kennermiene lächelnden Zimmermädchen mit ihren Eimern und Haushaltshandschuhen vor. *Monsieur und Madame Paradis!* Das waren vielleicht zwei Nummern, die beiden. Ein seltenes Pärchen. Doch sie irrten sich. Was bewies das denn? Ich wußte nicht, was ein Mann mit einer Frau tun könnte (oder umgekehrt), das irgendwas beweisen würde.

Jedenfalls war es mir wichtig, sie zu küssen. Lacht nur... Vielleicht würde ich sogar ihre Hand halten, wenn wir fertig waren, führt mich nicht in Versuchung, Leute!

Ich wollte meine Lippen auf ihre pressen, doch sie drehte den Kopf weg. Es war bestimmt falsch, sie zu fixieren, bevor wir zur Sache kamen, das Manöver, würde ich jetzt sagen, allzu gewichtig zu machen. Ich verhielt mich ziemlich altmodisch, das merkte ich gleich und klopfte mir auf die Finger. Ich gab ihr einen Kuß auf den Hals. Auf den Hals, das war kein Problem. Und anderswo auch nicht. Habt ihr gemerkt?

Kurz gesagt, ein Unglück kommt selten allein, und also entdeckte ich noch folgendes: Eileen war nicht mehr die gleiche.

»Was hast du denn?!«

»Was soll ich haben? Hab ich es richtig an?«

»Aber ja, natürlich! Was für eine Frage!«

»Dann ist ja alles gut.«

Vernünftig betrachtet war meine Behauptung nicht zu verteidigen, das wußte ich; ich wußte, daß es nichts zu messen gab, nichts zu analysieren und sicherlich nichts zu sehen. Aber in meinem Kopf hatte ich eine ganz feste Vorstellung, so eine Art Aschenputtelpantoffel. Ich wollte nicht einmal die Gründe für meine Verwirrung wissen, auch nicht, wer ihr was getan hatte, nicht einmal, ob wir uns erst wieder aneinander gewöhnen mußten, um sinnliche Erinnerungen wachzurufen. Keine verbissene Therapie.

»Schatz, ich habe das Gefühl, als wäre es gestern gewesen«, erklärte ich heuchlerisch. »Alles klar?«

Sie zuckte mit den Wimpern. Ihre Nägel gruben sich in meinen Hintern. Aber nichts zu machen bei mir, nein, praktisch keine Hoffnung mehr, ich bumste eine andere Frau, das bekam ich nicht mehr aus dem Kopf heraus. Und der ganze angestaute Druck, meine ganzen Anstrengungen, mich mit dem Abspritzen zurückzuhalten, das ich mir ganz toll vorgestellt hatte, brachen jetzt in sich zusammen, es war in meinen Augen einfach nichts Besonderes mehr. Ich konnte das gleiche von Nicole oder Jackie oder einer anderen kriegen. So ungefähr.

Ich bekam sehr bald die Bestätigung für das, was ich fürchtete, nämlich daß sie keine Lust hatte, mich zu küssen, vor allem, wenn ich versuchte, meine Zunge in ihren Mund zu schieben. Sie wußte manchmal nicht recht, wie sie es anstellen sollte, es zu verhindern, tat so, als würde sie mit ihrem Kaugummi keine Luft bekommen, warf den Kopf hin und her unter dem Vorwand, ganz nah am Kommen zu sein, fuhr mit strahlender Miene über meine Lippen oder wollte mir irgendwas sagen. Dann wieder verlor sie manchmal den Kopf, und wir vermischten zwei oder drei Sekunden lang unseren Speichel, doch ich sah ziemlich gut, wie peinlich ihr das war, wenn sie die Augen wieder aufschlug, und diese traurigen Ausrutscher zählten nicht.

Trotzdem bekam sie was für ihr Geld. Ich war absolut

nicht stolz darauf, denn am Ende hatte ich keinen Spaß mehr daran, und ich legte überhaupt keinen Wert auf eine Ausdauerübung, die wie durch ein Wunder weiterging, trotz meiner Schwierigkeiten, meinen Na-was-soll's?, meinen abschweifenden Gedanken, meiner Schlappheit und meines Talents zum Entschärfen. Nein, ich hatte mich nicht, wie sie bebend behauptete, in einen unermüdlichen Hengst verwandelt. Ich war nicht mehr da, das ist alles. Tatsächlich ergoß ich mich mehr oder weniger zufällig in sie, indem ich die Augen schloß und an eine japanische Schülerin dachte (die Gardinen waren mit Lotusblüten bedruckt).

»Küßchen?« fragte sie, und eine Hand verirrte sich in meinen Nacken.

Ich antwortete ihr nicht einmal. Ich zog mich zurück, stand auf, um am Fenster frische Luft zu schnappen. Am Rande des Swimmingpools waren Tische aufgestellt, mit Kerzen geschmückt, und in der angesäuselten Milde des Abends lächelte man sich zufrieden zu.

Eileen schlang ihre Arme um meine Taille. Früher rieb ich meinen Hintern an ihrer roten Mähne, aber das war mir jetzt auch egal. So blöd war ich nun doch wieder nicht.

»Paßt dir freitags?« hauchte sie.

Ich spuckte mein Kaugummi in den Swimmingpool.

»Aber was machst du denn da?!«

»Na ja, ich glaube, ich habe genug... Ich bin nicht mehr zwanzig, weißt du. Wenn wir die Nacht zusammen verbringen würden, wäre es was anderes, aber hast du gesehen, wie spät es ist?«

Ich drehte mich zu ihr um, setzte eine freundliche Miene auf und tätschelte ihr freundlich die Wange: »Enttäuscht?«

Ich hielt meine Hand auf, damit sie ihr Kaugummi reinspucken konnte.

»Ein andermal vielleicht… Lieber Himmel, Schatz, mach doch nicht so ein Gesicht. Hm…«, sagte ich fröhlich, »ich frage mich, ob deine Augen nicht größer sind als dein Magen…«

Sie klammerte sich an meinen Hals, schlang die Beine um meine Hüfte und biß mich in die Schulter, sagte mir, ich wäre echt ein Schweinehund. Ich brachte sie ins Badezimmer und setzte sie aufs Bidet, bevor sie noch irgend etwas versuchte (aber ich hatte Entschuldigungen).

»Hör zu, ich will, daß du jetzt nach Hause fährst. Ich lege keinen Wert darauf, daß Victor irgendwas merkt.«

»Luc, ich weiß, was ich tu.«

Ein Anflug von Ärger, eine Wache treu auf Posten, armer Naiver, wenn man denkt, alles getan zu haben, um die Garnison einzulullen.

Ich setzte mich in die Wanne und verabreichte mir eine Babydusche, lau und schwach. Ich ließ sie nicht aus den Augen, beobachtete sie mit einem sanften Lächeln, während sie sich mit vollem Strahl energisch zwischen den Beinen wusch, ein echter Frühjahrsputz.

»Ich habe ein Deo in meiner Tasche.«

»Das ist nett von dir, aber ich habe alles, was ich brauche.«

Ich drehte die Dusche stärker auf und richtete den Strahl auf meine Füße.

»Weißt du, ich sollte es dir vermutlich nicht sagen, aber du bist meine beste Nummer seit drei Jahren.«

»Wirklich? Oh, ich bin sicher, du übertreibst!«

»Nein, du weißt doch, daß ich über so was keine Witze machen würde. Ich glaube, daß uns eine Kleinigkeit entgangen ist, als wir verheiratet waren.«

»Natürlich... Mein Gott, Luc, wenn du nicht so kompliziert gewesen wärst, hätten wir uns schon seit langer Zeit wieder treffen können. Siehst du, man darf nur nicht alles durcheinanderbringen, das reicht schon... Schau mich an, Luc, ich bin vierzig Jahre alt, und ich bin nicht mehr die Frau des Schriftstellers. Ich bin nicht aus einem Käfig ausgebrochen, um mich in einen anderen einzuschließen.«

Ich richtete den Strahl aus der Badewanne auf sie und spritzte sie von unten nach oben ab. Direkt auf ihre rasierte Olympiakämpferinnenmöse. Direkt auf ihren vorwitzigen Busen. Direkt auf dieses Gesicht und diesen Mund, der so viele schreckliche Dinge sagte.

Die Situation hätte entgleisen können, doch ich behauptete, daß ich bei dem Gedanken an all die versäumten Gelegenheiten durchdrehte. Und da ich noch einen Halbsteifen hatte (ein komischer Effekt dieses Ausbruchs kalter Wut), tat ich gleichzeitig so, als wäre ich plötzlich geil darauf, es noch mal mit ihr zu treiben, was aber davon durchkreuzt wurde, daß sie jetzt gehen müsse.

Braves Mädchen, schon unter der Dusche, ließ sie sich das Ganze durch den Kopf gehen und schlug mir, nachdem sie einen Blick auf ihre Uhr geworfen hatte, großzügig vor, mich zu bedienen, während sie sich schminkte.

»Nein, laß uns vernünftig sein. Ich fürchte, du hättest Lippenstift bis zu den Ohren. Und du willst dich ja nicht hundertmal waschen, vergessen wir's.«

Ich ging zurück zum Bett, zog im Vorbeigehen meine

Unterhose an. Die Beine gespreizt, auf den schwarzen Marmor gestützt, ein Kuddelmuddel von Handtüchern zu ihren Füßen, sah sie mich im Spiegel an, ihren Lidstift hoch erhoben.

»Es ist echt kein Problem, weißt du…«, wiederholte sie.

»Nein, es geht schon…«, antwortete ich und blinzelte ihr zu. »Sag mal, gib acht, du hast einen roten Fleck innen am Schenkel. Tut mir leid.«

»Mach dir keine Sorgen.«

Ich hatte sie verloren, nicht? Oder eher: Ich hatte sie nicht wiedergefunden, war es das? Aber gab es sie denn überhaupt noch? Diese Frage hatte ich mir nicht ernsthaft gestellt, und doch hatte sie ihre Bedeutung. Natürlich zog sie gleich eine andere nach sich: Worauf hatte ich diese letzten drei Jahre verwandt? Es war ein ungünstiger Augenblick, darüber nachzudenken, doch eine gewisse Verwirrung konnte ich nicht vermeiden. Dieses Zimmer war tatsächlich voller widersprüchlicher, miteinander verketteter Zeichen.

Irgendwie niedergeschlagen machte ich die Handschellen los, packte den ganzen Kram ein, schraubte die Deckel auf die Tuben und Töpfe, schnappte mir *Transformer* und warf einen letzten Blick auf unser Hochzeitsfoto. Da schien die Frau des Schriftstellers noch keine Klagen zu haben.

»Ziehst du dich nicht an?«

»Nein, ich habe keine Eile. Und es ist vielleicht besser, wenn wir nicht zusammen gehen.«

»Ach, die Leute hier sind sehr diskret.«

Sie hatte daran gedacht, für den Rückweg ein Höschen mitzubringen, eine Neuheit von La Perla, Herbst-/Winterkollektion, von der ich den Katalog bekommen hatte. Ich beobachtete sie, wie sie ihre Sachen anzog, eine nach der anderen. Dabei lächelten wir uns ab und zu an.

Ohne sie aus den Augen zu lassen, schälte ich einen Apfel. Sie knöpfte ihre Bluse zu.

»Ich finde es erstaunlich, daß wir uns nichts zu sagen haben... Aber das ist kein Vorwurf.«

»Luc, ich hätte dein Gerede nicht ertragen.«

»Das kann ich mir denken... Ich habe gerade erst verstanden, wie absurd es war.«

»Es stimmt nicht, daß wir uns *nichts* zu sagen haben, das weißt du sehr gut. Wir haben uns nichts *Neues* zu sagen, das ist alles. Was uns nicht daran hindert, Sex miteinander zu haben...«

»Da hast du recht.«

»Wir haben kein *Bedürfnis*, miteinander zu reden. Wir kennen uns gut genug, scheint mir. Siehst du, du hast mich nicht mal gefragt, ob's gut war, und ich dich auch nicht. Verstehst du? Hör zu, ich bin froh, daß du mich nicht mit Jackie oder einer anderen verwechselst. Das würde ich nämlich nicht ertragen.«

»Lieber Himmel, wer hat dir denn erzählt, daß ich mit Jackie schlafe?!«

»Ist doch nicht wichtig. Und es stört mich nicht, das kann ich dir versichern. Kannst du dir vorstellen, daß wir beide auf dem Bett sitzen, Hand in Hand, und uns dummes Zeug erzählen? Da haben wir doch mehr zu bieten, glaub mir.«

»Und mich zu küssen, war das so schwierig?«

Sie war dabei, ihre Strümpfe festzumachen. Sie zuckte nicht mit der Wimper.

»Ich habe dich geküßt, als ich in dich verliebt war.«

»Oh, das ist natürlich konsequent.«

»Gib mir ein bißchen Zeit. Wir werden sehen.«

Ich streichelte ihr über den Schenkel. Ich versuchte, nicht zu viel Gefühl reinzulegen, doch mein verdammtes Herz machte einen Sprung. Ich konnte mich sicher mit einer blassen Kopie zufriedengeben, an dem Punkt, wo ich war. Früher oder später muß jeder Mann seine Ansprüche runterschrauben.

Sie beugte sich zu mir herunter, lachte und drückte mir einen schnellen Kuß auf den Mund.

»Geht es so? Ist der Vertrag erfüllt?«

Ich stützte mich auf meine Ellbogen. Im gleichen Moment knarrte das Brett des Sprungturms, federte dann, ein Körper tauchte mit einem dumpfen Geräusch ins Wasser ein.

»Was für ein Vertrag? Du meinst die Sache mit Josianne? Na ja, ich habe dich angelogen. Ich habe sie nicht zum Bahnhof gebracht. In Wirklichkeit hat sie von nichts eine Ahnung.«

Wie sie schon sagte, kannten wir uns gegenseitig gut. Doch sie fixierte mich einen Augenblick mit einer Miene, als würde sie nicht mehr viel kapieren.

»Das hast du nicht getan, oder?«

»Ich fürchte, doch. Aber ich hätte meine Seele verkauft, um ein paar Stunden mit dir zu verbringen. War das falsch?«

»Sag mir, daß das nicht wahr ist!«

Ich wußte genau, daß ich meinen Erfolg nicht lange genießen würde. Also jetzt oder später, ich sah da keinen Unterschied und fühlte mich von einer Last befreit. Sie warf mir die Nachttischlampe an den Kopf. Na ja, gut. Das konnte ich ihr kaum übelnehmen. Höchstens daß ich, wenn ihre Wut erst einmal verraucht wäre, vielleicht nicht heute und nicht morgen, vielleicht in einigen Tagen, anbieten konnte, ihr zu zeigen, daß ich ihr soviel Schaden nun auch wieder nicht zugefügt hatte. Na gut! Wir hatten zusammen geschlafen, ja und! Sie würde sich schon wieder davon erholen, oder?

Im Grunde denke ich, daß zwischen uns noch enorm viel Rechnungen offen waren. Wir hatten nicht wirklich Gelegenheit gehabt, uns gegenseitig Entlastung zu erteilen, und selbst von ihrer Seite her gab es noch alten Groll. Das war offensichtlich. Sie donnerte mir meine Tasche auf die Brust. Dann ging ein Hagel von Fausthieben auf mich nieder, aber ich versuchte nicht besonders, mich dagegen zu wehren. Ihre Schläge waren gut. Sie waren offen, hart, mit tiefen Gefühlen beladen, extra für mich. Puff! Päng! Mein Kopf flog in alle Richtungen, mit einer Art ekstatischem Lächeln, das sie noch anzustacheln schien.

Sie war eine rundum gesunde Frau. Die regelmäßige Ausübung bestimmter Sportarten, die allen, die Zeit und Geld hatten, offenstanden, ermöglichten ihr ein sehr aktives Leben. So konnte sie beispielsweise auf anstrengenden Sex einen erstaunlichen Boxkampf folgen lassen, der sie nicht zu ermüden schien. Ich fragte mich sogar, ob sie nicht erst jetzt richtig in Form war, ob sie nicht vorhatte, mich ernsthaft zusammenzuschlagen. Vielleicht würde diese Frau mich eines Tages noch töten.

Und na ja, ich glaubte nicht, daß ich so ins Schwarze getroffen hatte. Als ich sie zurückstieß, packte sie das Messer.

Wenn ich es nicht eine Minute vorher in der Hand gehabt und gemerkt hätte, daß es nichts mehr schnitt und vorne rund war, dann wäre ich unruhig geworden, denn Eileen sah nicht so aus, als würde sie Spaß machen. Genauso wie andere hatte ich ein paarmal ihre Wutanfälle abbekommen, aber in so einem Zustand hatte ich sie noch nie gesehen. Das Gesicht war fast entstellt, der Mund zitterte, der Teint war wie Wachs und der Blick mehr oder weniger irr.

»Du hättest mehr Chancen mit einem Obstmesser«, sagte ich großspurig und in einem eisigen Ton.

Ich stand auf und schob sie mit einer Hand beiseite, um ins Bad zu gehen, weil ich ein plötzliches Bedürfnis nach kaltem Wasser für mein mißhandeltes Gesicht hatte.

Doch es war falsch gewesen, sie abschätzig anzusehen: Sie stieß zu.

Vor jetzt drei Jahren schleppte ich mich genauso wie heute im Morgenmantel durchs Haus. Von morgens bis abends. Ich hatte auch einen Stock dabei, denselben übrigens, denn nicht genug damit, daß ich unfähig war, meinen letzten Roman abzuschließen, war ich auch noch mit dem Motorrad gestürzt (mußte ein Schriftsteller, der diesen Namen verdient, nicht alle Monster reiten?) und hatte mir eine Kniescheibe verletzt. Mit finsteren Gedanken im Kopf durchquerte ich grimassierend das Wohnzimmer und baute mich vor dem Fenster auf, struppig, vernachlässigt, angewidert vom Tageslicht, das den Garten überflutete, und allein, so allein, mit diesem verdammten Roman im Werden und Victor, der um meine Frau herumschlich (aber ich war mir nicht sicher).

Heute sah ich mit dem gleichen düsteren Blick hinaus in einen sonnigen, ruhigen und friedlichen Tag. Josianne war unterwegs, um Einkäufe zu machen.

Élisabeth hatte mich besucht, bevor sie ins Reisebüro ging. Sie hatte mir einen Stapel Papiere dagelassen, in die ich einen Blick werfen sollte, und außerdem ihren arbeitslosen Ehemann, der zwischen zwei Gewerkschaftsversammlungen zum Schachspieler mutiert war. Doch Francis machte eine unruhige Phase durch, er hatte miese Laune. Schaffte es absolut nicht, sich auf eine Partie zu konzentrieren, obwohl ich ihn zur Ordnung rief. Ich konnte mir wahlweise eine Rede über allgemeine Politik, eine Darstellung der zynischen Untätigkeit der Großunternehmen, ein Loblied auf die Würde der arbeitenden Klassen oder einen langen Monolog über den Mangel an Verständnis zwischen Vater und Sohn anhören, das Ganze unterbrochen von Informationen über die Höhen und Tiefen seines Lebens mit Élisabeth oder der Neuigkeit, daß er Ralph und Monique aus dem Weg ging. Ich war nicht in der Verfassung, mir das anzuhören.

Ich war nicht in der Verfassung, mir das anzuhören, und eigentlich auch nichts anderes. Damals war ich wegen meines Romans und wegen Eileen durcheinander gewesen, die Interessen schienen zu kollidieren. Heute waren beide nicht mehr aktuell, und die Leere kollidierte mit der Leere, was mich nicht weniger durcheinanderbrachte. Ich setzte Francis mitten im Spiel vor die Tür, weil ich sah, daß er sich nicht mehr als die letzten Male dafür interessierte, und überhaupt.

»Rasier dich, zieh dich an, und ich nehme dich mit auf eine Tour durch die Stadt«, schlug er mir auf der Türschwelle vor.

»Keine Lust. Zu müde.«

»Es ist nicht sehr gesund, sich einzuschließen. Élisabeth will, daß ich dich aus dem Haus hole. Hör mal, tut es dir weh beim Gehen?«

»Nein, beim Scheißen.«

»Ist das nicht besser geworden?«

»Ist schon schlimmer gewesen.«

»Nur Geduld. In ein paar Tagen denkst du nicht mehr dran. Uns macht außerdem was anderes Sorgen.«

»Kann ich mir denken.«

»Ich will dir eines sagen: Ich kapiere einfach nicht, was du im Kopf hast. An dem Tag, als ich erfahren habe, daß Josianne da ist, habe ich zu Élisabeth gesagt: ›Du wirst sehen. Du wirst schon sehen, was für ein schräges Ding er ausheckt!‹«

»Was?« seufzte ich. »Was für ein schräges Ding?«

»Keine Ahnung. Ich sehe nur, was passiert. Das ist vielleicht nicht das, was du wolltest, aber trotzdem.«

»Gut, ich werde warten, bis Élisabeth dich sitzenläßt. Dann verstehen wir uns sicher wieder, du und ich.«

Mit der Spitze meines Stocks warf ich die Tür hinter ihm zu.

»Ich habe zwei Karten für übermorgen!« rief er von draußen. »Geht das klar?«

»Vielleicht. Wir werden sehen.«

Was konnten sich zwei verheiratete Männer wohl Interessantes erzählen? Was wußten sie von Traurigkeit, Leid, Einsamkeit und Selbstekel, nicht als elende kleine Kreaturen Gottes, die am Ende des Wochenendes ihr metaphysisches Jucken pflegen, sondern ganz derb angepackt, im banalen Alltag?

Sie hatten alle was gegen Josianne, doch wenigstens sprachen sie und ich die gleiche Sprache. Sie stellte sich nicht hin, schüttelte den Kopf und fragte sich, was ich wohl im Hirn hatte.

An dem Tag, als ich Victor dabei ertappt hatte, daß er die Hand auf den Hintern meiner Frau legte, war es mir durch und durch gegangen. Ich hatte augenblicklich beschlossen, meinen Morgenmantel und meinen zerknitterten Schlafanzug auszuziehen, meine Schlappen wegzuräumen und mir mit dem Kamm durch die Haare zu fahren, doch es war zu spät gewesen. Sicher, jetzt hatte ich nicht mehr groß was zu verlieren. Kein Image aufzupolieren, keinen Roman fertigzuschreiben... Ich hatte keinen Grund, mir was anderes anzuziehen. Das einzige Ergebnis damals war eine blasierte Bemerkung Eileens über meine Socken, die nicht zusammengehörten, und den aufdringlichen Geruch meines Rasierwassers.

Ich ging mir eine Hose und ein Polohemd anziehen (nicht einfach überzustreifen, das Polohemd, doch die Zähne zusammenzubeißen war ja mein Ding). In der Küche, wo alles blitzblank war wie zum Appell, schlang ich ein paar Pflaumen und ein Gemüsepüree herunter, alles von Sonia am Abend vorher gebracht, während Paul ums Haus herumstrich und Josianne nachstellte. (Ich schematisiere nur ein klein wenig: Paul spielte mit dem Feuer.)

Von dem Moment an, als Eileen aufgehört hatte, mich zu lieben, hatte sie sich nicht mehr darum gekümmert, das Haus in Ordnung zu halten (und wollte sich nicht mal damit belasten, eine Haushaltshilfe zu suchen). Was ihre Mutter anging, so war sie zwar keine Meisterin, doch die Atmosphäre wurde auch nicht durch das Gefühl, daß das Haus vernachlässigt würde, bedrückend (und am Ende erstickend, ihr hättet das mal mit Eileen erleben müssen, denn von uns beiden machte sie sich noch weniger daraus als ich, und das Rennen war knapp). Das Bad, Version Josianne, sah zum Beispiel so aus: keine Unterwäsche in eine Ecke geworfen, keine Haare in der Bürste, die Zahnpastatube wurde nicht behandelt wie ein Hund, sondern ganz einfach vom Ende her aufgerollt, Handtücher jeden Tag gewechselt, Boden trocken, Schubladen geschlossen, Fenster gekippt, manchmal ein Blumenstrauß ... Natürlich war das Badezimmer ihre starke Seite, und wir lagen nicht im Krieg miteinander, aber trotzdem. Ich staubsaugte meinetwegen. Sie räumte den Kühlschrank ein. An einem Morgen putzte ich die Fenster. Sie faltete mir ein Hemd. Ich sortierte die Zeitschriften aus, warf die alten Zeitungen weg. An einem anderen Tag fand ich ein Säckchen mit duftenden Obstschalen in meinem Kleiderschrank. Ich machte die Klosettschüsseln sauber. Sie goß die Pflanzen, wechselte die Kerzen, steckte ein Räucherstäbchen an. Es gibt unterschiedliche Arten, zu jemandem zu sagen: »Hab einen schönen Tag!«, und genauso: »Hau ab!«, mit denselben Elementen, denselben Teilen des Hauses, denselben Möbelstücken.

Ein frisches Polohemd anzuziehen, lavendelblau, da ich nun nicht in der Lage war, die Hausfee zu spielen, gehörte zu diesem Austausch stiller, freundlicher Botschaften, die uns das Leben leichter machten, Josianne und mir. Im Moment schien es mir absolut wichtig, diesen Bereich unseres gemeinsamen Lebens, wo noch Ruhe und Frieden herrschten, zu schützen. Ja, Rauch am Horizont.

Ich entdeckte sogar eine Morddrohung in der Post, die Élisabeth mir vom Reisebüro mitgebracht hatte: Ein Typ, der sich mit seiner Verlobten auf einer Islandreise verkracht hatte, kündigte mir an, mich nach seiner Rückkehr zu Brei zu schlagen. Als wäre ich für irgendwelche Vulkane verantwortlich. Als wäre ich in der Lage gewesen, irgendwas zu verhindern. Ich konnte mich an ihn erinnern: ein Kerl mit einem abwesenden, fast flüchtigen Blick, der nie zuhörte, wenn ich sprach. Na ja, da war es mir noch lieber, von meiner Ex-Frau liquidiert zu werden als von diesem Scheißkerl, der mir eigentlich dankbar dafür sein müßte, daß seine Heirat durch mich ins Wasser gefallen war.

Rauch am Horizont. Durch Truppenbewegungen aufgewirbelter Staub. Kriegerische Stimmung, wiehernde Pferde, blitzende Waffen. Viel Bluff und auch viel Verwirrung. Was mich anging, war ich schon verwundet, doch das war nicht das Problem. Wenn es überhaupt ein Problem gab. War mein Mangel an Begeisterung eins? Konnte ich mir den Luxus erlauben, Stimmungen zu haben, die zwar leicht erklärlich, aber nicht von Dauer waren, weil ich mich dafür dann doch zu gut kannte? Und wem wäre an meiner Stelle kein Zweifel gekommen? War Unentschlossenheit nicht der letzte Fetzen Dunkelheit vor dem Morgenrot? (Um darauf zu beharren und meine schlechte Laune zu erhalten, schaute ich mir *Der Lauf der Dinge* von Fischli und Weiss an und spürte, wie meine Schultern sich vor den entropischen Späßen des Räderwerks krümmten.)

Josianne erneuerte meinen Verband, als sie wieder da war. Sie beglückwünschte mich dazu, daß ich mich endlich von diesem scheußlichen Morgenmantel befreit hatte, doch ich spürte noch sein leichtes Gewicht auf meinen Schultern, seinen Druck, bei dem mir übel wurde. Sie führte mich an die Sainte-Bob, damit ich frische Luft schnappen und ein paar Schritte machen konnte, denn sie dachte genauso wie die anderen, daß meine Schlappheit, meine offensichtliche Schwäche, durch den Blutverlust und den Schock entstanden war. Falsche Diagnose. Der Vorteil, von einem abgerundeten Messer verletzt zu werden, lag nach Meinung des Chirurgen klar auf der Hand: Ich müßte nur versuchen, damit einen Schlauch aufzuschlitzen. Und tatsächlich war meine Wunde nicht schlimm, auch wenn ich nicht gerade mit einem Lächeln auf den Lippen scheißen ging. Ich hatte mich ziemlich schnell wieder erholt. Meine düstere Miene hatte nichts mehr damit zu tun. Na ja... wenigstens wirkte sie natürlich.

Es war nicht so leicht, mich aufzuheitern, oder aber ich lachte über ein Nichts auf blöde und freudlose Art. Wieder war es Josianne, die mir, ohne daß sie es darauf angelegt hätte, mein erstes Lächeln nach der Entlassung aus dem Krankenhaus entlockt hatte, oder anders gesagt, seit ich einigermaßen den vollen Horror erkannt hatte, den man normalerweise traurige Realität nennt.

Ich konnte noch nicht baden gehen, doch ich krempelte meine Hose hoch und hielt meine Füße in das kalte, sprudelnde Wasser, was mit Sicherheit die Wirkung hatte, daß auch mein Kopf ein wenig kühler wurde. Unter dem rauschenden, luftigen Blätterdach, das sich für die dümmsten Träumereien eignete, beobachtete ich Josianne beim Baden, das große Vergnügen, den ihr ein Körper bereitete, der gut in Schuß war, geschmeidig und glänzend wie ein Fisch, manchmal fast unwirklich an einem sonnigen Flecken oder in den glucksenden Strömungen im Schatten um die Uferfelsen. Wer von uns beiden war nun schon fast ein bißchen wacklig? Wer war ein kraftloses altes Arschloch? Mit meinem Stock, meinen zerzausten Haaren, meinem Eine-Woche-Bart, meiner deprimierten Miene, meinen hängenden

Schultern, meinen über die Waden hochgekrempelten Hosen und meiner grauen Gesichtsfarbe hielt ich dem Vergleich mit ihr nicht stand. Armer Luc Paradis, man wird sich fragen, ob du nicht ihr Vater bist. Ich lächelte darüber. Ich spürte, wie ein bißchen Licht mit rührender Sanftheit meinen alten Körper erfaßte. Ich stand auf, als hätte ich gehört, wie eine Stimme durch das blaue Tuch des Himmels stieß, und kniete mich ans Flußufer. Ich tauchte nicht ganz ein, sondern beugte mich vor und machte meine Schultern naß. Auf dem Rückweg ging ich voran.

Am späten Nachmittag beschloß ich, mich zu rasieren. Eine plötzliche Lust, ausgelöst durch diesen Anfall kindlicher Begeisterung, die ich mir kaum erklären konnte. Das war sicher viel für diesen einen Tag, an dem ich schon meinen Morgenmantel aufgegeben hatte. Aber dann scheiterte das Vorhaben daran, daß meine Barthaare für den Elektrorasierer zu lang waren, und ich rupfte mir ein paar aus, bevor ich es aufgab.

Als Josianne mich wie einen Irren herumschreien hörte, kam sie aus ihrem Zimmer.

Wir gingen auf die Veranda, wo die Luft noch so mild war, daß alles wie von selbst zu laufen schien, jedes Nachdenken war überflüssig. Ein Pinsel, Rasierschaum, ein Rasiermesser, ein Becken, und schon ging es los mit dem großen Abenteuer. Hätten wir uns je eine solche Szene vorstellen können, sie und ich? In welchem Alptraum hätte ich meine Kehle ihrem Rasiermesser ausgeliefert? Mal ganz im Ernst: Wären wir je darauf gekommen? Würde sie mir bald schon die Haare schneiden? Würde ich gelaufen kommen, ihr den Rücken zu kratzen?

Das Haarschneiden kam gleich anschließend. Wir diskutierten keine Stunde darüber, denn es war offensichtlich nötig. Mit meinen Wangen, so glatt wie ein Babypopo, sah ich schon besser aus, und wir konnten nicht bei diesem halben Erfolg stehenbleiben. Ich holte was zu trinken. Danach gingen wir nach oben ins Bad. Josianne wusch mir die Haare. Ich wollte nicht, daß sie sich diese Mühe machte, doch wenn ich mich nur über die Badewanne beugte, tat meine Wunde schon weh, und ich mußte die Arme fest um meinen Bauch geschlungen halten, also hatte ich keine Wahl.

Zurück auf der Veranda, betrachteten wir wie zwei Robinsons, deren Horizont sich auf die Anforderungen des Alltags unter besonderer Berücksichtigung von Zivilisationsriten beschränkte, einen Moment, wie das prachtvolle goldene Gestirn in der Glut des Abendhimmels versank, bevor wir uns an die Arbeit machten. Warum war die leise Schönheit der Welt nicht genug? Ich schloß die Augen, als die Zähne des Kamms meine nassen Haare scheitelten und meine Kopfhaut mit ihren kleinen elektrischen Haken harkten. Gott, was wäre das Leben doch unendlich viel lebenswerter, wenn einem die Haare von abgeklärten Frauen geschnitten würden, die ihr Handwerk an der frischen Luft ausübten.

Später, als es um eine Maske ging, war ich mir nicht sicher und zögerte. Natürlich verstand ich den Wunsch Josiannes und daß sie nicht auf halbem Weg stehenbleiben wollte, um so mehr, da die Ergebnisse ermutigend waren und wir nichts anderes zu tun hatten. Ach, ich wußte nicht. Ich wollte nicht übertreiben, angesichts der Lage der Dinge, der wenigen Gründe, sich in meiner Situation zu freuen. Ich wußte nicht, ob ich bereit war, mein Gesicht erstrahlen zu lassen, o Scheiße, wofür sollte das gut sein? Doch egal, ich verstand ihre aufkommende Enttäuschung und akzeptierte schließlich, mich der Fortsetzung des Programms auszuliefern, als sie mit sparsamer Emotion (vergessen wir nicht: sie war eine erstklassige Schauspielerin) das letzte Mal beschwor, als sie sich um einen Mann kümmern konnte.

»Oh, das ist so lange her, ich kann mich nicht einmal mehr daran erinnern... Es ist sehr viel üblicher, mit einem Mann zu schlafen, als, ich weiß nicht..., seine Haare zu waschen, zum Beispiel. Wußtest du das nicht?«

Hatte ich das Recht, über die Schwächen anderer zu urteilen? Konnte ich es mir leisten, mich über die regressive Anwandlung einer dreiundsechzigjährigen Frau zu entrüsten, die im Taumel eines Herbstabends mit einer Puppe spielen wollte, ich, der ich hinter unvergleichlich schlimmeren infantilen Freuden hergewesen war?

Josianne holte, was sie brauchte, während ich, auf ihre Anweisung hin, einen Hocker für sie und für mich einen Zahnarztstuhl hinstellte, in den Eileen sich eines Tages vernarrt hatte und den ich unter Schwierigkeiten von einem Bewunderer gegen das Manuskript meines ersten Romans getauscht hatte (ein betrügerischer Handel, nebenbei gesagt, denn mein Manuskript war absolut nichts wert). Ich war ziemlich geschafft, als sie wiederkam, doch sie meinte, alles gut herzurichten und ordentlich vorzubereiten würde sich als wichtig herausstellen, und unsere Anstrengungen würden belohnt werden.

Marc rief in dem Moment an, als ich mich in dem Sessel ausstreckte, ein Tuch um den Hals geknotet, ein Band in den Haaren, um meine Stirn freizumachen, von Sorgen durchfurcht, doch nicht mehr lange. Josianne zog sich taktvoll zurück, erklärte, sie müsse warme Tücher vorbereiten. Marc war ich weiß nicht wo. Er bedauerte es, in der Stunde, wo ich solche Prüfungen durchmachte, nicht an meiner Seite zu sein. Er lag auf einer Terrasse und besah sich den Himmel. Ich sagte: »Ich auch.« Ich dürfe daraus nicht schließen, fügte er hinzu, daß er es sich gutgehen lasse: Nein, sein Ärger sei noch größer geworden, die Familie seiner Freundin sei ihm immer noch auf den Fersen, seine Gefühle für Gladys quälten ihn, und auch wenn er sich nicht rühmen könne, daß man mit dem Messer auf ihn losgegangen sei (»Du weißt, was ich von Eileen halte, aber damit beeindruckt sie mich...«), würde ich nichts gewinnen, wenn wir unsere Rollen tauschten.

»Luc, es kommt ein Moment, wo die Dinge zwangsläufig in die falsche Richtung laufen.«

»Gute Neuigkeiten?« fragte Josianne.

»Ziemlich gute«, antwortete ich und legte den Apparat auf den Tisch.

Ich witzelte über ihren Aufzug: Sie hatte sich einen kurzen, sportlichen Frottee-Kimono übergeworfen, der eine recht heftige Sitzung versprach. Also Gelegenheit für ein paar kleine Scherze, und dann verschwand ich für einige Minuten unter einem dampfenden Handtuch.

Als ich die Augen wieder aufmachte, war sie damit fertig, ihre Mittelchen aufzureihen, rieb sich schon die Hände und machte ihre Finger geschmeidig, einen nach dem anderen. »Riech mal, wie gut das riecht!« Es war noch hell. Doch sie hatte zwei Gaslampen vorbereitet, die direkt über unseren Köpfen an einem Nagel schaukelten. »Aber nein, das ist nicht fett!« Sie kippte meinen Stuhl, und ich fand mich fast in der Horizontalen wieder. »Und jetzt, Luc, entspann dich!« Sie machte wohl Witze. Heute morgen war ich noch todkrank. »Na, na… nicht die Kinnbacken anspannen.« Über mich gebeugt, lächelnd und eifrig, vor dem Hintergrund eines wilden Himmels, eingerahmt von meinen Bougainvilleen, machte sie sich daran, meine Augenbrauenbögen zu massieren.

Poren reinigen, Peeling, Massage, Maske auftragen, spülen, mit Feuchtigkeitscreme behandeln… habe ich was vergessen? Die Lampen zischten und beleuchteten eine Szene, die sich jetzt zwischen Tag und Nacht abspielte, und die gedämpften Geräusche des Abends begleiteten meine Wandlung. Neben mir gönnte sich Josianne mit einem konzentrierten, doch heiteren Gesicht eine Minute Pause, während eine Creme mit Seidenzusatz in meine Gesichtshaut einzog. Ich bot der guten Frau mit Sicherheit einiges. Ich hatte sie auf keine Vergnügungsreise mitgenommen, und wenn ich ins Schlingern kam, wurde sie ebenfalls hin- und hergerissen. Verglichen mit ihr bemühte ich mich nicht gerade glänzend um ein gutes Zusammenleben. Ich freute mich schon darüber, Gesellschaft zu haben: Dank ihr kam der Alltag dieses alleinlebenden Mannes aus seiner abartigen Erstarrung heraus, aber deswegen zerbrach ich mir noch lange nicht den Kopf, um ihr beizustehen. Ich ließ sie praktisch jeden Abend allein, um mich in mein Arbeitszimmer einzuschließen (und unsere Abmachung hielt noch, sie hatte noch keinen Fuß dort hineingesetzt), wich oft einem Gespräch aus und interessierte mich nicht für ihre Probleme.

Ihre Rückkehr wurde zwar insgesamt lauwarm begrüßt, wurde aber nicht beklatscht, man hielt sich eher auf Distanz. Nichts, um sich über die Maßen zu freuen, oder? Aber beklagte sie sich etwa? Nein. Ganz und gar nicht. Kein Seufzer, soweit ich wußte. Sie schien ihr Schicksal still zu ertragen, und zwar nicht geduckt, sondern mit gleichmütiger Miene, und das war ganz erstaunlich und bemerkenswert. Offen gesagt, wenn ich noch die kleinste Träne für diese Frau übrig gehabt hätte, dann wäre sie jetzt fällig gewesen, denn ich hatte sie zwar nicht ins Herz geschlossen, aber mir war doch klar, wie einsam sie war. Doch es war nicht meine Sache, sie zu bedauern.

Ich war ja außerdem auch noch für ihre Verletzung am Knie verantwortlich. Na ja, da gab es nichts zu lachen, aber das Detail war doch witzig, einigermaßen symbolisch für die Schmerzen, die ich ihr haufenweise zufügte. Um mich zu bestrafen, rasierte sie mich dann zum Beispiel, schnitt mir die Haare, bot mir eine komplette Gesichtsbehandlung. Sie sah auf ihre Uhr, wartete, daß die Seidencreme einzog, und beugte sich wieder über mein Gesicht, nachdem sie mir erlaubt hatte, ein bißchen auf ihre Beine zu schielen, und nicht nur auf ihre Narbe (die gar nicht so schlimm war).

Das Telefon läutete in dem Moment, als auf meinem Gesicht, den Händen Josiannes überlassen, ein Ausdruck tiefen Wohlbehagens erschien. Es war Ralph.

»Meine Fresse! Was treibt ihr denn da?!« wieherte er.

Ich legte einfach auf.

Auf einen Ellbogen gestützt, versuchte ich mit Späherblick in der fast totalen Finsternis irgendwas zu erkennen und sagte Josianne, um was es ging.

»Wenn einer sich an sein Fernglas hängt, tun sie's alle. Das hätten wir uns denken können. Schnell! Dreh die Lampen runter!«

Sie stellte die beiden Lampen auf Minimum. Plötzlich konnten wir uns kaum noch sehen.

»Das ist vielleicht eine kaputte Truppe, kann ich dir sagen!«

»Luc, ich bin in einer Minute fertig. Entspann dich.«

»Mich entspannen?! Meinst du, das kann ich noch?!«

Ich lehnte mich auf meinem Sitz wieder zurück: Ich konnte mir denken, daß diese Massage (sicherlich das Angenehmste von allem) die Hauptsache bei der ganzen Behandlung war. Und Josianne das vorzuenthalten, sie daran zu hindern, mir ihre Geschicklichkeit zu beweisen, war die Art von Tiefschlag, zu dem ich mich nicht in der Lage fühlte, und Gott weiß, daß diese Frau meine Nachsicht absolut nicht verdiente.

Also los, Josianne. Ich bin bereit. Versuchen wir diese Idioten zu vergessen, ihr kleines Spiel, in das sich auch noch jämmerliche Eifersucht mischt. Konzentrier dich auf meine Schädelknochen, gönne jedem eine besondere Zuwendung, streichle weiter meine Schläfen. Das ist gut. Der Frieden tritt ein über das Gesicht. Meine Augen liegen ganz tief in meinen Augenhöhlen, wie auf Federkissen. Mein Atem geht regelmäßig. Tausend Stunden blauer Himmel. Deine Hände haben außergewöhnliche Kräfte. Du beugst dich über mich wie die Jungfrau über das Kind. Du verjagst die Dämonen. Du treibst mir den bösen Geist aus. Du tust mir gut. Diese Arschlöcher! Was haben sie sich vorgestellt? Es geht um deinen knappen Kimono, natürlich. Glaub mir, sie haben deinen Busen durchs Fernglas angestarrt, als du dich über mein Gesicht gebeugt hast. Deine Schenkel, als du auf die andere Seite gegangen bist. Ah, in dem schwitzigen Halbdunkel, das uns einhüllt. Ich verwünsche sie, das kann ich dir sagen. Deinen Hintern, warum nicht, denn ganz in dein Werk vertieft, hast du dich im hellen Licht weit vornüber gebeugt. Diese Tiere! Hast du gehört, wie sie schlucken? Wie sie wetten, daß meine Hand in deinem Höschen enden wird, ich es dir vor ihrer Nase besorgen werde, bis dir die Tränen kommen? Daß du ein Bein heben wirst und es mir…

Ich schob Josiannes Hände weg und sprang mit einem Satz auf, wie ein Unglücklicher, der sich in einen Ameisenhaufen gesetzt hat.

»Ich danke dir, das war toll!« erklärte ich und drehte an den Gaslampen herum, damit es möglichst hell wurde.

Sie betrachtete mich einen Augenblick mit hochgezogenen Brauen, machte sich dann wortlos daran, ihre Sachen wegzuräumen.

»Soll ich dir helfen?«

»Nein, ist nicht nötig.«

Ich wandte ihr den Rücken zu, hatte mit beiden Händen die Balustrade umklammert. Ich hörte, wie sie ihre Töpfe und Flakons wegpackte, in einem gereizten Schweigen, während ich mir die Landschaft besah, ebenfalls gereizt.

»Also entschuldige, aber die haben mich völlig rausgebracht.«

Was konnte ich ihr sonst sagen? Sie ging in dem Moment ins Haus, als ich ihr einen Blick über die Schulter zuwarf. Ich machte eine der beiden Lampen aus, stellte die andere schwächer.

Über den Horizont huschte noch ein fahler Schimmer. Ruhig daliegende, unbewegliche Nebelschichten weiter im Norden. Ein durchscheinender Halbmond. Der Schatten eines Uhus, sein Gleitflug, sein »uhuuhuu«. Ein Geruch nach verbranntem Holz. Und sieh an, wer da zurückkommt, mit verschlossenem Gesicht.

»Sollen wir ihnen noch eine Zugabe bieten?«

»Was für eine Zugabe?«

Was konnte ich ihr antworten?

Sie machte sich noch mal dran. Die Idee, Sex mit Josianne zu haben, war nicht neu. Ich hatte das mehr als einmal kühl ins Auge gefaßt, und sogar außerhalb der mißverständlichen Situationen, die im Alltag nicht zu vermeiden waren. Aber war ich ein einziges Mal nah dran, ganz die Kontrolle zu verlieren? Bis jetzt hatte mir das keine Probleme gemacht. Und nicht nur ich legte es darauf an, eine gewisse Zweideutigkeit zwischen uns aufrechtzuerhalten, ein paar Begegnungen in einer Art nebligem Niemandsland, die nicht wirklich zu einer Konsequenz führten. Und wir teilten ja auch diese Art von Gefühlschaos, Josianne und ich! Hätten wir etwas anderes spielen können? Hätten wir auf das Spiel verzichten können? Was war Schlimmes daran, unseren faden Alltag mit ein bißchen Sex zu würzen, wo es hier doch nichts anderes gab? (Nein, nichts anderes, jetzt, wo wir uns abgeregt hatten, nicht einmal die Feindseligkeit, die uns früher angetrieben hatte, diese Manie der versteckten Konfrontation, von der wir uns wenigstens eine blutige Entscheidungsschlacht erhoffen konnten. Nein, selbst die Feindseligkeit war verpufft.) Habe ich schon erzählt, daß sie eines Abends, zwei Tage nach meiner Entlassung aus dem Krankenhaus, in mein Zimmer kam und mir an den Schwanz faßte? Nein? Oh, nichts Besonderes, aber trotzdem: Es war warm, ich hatte die Laken weggeschoben, und sie kam mit meinem Essen auf dem Tablett herein, doch ich wollte keinen sehen und tat so, als wäre ich eingeschlafen. Na ja, sie fing an, sanft über meine Brust zu streicheln, und dann legte sie ihre Hand auf meinen Schwanz. Nicht lange genug und auf eine ein bißchen zu keusche Art, als daß man darüber reden müßte, aber immerhin...

Viele Dinge in meinem Kopf gingen langsam durcheinander. Viel zu viele. Angesichts der dumpfen Aktivität, die sich da entwickelte, war es nur noch ein einfaches Detail, ob ich es mit Josianne trieb, eine unschuldige Dummheit, höchstens. Sehr viel eigenartigere Landschaften zeichneten sich in der Ferne ab, über dem Schatten, den unser kleines Abenteuer werfen würde, das könnt ihr mir glauben. Riesige Brocken versanken, andere tauchten auf, rissen ein Geröll aus dunklen Steinen mit. Konnte ich mir Sorgen darüber machen, bei einem sexuellen Abenteuer zu versagen (sicher, doch meine Wange glühte noch von der letzten heftigen Attacke), wenn sich ein namenloser Abgrund vor meiner Seele auftat? Konnte ich mir über irgend etwas Sorgen machen, wenn mir der kleinste Blick um mich herum nichts weiter als die blasse Unbeständigkeit eines verschwommenen, leeren und vollkommen beschissenen Horizonts bot? Nicht stundenlang jedenfalls.

(Doch eine Sache muß noch genauer auf den Punkt gebracht werden: Die Mutter vögeln, um mich an der Tochter zu rächen, war eine Möglichkeit, die mir lange im Kopf herumgespukt hatte. Ein Manöver voller Wut, ohne Aussicht auf Erlösung. Vielleicht eine Art, uns alle drei in der Hölle braten zu lassen, für immer in ewiger Verdammnis gefangen. Doch was blieb jetzt von diesem großen Plan? Mich an der Tochter rächen? Die interessierte mich nicht mehr. Blieb, die Mutter zu vögeln. Aber wozu?)

Sie hatte keinen Hunger. Sie hatte keinen Durst. Sie mußte unsichtbare Hälse mit ihren Händen umdrehen, tat so, als verteile sie eine Creme, deren Tube sie zwischen den Schenkeln eingeklemmt hielt.

»Stimmt etwas nicht?«

Sie warf mir einen Blick zu.

Victor war gebräunt. Doch eine Sache blieb unklar, brachte ihn ins Grübeln.

»Ja, aber warum denn in einem Hotelzimmer? Warum nicht anderswo?«

»Ich weiß nicht. Das war nicht meine Idee. Habe ich dir doch schon gesagt.«

Zurück von einem Urlaub in den Bergen mit Eileen (das muß einen erschüttern, eine Frau, die mit dem Messer auf einen Mann losgeht, könnt ihr euch das vorstellen?), schien er an dieser Frage zu knabbern, um ein großes Geheimnis herumzustreichen, bei dem er sich gegen die nächstliegende Vermutung sträubte. Offiziell hatten Eileen und ich uns heimlich getroffen, um zu einer Lösung zu kommen, was ihre Mutter anging, doch wem, außer ihm, war wirklich unklar, warum wir ein Doppelzimmer in einem Fünf-Sterne-Hotel mit Crabtree-&-Evelyn-Seife und dem ganzen Kram genommen hatten? Na ja, Eileen hatte mir ganz andere Sachen aufgetischt.

Während er mit dem Ausdruck eines Vollidioten über diese sonderbare Sache nachdachte, beobachtete ich ihn und fragte mich, warum ich seine Ehe nicht kaputtgemacht hatte. Aus diesem Grund weigerte sich, nebenbei bemerkt, Juliette Montblah, meine Therapeutin und außerdem seine Ex-Gattin, seitdem, mit mir zu reden. »*Wie* bitte?! ... *Warum* denn?!!« hatte sie ins Telefon gekläfft. Unsere Träume von einem Brand waren also in Rauch aufgegangen, und ich fürchtete, daß ich nun eine Bewunderin weniger auf der großen weiten Welt hatte. Schlimm. Und mit welchem Ergebnis? Victor war nicht da, um mir dafür zu danken, daß ich sein Leben nicht ruiniert hatte wie er das meine vor drei Jahren. Je länger ich ihn mir besah, desto mehr bedauerte ich es, keine besondere Lust dazu zu verspüren, ich meine, ihm bestimmte Sachen zu offenbaren, die kein Ehemann gerne hört. Noch vor kurzer Zeit hätte ich diese Bombe freudig in seine Hände gelegt und gewartet, daß sie ihm den Kopf abreißt. Doch je länger ich ihn mir besah, desto weniger war mir danach. Ich hatte ihn trotzdem am Wickel. Ich hatte ihn in der Hand, so wie ich Eileen in der Hand hatte, als sie mir dieses Messer in den Bauch rammte, mit einer schrecklichen Energie, und Gott weiß, daß keine Macht der Welt mich hätte zwingen können, sie loszulassen, tot oder lebendig. Ich hatte sie trotzdem abhauen lassen. Wir hatten uns einen Moment angesehen, dann hatte ich sie abhauen lassen. Nach Meinung von Juliette Montblah, meiner Therapeutin, war ich reif für eine Behandlung.

»Kurz und gut«, fuhr er fort, »wir müssen eine Lösung finden, das ist dir sicher klar.« Er trank eine Orangeade, die ich ihm blöderweise serviert hatte. »Weißt du, daß du gut aussiehst, trotz allem?«

Sicher hatten meine reine Haut und meine frisch geschnittenen Haare was damit zu tun. Der Rest war nicht sichtbar. Während der Tage meiner Genesung hatte ich lange über die Möglichkeit eines Ektoplasmaverlusts nachgedacht, der viel subtiler gewesen wäre als der Verlust des Bluts, das aus der Wunde geflossen war. Ich hatte ein Teil von ich weiß nicht was verloren, und es schien eine schwierige Aufgabe, mich wieder aufzufüllen, besser gesagt: mich zu rekonstruieren. Ich war noch nicht in der Lage, ein komplettes Verzeichnis dessen, was fehlte, aufzustellen, nicht einmal eine Liste zu skizzieren, doch ich hatte keine Eile (nichts eilte mehr, schien es, wenigstens für mich). Tatsächlich war eine Zone in meinem Hirn oder anderswo frei geworden. Ein Bereich, innerhalb dessen meine Gedanken sich verwirrten, wie ich bereits sagte, in Tiefen versanken, aus denen ich sie nicht wieder rausfischen konnte. Ich sah sie verschwinden, verlor sie aus dem Blick, in dem Moment, wo die Farbe wechselte (denn die wechselte – ja, und ziemlich komisch, da lasse ich mich nicht beirren, sie ging im Dunkel unzugänglicher Strudel in ihre Komplementärfarbe über). Ich hatte das am Anfang vage mitbekommen und hatte mich dann durch eine minutiöse Beobachtung überzeugt (oh, was für erstaunlich ungeschickte Übungen im Luftanhalten unser Held absolvierte), doch es war noch zu früh, um sie unter ihrem neuen Aspekt zu betrachten, da ich nicht in der Lage war, sie wieder zu mir aufsteigen zu lassen.

War ich krank, wie meine Therapeutin behauptete?

Brauchte ich in meiner Situation zusätzliches Chaos? Würde ich die Schlacht beenden, indem ich mich wie ein Feigling ins Unterholz schlug, um einem neuen Wahn zu folgen?

Sie hatte mir am Telefon eine komische Gardinenpredigt gehalten. Mein Interesse an diesem Schwachsinn (so nannte sie meine brandneuen, sensiblen Forschungsbereiche) fand sie nicht nur zum Kotzen, sondern ließ sie auch an unserer Freundschaft zweifeln, an dem Sinn des langen Wegs, den wir seit drei Jahren zurückgelegt hatten.

»Du hast ihn rausgeworfen, hoffe ich?!«

»Nun ja, nein, nicht so ganz... Meinst du, das hätte ich tun sollen?... Hör zu, Juliette...«

»Oh, das reicht, ich brauche keine Erklärungen!«

Sie stand vom Tisch auf, um uns das Dessert zu holen (einen Schokoladenkuchen, den ich spendiert hatte, um sie milde zu stimmen). Ich suchte ein wenig Unterstützung in Josiannes Blick, doch ich fand darin nur meine eigene Verlegenheit widergespiegelt, gemischt mit Hilflosigkeit.

»Ich habe mich jedenfalls geweigert, das Thema anzusprechen!« rief ich in Richtung Küche.

»Andernfalls würdest du auch nicht an meinem Tisch sitzen, das kann ich dir garantieren!«

Josianne lehnte am Geländer des Balkons, der über die benachbarten Dächer hinausragte. Sie hoben sich gegen einen Sternenhimmel ab, über dessen Klarheit sich schon niemand mehr wunderte (genausowenig wie über die milde Nacht, in der man sich zu dieser Jahreszeit mit kurzen Ärmeln im Freien aufhalten konnte). Sie brauchte gerade ein bißchen Luft. Jeden Abend seit meiner Entlassung aus dem Krankenhaus genehmigte sie sich eine einsame Viertelstunde im Mondschein, nachdem ich in mein Zimmer gegangen war. Manchmal sah ich sie von meinem Fenster aus durch den Garten wandern, wie sie die Hand auf einen Baumstamm legte, ein Blatt berührte, das ihr Gesicht streifte, oder auf den Stufen saß und ihre Schuhe auszog, um die bloßen Füße auf den Boden zu setzen, und wie sie dann mit gesenkten Lidern und nachdenklicher Miene die Luft einsog und über die zahlreichen Freuden ihres Aufenthalts auf dem Land meditierte, nehme ich einmal an.

Meinerseits wartete ich ungeduldig darauf, wieder in der Sainte-Bob baden zu können. Ja, wir versuchten alle, wieder durchzuatmen, aufzutanken, gegen den erstickenden Gang der Ereignisse anzukämpfen. Selbst Juliette, die ja weniger in unsere Geschichten verwickelt war, hatte ihre Bluse halb aufgeknöpft und spazierte ganz unbefangen ohne BH herum.

Als sie sich bei dem Versuch, ein Stück des weichen Kuchens auf meinen Teller zu schieben, über mich beugte und ihre linke Brust voll aus der Bluse hing, wollte sie wissen, woran sie war: »Luc, sieh mir in die Augen ... (Ich beschränkte mich darauf, den Kopf zu heben.) Schwör mir, daß du nichts mit ihm gemauschelt hast!«

Ich hatte eine stattliche Summe in bar eingesteckt, die mich bei der Suche nach einer anständigen Wohnung für Josianne und der Regelung der Miete für ein Jahr unterstützen sollte, aber das würde ich nicht Mauscheln nennen. Vor allem, weil er darauf bestanden und mir dieses Geld fast mit Gewalt in die Hand gedrückt hatte, zu einem Zeitpunkt, als ich meilenweit davon entfernt war, darüber nachzudenken, was für Eileen und deshalb für alle gut sein würde. Und ich hatte ihm auch überhaupt nichts versprochen. Daß er mir, als er ging, die Hand auf die Schulter gelegt, mir zugezwinkert und sich dann die Hände gerieben hatte, dafür konnte ich nun wirklich nichts.

»Glaubst du echt, daß ich dazu fähig bin?«

»Ich weiß nicht. Ich bin derart enttäuscht über dein Verhalten! Mein Gott, wir haben drei Jahre daran gearbeitet, und was ist das Ergebnis?!«

Der Kuchen war gut. Bevor sie sich noch ein Stück nahm, seufzte Juliette und strich zum Zeichen des Friedens sanft über meine Hand, ihre Brustwarzen aufgestellt durch die Schwüle der Nacht, in der sich kein Lüftchen regte (oder durch das leichte Reiben an der Bluse oder den Wein, den Josianne mitgebracht hatte, oder durch die Gedanken in ihrem Kopf?...).

»Ihr solltet zusammen schlafen, ihr beiden...«, sagte sie schließlich mit ruhiger Stimme, ein schwaches Lächeln auf den Lippen, während sie Josianne und mich nacheinander von unten ansah.

Josianne war vom Balkon wieder reingekommen. Sie saß im Sessel, schlug die Beine übereinander und nahm eine Zigarette, während ich die Hand nach meinem Glas ausstreckte.

»Ja und? Was würde das ändern?« fragte ich.

Offenbar fiel dazu weder Juliette noch sonst einem etwas Richtiges ein. Die eine lag sozusagen barbusig auf der Couch ausgestreckt und wartete auf unsere Kommentare. Die andere drehte, in irgendwelchen unerforschlichen Gedanken versunken, an ihrem Ohrring herum, als wäre er ein in die Stratosphäre gerichteter Miniaturempfänger.

»Hört zu, ich weiß nicht, was das ändern würde«, fuhr Juliette fort, »aber es wäre dann mal klar.« Sie starrte uns plötzlich aus großen Augen an. »O nein, Moment mal, ihr wollt mir doch nicht weismachen, daß ihr nie daran gedacht habt...«

Wir gaben ihr keine Antwort.

»Habe ich irgend etwas ganz Unglaubliches gesagt? ... Josianne?« Da diese weiter hartnäckig schwieg, sagte sie zu ihr: »Du hilfst mir nicht sehr, weißt du...«

»Dir helfen, wobei?« fragte ich.

»Was glaubst du, was ich gerade tue?«

Ich beschloß, unsere Gläser wieder zu füllen, zögerte aber, noch ein Stück Kuchen zu nehmen.

»Es gibt Dinge, die Frauen sich untereinander sagen können«, erklärte sie mir.

»Das glaube ich gern. Aber ich habe keine Lust, sie mit anzuhören, wenn es dir nichts ausmacht.«

»Ich bitte euch, hört auf...«, murmelte Josianne.

»Aufhören womit?« fragte ich.

Ich fühlte mich umgeben von schlechten Schwingungen. Manche waren offen, direkt, voller Ungeduld und Groll, sehr greifbar, sogar zu sehr. Die anderen waren feiner, zögerlicher, gleichzeitig vorwurfsvoll und versöhnlich, eher um Verständigung bemüht als darauf aus, ihre schmutzige Arbeit zu erledigen. Ich legte eine Hand auf meine Wunde.

»Wir gucken ja vielleicht dumm aus der Wäsche, alle drei!« meinte Juliette amüsiert. »Was ist denn mit euch los? Wißt ihr nicht mehr, wie's geht?«

Erstes Gebot: Fang niemals eine Analyse bei einer Frau an.

Wenn sich das nicht vermeiden läßt, erzähl dein Unglück wenigstens nicht der verlassenen Frau des Typs, der dir die Frau weggeschnappt hat, auch wenn sie dich zum Freundschaftspreis behandelt.

Geh nicht zu ihr in die Wohnung. Trink nichts mit ihr.

»Na gut, machen wir doch ein Experiment...«, verkündete sie.

Ich starrte sie an. Im Schein der Kerzen auf dem niedrigen Tisch, an denen das weiche Wachs runterlief, sah ich sie in einem anderen Licht. Tatsächlich, das wurde mir plötzlich bewußt, kannte ich sie nicht so gut, wie sie mich kannte (und aus gutem Grund).

Als sie mit einem geheimnisvollen und leicht spöttischen Ausdruck auf dem Gesicht aufstand, wechselten Josianne und ich einen stillen, neugierigen Blick (ich hätte fast mit einer beruhigenden Geste nach ihrer Hand gegriffen).

»Dann wollen wir mal sehen. Um was geht's denn?« fragte ich unsere Gastgeberin, die sich mit kampflustiger Brust und in einer hautengen Strumpfhose mit Alcatraz-Streifen vor mir aufbaute. »Teufel! Willst du versuchen, mich zu hypnotisieren?«

In dem Moment, als sie sich über mich beugte, kapierte ich, was passieren würde. Letzten Endes ein ziemlich vorhersehbarer Scherz, passend zu der eigenartigen Stimmung, die sich langsam einstellte. Ich erinnerte mich sehr gut an den Tag, als ich sie fast vergewaltigt hatte: Ich hatte wenigstens die Befriedigung gehabt, meine Lippen auf ihre zu pressen, und darauf zurückzukommen überstieg trotz Josiannes Anwesenheit nicht meine Kräfte.

Mir ging Juliettes Sexleben nach ihrer Scheidung durch

den Kopf. Ziemlich aktiv, chaotisch, hektisch, wenn ich dem glauben sollte, was sie mir anvertraut und was ich bei einigen Anrufen zwangsläufig mitbekommen hatte, wenn ich verwirrt, schwitzend und blaß am Nachmittag auf ihrer Couch lag. Zu einer Zeit, als meine eigenen Abenteuer sämtlich scheiterten und mich nur noch mehr runterzogen, war ich neidisch darauf, wie klasse es bei ihr lief (und verstand außerdem nicht, warum sie mich nach einem langen Vortrag über meine Hemmungen zurückgewiesen hatte). Meine Erfolgsquote war damals eins zu vier, und sie hatte durchschnittlich zwei Verabredungen pro Woche. Kurz gesagt, jetzt saß sie also auf meinen Knien, und ich wunderte mich nicht besonders darüber. Ihre Arme um meinen Hals. Ihre Zunge in meinem Mund. Keine große Sache für sie.

Trotzdem, ihre Hand fuhr fast zärtlich durch meine Haare. Eine interessante Erfahrung letzten Endes, und sie machte mir keine besonderen Probleme. Mit Rücksicht auf Josianne jedoch, die von der Seite diese Szene mit ansah und schwieg wie eine Nonne, ließ ich die Arme hängen, gab mich der Übung willig hin, aber das war auch alles. Ich hatte vor, vielleicht später darauf zurückzukommen.

»Na also... War das jetzt so schwierig?«

»Was hast du denn vor?« fragte ich in einem amüsierten Ton.

Josianne lachte nicht. Sie saß steif in ihrem Sessel, hatte sich noch ein Glas eingegossen, noch eine Zigarette angezündet und sah mich eindringlich an, während Juliette im Spiegel einer Puderdose rasch ihren Mund inspizierte.

»Antworte mir: War es schwierig?«

Zu dieser Einladung war ich ohne irgendein komisches

Gefühl gegangen, froh darüber, daß Juliette mit mir Frieden schließen und mir meine Schwäche gegenüber diesem Scheißkerl von Victor verzeihen wollte. Zu dieser Einladung hätte ich meine Kinder mitnehmen können, wenn ich welche gehabt hätte (und jetzt, wo ich beiläufig darüber nachdachte und es zu spät war – hatte ich da einen fatalen Fehler begangen?), ein Abend, der unproblematisch aussah, sauber und anständig, ohne auch nur die geringste Dummheit sexueller Art in Sicht.

Und wo waren wir jetzt? Die Temperatur war nicht mehr sommerlich warm, sondern nächtlich feuchtkalt. Das Licht der Kerzen nicht mehr strahlend, sondern matt. Die Situation nicht mehr harmlos, sondern zweideutig. Was war das für ein Zauber?! Noch vor fünf Minuten diskutierten wir über Redlichkeit, Ehre, Gerechtigkeit, erinnert ihr euch? O ihr kleinen Mädchen mit Zöpfen, ihr hättet bis ungefähr ein Uhr nachts um den Tisch springen können! Aber danach…

Danach? Aus welchem Grund akzeptiert ein Mensch ohne mit der Wimper zu zucken einen Vorschlag, den er noch kurz vorher höflich abgelehnt hätte?

»Also los dann!« spornte Juliette mich an.

Da gab es diesen Kuß, der mich doch nicht unbeeindruckt gelassen hatte.

Sie sprangen aus ihrer Bluse wie glänzende Muränen.

Josianne mit einem Gesicht wie eine angekettete Sklavin.

»Los, beeilen wir uns!«

Was Juliette für Zögern hielt, war nur eine kurze Pause, die ich mir erlaubte. Nicht, um mich zu fragen, ob ich es tun würde oder nicht (mein Gott, die Würfel waren gefallen, nicht wahr?!), sondern weil ich noch herauszubekommen

232

versuchte, was uns im einzelnen zu diesem extremen Verhalten brachte.

Die Anwesenheit einer dritten Person, die das Kommando bei der Sache übernahm (und es uns ersparte, daß einer von uns entscheiden mußte – wieso waren wir nicht früher darauf gekommen?!).

Was mich anging, der Umstand, daß diese dritte Person eine Frau war (um so mehr, als sie einen geilen Blick hatte).

Und wie soll ich sagen? Diese gebändigte, überwundene Ängstlichkeit, die Josiannes Blick verriet, dieser Wille, nicht mehr umzukehren und nichts zu bedauern, egal was passierte. Eine Art Heilige, die für einen Augenblick durchdrehte.

»Luc, wir warten nicht stundenlang!«

Aber nein, ich war bereit. Gerade von einer intergalaktischen Reise zurück, die einen perfekten Gentleman ratzfatz in einen unverbesserlichen Lüstling verwandelt hatte. Manchmal steht man verblüfft vor solchen Mysterien. Denn wie sollen wir die Füße des Herrn küssen, wenn sich alle fünf Minuten die Jungfrau in eine Hure, das Lamm in einen Wolf, der Geier in eine Taube verwandelt?

Juliette, deren lose Sitten in meinem Kopf rote Gardinen gespannt hatten, drängte mich erneut, endlich loszulegen, und ich warf noch einmal einen Blick auf ihren Busen, bevor ich mich schließlich Josianne zuwandte, vor der ich nun mit vor Geilheit verzerrtem Gesicht kniete.

»Mach die Augen zu«, riet ich ihr. »Denk an deinen Lieblingsschaupieler.«

Na ja, ganz am Anfang hätte man meinen können, daß sie es zum ersten Mal mit einem Mann machte und mit dreiundsechzig Jahren keinerlei Ahnung von der Sache hatte, zu einer Zeit, wo man Onanieren in der Schule lernt. Und dann runzelte auch noch Juliette, die die Aktion aus ziemlicher Nähe verfolgte, die Stirn und drohte einzugreifen. Als plötzlich, wie eine öde Landschaft vom Licht der aufgehenden Sonne überflutet, Josianne von den Toten auferstand und beschloß, ihr Spiel zu spielen. Ich hielt mein Gleichgewicht, indem ich die Sessellehne umklammerte.

Juliette war augenblicklich zufrieden.

»Das Gegenteil hätte mich überrascht, wißt ihr!« sagte sie noch und warf ihre Bluse durchs Zimmer.

»Haben wir vielleicht zu irgendwas nein gesagt, Josianne und ich?«

Sie half mir, mein Polohemd auszuziehen, aber ich konnte nicht anders, als trotzdem das Gesicht zu verziehen.

»Achtung, seine Wunde!« sorgte sich Josianne.

Juliette hatte keine Hüften, und ihr Parfüm hinterließ einen unangenehmen Geschmack auf der Zunge (sie hatte es sogar auf den Brustwarzen), doch ich beachtete das nicht weiter und rieb mein Gesicht an ihrem Busen, steckte meine Nase unter ihre Achseln, hängte mich noch mal wie ein Blöder an ihren Mund, mit sichtbarem Spaß.

»Ich habe einen jungen Mann von fünfundzwanzig Jahren kennengelernt...«, vertraute Juliette uns an, während sie in aller Ruhe Josiannes Oberteil aufhakte. »Sagt ruhig, daß ich verrückt bin...«

»Dieser Rotzbengel hat Glück.«

»Danke, Luc, das ist nett von dir...«

Mit vagem Blick und leichtem Nicken, das weiterging, während ich sie nach und nach aufknöpfte, billigte Josianne, was ich tat. Sie hatte ein Band in den Händen (mit der Adresse des Konditors unten), das sie mit den Fingern auf- und abrollte.

Ich streichelte zärtlich über Juliettes Rücken, während sie sich um Josiannes BH kümmerte.

»Ihr seid wahnsinnig, alle beide!« sagte sie amüsiert.

Da sie Josianne Komplimente wegen ihres Busens machte und außerdem ihre Hände darauf legte, mußte ich sie ein bißchen beiseite schieben, um mir ein quälendes Warten zu ersparen. Die gute Seele überließ mir den Platz und bot an, Kaffee zu machen, nicht für mich, sondern für Josianne, die gern akzeptierte.

Als sie sich Richtung Küche wandte, wälzten Josianne und ich uns schon auf dem Teppich. Ziemlich hastig, aber ehrlich! Zwei Gummibänder, im gleichen Augenblick angespannt und losgelassen, zwei ausgehungerte Hunde, die sich auf ein Steak stürzen, das noch nicht mal richtig ausgepackt ist. Wir hätten uns schämen sollen, uns so aufzuführen.

»Na los, meine Engel!« rief uns Juliette aus ihrer Speisekammer zu.

Ich hätte zwei Münder und vier Arme brauchen können und dreimal soviel Speichel, wie ein menschliches Wesen in seinen besten Momenten produziert. Ganz ohne Scheiß, Josianne und ich legten richtig los. Halb unter dem Tisch verkrochen, unfähig, uns zu kontrollieren, wurde mir völlig klar, daß es sich nicht um eine normale Umklammerung handelte. War ich noch im Zustand fortgeschrittenen Wahnsinns, über meine *Mörder* oder meine *Kriminellen* gebeugt?

»Kratzt der Teppich?« fragte ich, weil sie sich so unter mir wand.

»Aber nein, was denkst du denn.«

Juliette hob das Tischtuch hoch und bat uns, da unten rauszukommen, falls wir nicht die Nacht dort verbringen wollten.

»Ja, entschuldige bitte.«

»Hm, das riecht gut!... Ist das Mokka?«

Wir blieben schließlich auf dem Teppich, einem Gabbeh mit beruhigenden Farben. Als ich eine Staubflocke von meinem Arm nahm, merkte ich, daß ich immer noch leicht zitterte. Josianne, die Tasse in der Hand, den Busen vorgestreckt, versuchte zuzuhören, was Juliette über die unbekümmerte Kraft junger Männer sagte, doch ihr Atem war kurz, und auf ihrer Haut breiteten sich obszöne rote Flecken aus (war sie in den Händen des Teufels?). Juliette hatte sie auch bemerkt, doch offenbar ging das bei ihr schnell.

»Stimmt es, daß Rothaarige einen besonderen Geruch haben?«

»Prüf es doch selbst nach...«

Josianne überraschte mich immer wieder. Ich hatte bestimmt keine Lust, meine Gedanken zu dem Thema zu vertiefen, doch das war nicht nur so dahingesagt.

Keine von beiden schien besonders auf Frauen zu stehen, was nicht bedeutete, daß die Erfahrung sie abschreckte. Als ich meine Hand in Juliettes Strumpfhose schob und ihren Hintern packte, entschuldigte sie sich jedenfalls bei Josianne und widmete mir ihre ganze Aufmerksamkeit.

»Warum jetzt und nicht die anderen Male?« murmelte ich in ihr Ohr.

»Wie soll ich das wissen?«

Natürlich zeichnete sich für einen Mann, der für die besagte unbekümmerte Kraft nicht mehr das Alter, ja nicht mal mehr die Erinnerung daran hatte, ein ernsthaftes Problem am Horizont ab. Scheinbar meiner selbst sehr sicher, zog ich eifrig Juliettes Strumpfhose herunter (rollte sie wie eine Brezel aus Chiffon, die ihre Schenkel gefangenhielt), doch diese Geschichte quälte mich.

Irgendwie war mir bei der wachsenden Begeisterung Juliettes für dieses Experiment ein bißchen unbehaglich zumute. Gut zwei Jahre waren vergangen, seit sie meine Avancen zurückgewiesen hatte, und wenn sie heute meine Hände packte, dann nicht mehr, um sie zwischen ihren Beinen wegzunehmen und zu drohen, außerdem noch das ganze Haus zu alarmieren.

Was für einen Weg hatte jeder einzelne zurückgelegt, was für schlimme Zeiten durchgemacht, verdammt noch mal! Sie schien meine Zärtlichkeiten so zu genießen, spannte so verführerisch ihr Höschen vor mir, daß ich trotz meiner Sorgen beinahe dahinschmolz.

»Ich gebe ihn dir gleich zurück«, versprach sie Josianne.

Einen Moment hatte ich die Vorstellung, daß Josianne nicht weitergehen und uns sitzenlassen würde, wenn wir gewisse Grenzen überschritten, denn während Juliette sich auf der Couch niederließ und ihre Knie hoch an die Brust zog, konnte ich ihre ruhige und neutrale Art nicht durchschauen. Ich hatte keineswegs vor, mich von ihr abzuwenden, und wollte, daß sie das wußte (sollte ich es ihr noch genauer erklären?), doch Juliette in ebendiesem Moment fallenzulassen war nicht drin. Das mußte sie kapieren, wenn nicht, Pech gehabt, dann konnte sie gehen.

Warum schnappte sie in der Zeit nicht ein bißchen Luft auf dem Balkon? Sie war nicht an den Fuß der Couch gefesselt, und ich hatte nicht die Absicht, mir wegen ihr Zwang anzutun, damit das unter uns ganz klar war. Juliette hatte das Recht auf eine gewisse Aufmerksamkeit von meiner Seite (wir mochten uns gern, das mußte akzeptiert werden), und ich würde ihr nicht bei der erstbesten Gelegenheit in den Rücken fallen. ›Vergessen wir also Josianne für einen Moment‹, beschloß ich und stürzte mich geradewegs zwischen Juliettes Beine. ›Komme, was wolle!‹

Der Mann ist ein sonderbares Wesen. Je mehr ich mich um Juliette kümmerte, desto mehr dachte ich an Josianne. Und umgekehrt: Je größer mein Wunsch wurde, die eine zu besitzen, desto mehr beschäftigte ich mich mit der anderen (sie pißte dabei ein paar Tropfen und entschuldigte sich), auf das Risiko hin, daß Josianne das Feld räumen würde. Juliettes Löcher zu bearbeiten verschaffte mir eine Lust, die wirklich echt war, doch die außergewöhnliche Sorgfalt, die ich darauf verwandte (sie verdrehte sich den Hals, um es näher zu sehen), war proportional zu meiner heftigen und unglücklichen Neigung, Josianne zu reizen. Nichts Neues unter der Sonne, nicht wahr?

Aber da klingelte das Telefon. Das Schicksal zweifellos. Mit der Stimme dieses jungen Mannes, der sehr bald lernen würde, daß Unbekümmertheit uns knauserig zugeteilt wird, hin und wieder, und Kraft dann und wann, und nicht immer im richtigen Moment.

»Entschuldige mich«, sagte Juliette zu mir.

»Aber ich bitte dich!«

Verwirrt und auf der Suche nach Verständnis, wandte ich

mich Josianne zu. Sie hielt mir kommentarlos eine Papierserviette hin, auf den ersten Blick wenig beeindruckt von dem Kavalierstart meiner abgebrochenen Nummer, wäre da nicht dieser feuchte und glänzende Schimmer auf ihrer Oberlippe gewesen, der mir Hoffnung gab.

Ich trocknete mein Gesicht in demselben Blumenmotiv, das Juliette sich zwischen die Beine drückte, wie um einen Blutfluß zu stoppen, doch das Gespräch kam gut in Fahrt, lief in einem spaßigen und intimen Ton, und sie gab uns ein Zeichen, nicht auf sie zu warten. Josianne machte Anstalten, eine Zigarette anzuzünden.

»Rauch doch nicht soviel«, sagte ich.

Da sie über meinen Rat hinwegging, mit einer Miene, als hätte sie Zeit genug, mußte ich sie bitten, sich zwischen mir und der Zigarette zu entscheiden.

Wir knieten einander gegenüber, einen Atemzug voneinander entfernt, wechselten einen Blick zwischen Glut und Asche. Ich knipste in meiner rechten Hand ein Feuerzeug an. Sie beugte weiter ihren Arm, um die Zigarette an die Lippen zu führen, und das mit einer entnervenden Langsamkeit.

»Immer mehr Leute halten Philip Morris für einen Kriminellen.« Ich ließ mich nicht beirren. »Werden wir seine nächsten Opfer?«

Das Feuerzeug machte mir langsam den Daumen heiß.

›Na schön, was sollen wir in dem Fall tun?‹ interpretierte ich ihr Schweigen.

Sie war ein schwieriger Charakter, und dessen Geheimnis teilte sie mit ihrer Tochter, aber sie war im Grunde nicht schlecht, das muß man gerechterweise sagen. Ich sah hinter der Zigarette her, die erst über den Teppich rollte, dann über das Parkett, bis sie von Juliettes Füßen gestoppt wurde, die auf einer Couchlehne aus dem Leder eines Büffels, der sich in seinem Grab umdrehte, voll im Gespräch/Gewichse war, als sich plötzlich ein Mund auf meinen Mund preßte, zwei Arme meinen Nacken umschlangen, ich eine Haut auf meiner Brust fühlte, so weich wie diese Schmerzpflaster, die man als Kind bekam.

Josianne trug einen Rock von Betsey Johnson – große Rosen auf schwarzem Grund –, den ich hochhob und an ihrem Gürtel festmachte, bevor ich flugs meine Hände in ihr Höschen schob.

»Herrgott, von La Perla!« stöhnte ich, bevor ich nur ein Auge darauf geworfen hatte.

Und ich hatte mich nicht getäuscht! Ich brachte Josianne auf die Couch, um den Schnitt, die undurchsichtige Eleganz, den wundervollen Stoff, so angenehm anzufassen, so anschmiegsam und im Kerzenschein noch erregender, zu bewundern – so daß ich es lieber in Sicherheit bringen wollte, weil ich fürchtete, seine Besitzerin könnte daran herumzerren, wie Juliette kurz zuvor an ihrem blassen Modell, und daraus einen Kartoffelsack machen.

Juliette hielt den Hörer zu und schlug vor, mir ein paar Hilfsmittel aus einer Schublade im Badezimmer zu holen.

Schritt für Schritt, Meter für Meter war ich im Lauf der letzten drei Jahre den Hang hochgeklettert, um wieder nach oben, in die Arme einer Frau zu gelangen, doch ich hatte nicht den Mut gehabt, mich einer Rothaarigen zu nähern, nicht einmal einer gewöhnlichen oder ein bißchen weniger attraktiven Rothaarigen. Josianne war also die erste – man wird verstehen, daß ich nicht von Eileen spreche, die jetzt ja außerdem noch rasiert war.

(Sie war obendrein meine Schwiegermutter, und dadurch wurde es noch besser, aber ich war im Moment nicht in der Lage, die ganze Schärfe dieses Details auszukosten – du schlingst das heiße Essen gierig runter und merkst erst dann, daß es fein gewürzt war.)

Meine extreme Empfänglichkeit für Rothaarige war für niemanden ein Geheimnis, und ich hatte immer gewußt, daß sie mir meine größten Freuden und meine größten Schmerzen bereiten würden. Das Einfachste wäre gewesen, sie nun zu meiden, aber ich hatte das Pech gehabt, mich auf sie einzulassen, und nichts schien mir mehr damit vergleichbar (von Élisabeth hatte ich die bruchstückhafte Geschichte eines Ahnen mütterlicherseits, der wegen der schönen Augen einer Irin fast ein ganzes Dorf mit der Axt ausgerottet hätte). Sie zogen mich an, wie ich sie anzog (denn sie sahen in mir denjenigen, der sie *erkannte*, und wußten, welche Vorteile sie aus meiner Schwäche ziehen konnten, doch was soll's). Und die Mischung aus Unruhe und heftigem Begehren, die sie bei mir weckten, war unwiderstehlich. Meine erste rothaarige Frau seit drei Jahren. Josianne also.

Es hatte ja, seit sie bei mir eingezogen war, dauernd dieses kurze Aufblitzen versteckter Sexualität zwischen uns gegeben, wie immer, wenn man zusammenlebt, schließlich für beide ziemlich ungesund und störend, obwohl wir so taten, als wäre nichts. Der Beweis? Sobald ich sie mit der Zungenspitze berührte, preßte sie heftig (und wie durch eine nervöse Reaktion) ihre Schenkel gegen meine Ohren.

Es gelang uns schließlich doch noch, uns zu verständigen, aber die Spannung blieb bestehen, und immer wieder ging es wahnsinnig ab. Mit großen Gesten, wie eine telefonierende Familienmutter, um die herum die Kinder toben, gebot Juliette uns, ruhig zu bleiben, oder erwischte im allerletzten Moment einen Blumentopf, bevor Josianne oder ich ihn mit einem Fußtritt umstießen. Ein andermal waren wir auf dem Tisch, mitten im Geschirr, und die Arme biß sich auf die Lippen, als sie an den Schaden dachte. Wir sollten auch nicht auf dem Balkon bleiben, wegen der Nachbarn, doch Josianne klammerte sich an die Gitterstäbe, saß auf meinem Gesicht und stellte sich taub.

Zum Glück war der junge Mann geschwätzig und die Telefonschnur viel zu kurz. Und da Josianne und ich uns nichts zu sagen hatten, paßte uns ein bißchen leichte Konversation um uns herum gut, um die Stille zu füllen und gewisse Stöhner zu überdecken (manchmal, auf dem Balkon zum Beispiel, legte ich lieber meine Hand auf ihren Mund).

Ich zögerte trotz allem, meine Hosen runterzulassen, denn dann wäre es zu spät, und ich wußte nicht so genau, ob es für Juliette okay war, außen vor zu bleiben, denn so würde es ja kommen, wie die Dinge jetzt liefen. Doch Josianne war es offensichtlich egal. Sie hatte schon meinen Gürtel aufgemacht, und ich konnte sie nur dadurch aufhalten, daß ich ihr noch einen Orgasmus verschaffte, der auch nicht auf sich warten ließ. Ich war ziemlich baff, was für Ausmaße die Sache annahm. Das bißchen Klarheit, das manchmal noch bei mir aufblitzte, sagte mir, extrem vorsichtig zu sein. Ich mußte nachdenken, und zwar schnell, während Josiannes Säfte mir von der Hand bis zum Ellbogen liefen und sie einen Finger zwischen die Nietenknöpfe in meinem Hosenlatz schob.

Es war natürlich nicht einfach, Juliette zu verlassen.

»Komm, hauen wir ab von hier!« flüsterte ich Josianne ins Ohr.

Ich richtete mich auf, doch sie klammerte sich weiter an mich und versuchte sogar, ihren Busen in meinen Mund zu schieben.

»Los, sei nicht blöd!«

Wir sammelten eilig unsere Sachen ein.

»Warte eine Minute, mein Schatz... Leg nicht auf!«

Wir waren schon an der Tür.

»He! Ihr beide!!«

Wir stürzten die Treppe hinunter, die ich tausendmal mit gesenktem Kopf und schwerem Schritt gegangen war.

Ich wartete einen Moment, bevor ich startete, doch kein Geschoß zerschellte auf dem Auto. So muß man nämlich einen echten Bösewicht behandeln.

Wir fuhren mit ziemlicher Geschwindigkeit bis zum Tunnel, ohne einen Ton zu sagen. Und nachdem sie meine Haare gestreichelt hatte, meinen Arm gestreichelt hatte, beiläufig meinen Schenkel gestreichelt hatte, lutschte sie mir dort, als wir endlich in die Röhre eindrangen, die sich in die Erde eingrub, schließlich den Schwanz und zwang mich, ein Auge auf den Rückspiegel zu haben, um auf die rechte Spur einzuscheren, nachdem wir wie auf einer natürlichen, eleganten Flugbahn immer geradeaus geschossen waren. Ich schätzte, der Chemin du Chien-Rouge würde sich in fünf oder sechs Minuten vor unseren Scheinwerfern öffnen.

Bis dahin würde ich es natürlich nicht durchhalten können. Als wir aus dem Tunnel rauskamen (875 Meter, hinter einem Lastwagen, der fünfzig fuhr: eine echte Leistung in meinem geilen Zustand), unterbrach ich Josianne bei ihrer Aktion und fing an zu reden.

»Hättest du es zu dritt gemacht?« fragte ich, als ich wieder auf der linken Spur war.

»Ich hätte es versucht.«

Ich sah sie eine Sekunde an, bevor ich meine Aufmerksamkeit wieder der Straße zuwandte.

»Und deine letzte Affäre, wann war die?«

(Da sie nicht das Problem der Ejakulation hatte – man muß sie schmachten sehen, wenn sie warten, daß es noch mal kommt – und da ich fürchtete, daß sie sich abkühlte oder sogar meine Frage falsch auffaßte, streichelte ich die Innenseite ihres weißen, nackten, offenen Schenkels, ihr Knie, das an meinen Schalthebel gelehnt war, ihren Fuß, an mein Handschuhfach gepreßt.)

»Ich weiß nicht... Vielleicht vor einem Jahr.«

»Vor einem Jahr?!... *Verdammt noch mal*, Josianne...«

Die Straße kletterte jetzt langsam hoch in die Hügel. In der Ferne, in den Resten der Dunkelheit, ließ das Gehege des Waldes die sich als Wasserfall ergießende Sainte-Bob flüchtig aufblitzen.

»Und wenn ich nicht der richtige Mann wäre?«

»Wofür richtig?« fragte sie leise und sah mir gerade in die Augen.

Ich kannte eine Stelle, wohin mich Jackie manchmal mitnahm, wenn Thomas unerwartet nach Hause gekommen war. Sie wartete am Anfang des Weges auf mich, und wir parkten das Auto ein bißchen weiter oben, wo man es nicht sehen konnte, um uns ein paar intime Augenblicke zu gönnen, während Thomas seine neue Angel inspizierte und glaubte, seine Frau suche Pilze (die ich aus der Stadt mitbrachte). Doch Jackie wollte nie aussteigen, sie ertrug nicht das kleinste Ästchen unter ihrem Arsch, nicht die winzigste Ameise auf ihrer Haut.

Wir ließen uns ins Gras fallen, Josianne und ich. Wir wälzten uns im Laub, rollten Erdhügel hinunter, schluckten Staub, rissen Büschel aus, ließen unsere Hintern von niedrigen Zweigen peitschen, trockneten unseren Speichel im Moos, vermischten unsere Körperflüssigkeiten mit der Erde. Ich drang in Josianne ein, während sie sich an einen Baumstamm klammerte, während sie sich am Ast einer Tanne festhielt, während sie auf dem Rücken im Enzian lag, während sie kniete, Stirn auf der Erde, die Arme vergraben im Ahornlaub, das mit ihren Haaren eins wurde. Gab es irgendeinen Grund zur Klage? Waren wir von irgendwelchen kleinen Biestern zerfressen worden?

Was mich anging, tat mir die Luft gut, die relative Kühle, die das Laubwerk spendete, die Schreie der Nachtvögel, der Duft des Waldes, die Gipfel ringsumher, das Verschwinden meiner Sorgen und Beschwerden, das volle, tiefe Rauschen der weiter unten fließenden Sainte-Bob. Ich schöpfte eine Energie, von der ich noch eine Minute vorher gefürchtet hatte, daß sie mir fehlen würde, als ich Josianne zum ersten Mal aufgespießt hatte. Mit einer sicher übertriebenen Langsamkeit, einer minutiösen Aufmerksamkeit für jeden Zentimeter verschluckten Fleischs, und mit gesteigerter Lust, ein wunderbarer Schauder, ein Erbeben aller Sinne, das andauerte und von dem ich wie gelähmt war, als ich gegen ihre Scham stieß.

»Ich bitte dich, beweg dich nicht! Sag nichts!«

Wäre mir in diesem Augenblick nur das kleinste Blatt auf den Rücken gefallen, hätte ich nur das kleinste Beben Josiannes gespürt, mein Sperma hätte sie sofort überschwemmt.

»Erinnerst du dich an *La Clemenza di Tito,* die wir neulich gehört haben?« fragte ich schließlich und versuchte mich zurückzuziehen, ohne zu explodieren. »Vor drei Wochen, das ist kaum zu glauben, nicht?«

Auf den Knien, den Kopf gesenkt, Hände in den Hüften, verschnaufte ich einen Moment. Josianne blieb im Gras liegen, auf ihre Ellbogen gestützt, die Beine gespreizt, Fersen auf dem Hintern, doch sie schien weder besorgt noch erstaunt, sie war vollkommen ruhig und entspannt.

»Wow!« stieß ich aus, um meinen ersten Eindruck mit ihr zu teilen. »Machen wir weiter?«

Sosehr meine Erfahrung mit Eileen (und ich denke dabei nur an die schlichte und einfache Penetration, um nicht abzuschweifen) bei mir einen bitteren Nachgeschmack hinterlassen hatte, ein Gefühl von Abwesenheit und verbrannter Erde, dessen traurige Realität ich noch verkraften mußte, so überragend war es umgekehrt mit Josianne, die nicht mehr so fest im Fleisch war (und deshalb weniger eng und lustspendend, *hätte man sich fälschlicherweise vorstellen können*). Mir war noch mehrmals der kalte Schweiß ausgebrochen. Doch die frische Luft hatte mich zurück in den Sattel gebracht, die sonderbare Kühle, die das stille Laubwerk spendete, der langgezogene Schrei des Bussards, der kräftige Moschusgeruch des dunklen Holzes, die vielen beruhigenden Gipfel ringsumher, das Verschwinden meiner Sorgen und Beschwerden, das volle und tiefe Rauschen der Sainte-Bob, in der alles verschwand.

»Josianne, halt dich an diesem Ast fest und laß uns ein bißchen Spaß haben…«

Anderthalb Monate später, ein paar Tage nach Josiannes Tod, empfing ich die ersten Interessenten für das Haus. Es handelte sich um ein Paar mittleren Alters, das Paul mir wärmstens empfohlen hatte, und es stimmte schon, die Frau war gar nicht so schlecht und trat auf wie eine executive-woman (Sado-Maso-Tendenz).

Ich erwartete sie seit dem frühen Morgen, und sie kamen mit Verspätung. Doch ich hatte die Zeit genutzt, um den Schnee vor meiner Tür wegzuräumen, auch wenn der Wetterbericht wenig ermutigend war.

»Ihre Bougainvilleen sind aber doch nicht tot?« fragte sie mich mit einer harten Stimme.

»Nein, die haben schon ganz andere Sachen durchgemacht.«

»Gefällt es dir, Liebling?« rief der Mann von der Tür ihres Autos aus, ein Telefon ans Ohr geklebt.

»Nun, es sieht so aus, als hätten Sie es eilig, zu verkaufen?«

Die Idee war ja nun wirklich nicht neu. Josianne und ich hatten sogar sehr ernsthaft darüber nachgedacht, als sich die Situation nach und nach verschlechterte, doch unsere Pläne waren ziemlich vage, und ich hatte nicht die nötigen Schritte unternommen. Noch heute morgen hatte ich mit-

ten im Schaufeln aufgehört, um mir die Fassade genauer anzusehen, und daß potentielle Käufer kommen sollten, hatte
mir nicht so ernsthaft in den Kopf gewollt. Tausendmal
hatte ich geschworen zu verkaufen, aber nicht ein einziges
Mal nach dem Telefonhörer gegriffen.

Doch es schien, daß es diesmal soweit war. Ich hatte einen großen Teil von dem ganzen Zeug, das mein Arbeitszimmer verstopfte, verbrannt, und zwar ohne das geringste
Zögern, was ein gutes Zeichen war. Alle Brücken hinter mir
abzubrechen war in meinem Fall sicher die beste Taktik.
Selbst wenn ich vom Kopf her noch nicht ganz so weit war:
Ich war bereit zu gehen, und ich hatte es mir nicht einmal
bewußtgemacht!

Paul meinte, daß ich vor dem Schnee einen besseren Preis
hätte herausschlagen können. Doch weil er nicht unzufrieden darüber war, mich abhauen zu sehen, hatte er ein bißchen herumtelefoniert und mir gleichzeitig versichert, daß
es in diesen Zeiten besser sei, standzuhalten als zu flüchten.
Was Sonia anging, für die ich nicht mehr das Kind war, das
sie nicht gehabt hatte, sondern das Kind, bei dem sie froh
war, daß sie es nicht gehabt hatte, so war sie bereit, mir einen
Pullover zu stricken, wenn ich nach Feuerland aufbrach.

»Du hast das Böse in dir!« hatte sie mir eines Abends
erklärt.

»Was redest du denn da!... Das Böse wie das Gute, das
Schöne wie das Häßliche, ja und?!«

»Du hast das Leben der Kleinen ruiniert!«

»Zunächst mal ist Jackie keine Kleine, sondern eine erwachsene Frau. Und ich habe einfach beschlossen, sie nicht
mehr zu sehen.«

»Und warum?«

»Wie: warum? Sie ist eine verheiratete Frau, das weißt du doch sicher, hoffe ich! Meinst du, wir sollten Kinder zusammen haben?!«

Paul war nachsehen gegangen, was los war, und hatte schlechte Neuigkeiten gebracht: »Sie ist nicht nach Hause zurückgekommen, und Thomas macht sich Sorgen…«

»Hört mal, sie muß mal eine Weile allein sein. Man muß manchmal im Leben die Augen öffnen, und das ist nie angenehm.«

»Und du, hast du sie vielleicht geöffnet?!«

»Ja. Und das ist noch nicht mal so lange her.«

Das Haus der Amblets war jetzt leer und stand ebenfalls zum Verkauf. Jackie hatte mir einen langen Brief geschrieben, in dem sie wenigstens einräumte, daß sie durch mich eine wichtige Entscheidung habe treffen müssen, auch wenn das nicht meine Absicht gewesen sei, auch wenn ihr neues Leben noch ganz unklar sei und sie hoffe, daß Josiannes Tod, über den sie aufrichtige Trauer empfinde, mir ebenso wie ihr Gelegenheit für einen Neuanfang biete. Ich hatte die letzten Worte mehrmals gelesen, bevor ich den Brief ins Feuer warf, wo meine ganze Post brannte, alles, was aus Stoff war, alle meine Fotos, alle meine Kataloge, alles, an was ich Gefühle gehängt hatte und bei dem ich jetzt, wegen des Geruchs (Plastik, synthetisches Zeug, Gummi, Nylon, Haare) und wegen des dicken, schwarzen Rauchs, der mir durch einen eisigen Wind wieder ins Gesicht schlug, nur noch eine angewiderte Grimasse zog.

Die Frau fragte mich außerdem, was ich denn da mitten im Garten gemacht habe, wo einem ein breiter grauer Krater ins Auge fiel (die heiße Asche hatte in der Nacht gegen den Schnee angekämpft), der meinen Futon und meinen Schreibtischsessel verschlungen hatte.

»Das düngt den Boden, wissen Sie... Ich werde die Asche später verteilen. Schade, daß Sie nicht ein paar Tage früher gekommen sind, der Garten war prächtig!«

Er war zumindest nicht mehr der Dschungel von früher. Josianne hatte sich ein bißchen darum gekümmert, und so brauchte er, unter gut zehn Zentimetern blendend weißem Schnee, nicht zu erröten, wenn er mit Pauls Garten verglichen wurde, obwohl er bescheidenere Ausmaße hatte.

»Warum soll man sich denn mit dem Unterhalt eines Parks plagen, wenn ringsherum Wald ist?«

»Wie groß ist das Grundstück genau?«

»Gefällt es dir, Liebling?«

Der Mann kam zu uns auf die Veranda. Er schien ungeduldig auf ein Zeichen der Zufriedenheit auf dem Gesicht seiner Begleiterin zu warten, doch ich wußte, ohne sie zu kennen, daß das schwierig sein würde.

»Ist es hier passiert?« fragte sie und sah sich zerstreut um.

»Nein, ein bißchen weiter unten, auf dem Weg.«

»Siehst du, Liebling, was habe ich dir gesagt?!«

Es war kalt im Haus. In Erwartung ihres Besuchs hatte ich alle Heizkörper aufgedreht und den Kessel am frühen Morgen auf die höchste Stufe gestellt, doch das Ergebnis war nicht sehr beeindruckend: Ich bekam auf diese Art ungefähr zwölf Grad im Wohnzimmer, dessen Höhe bis unters Dach die Sache nicht gerade besser machte, und etwa fünfzehn Grad in den Schlafzimmern, wo die Fenster ein paar Tage lang offengestanden hatten.

Sie behielten ihre Mäntel um die Schultern gehängt.

Ich hatte mir den Wetterwechsel nicht richtig klargemacht. Die Temperatur war im Laufe einer Nacht so stark gefallen, daß am Nachmittag die ersten Schneeflocken fielen. Während der letzten schönen Tage hatte ich geschwitzt, und in der eiskalten Nacht nach dem Zusammenbruch des Hochdruckgebiets ebenso. Die Müllmänner sahen mich langsam mit einem komischen Blick an und beeilten sich nicht gerade, mir zu helfen, meine Säcke (von denen einer die Schuhe Josiannes ausgekotzt hatte) auf ihren Wagen zu werfen. Die Kappe tief ins Gesicht gezogen, schielten sie an diesem beißend kalten Morgen auf mein offenes Hemd, und ich fragte mich echt, wieso.

Ralph war es, der mir gestern abend fast widerwillig ein Licht aufgesteckt hatte: Es war Winter, und jeder konnte nur noch auf sich selbst zählen.

»Warum sagst du mir das?«

»Wegen deiner Holzlieferung. Ich kann mich diesmal nicht drum kümmern. Um die von Francis übrigens auch nicht. Also, machen wir uns an die Arbeit? Hier ist es ja arschkalt, verdammt!«

Er war gekommen, um seinen schmiedeeisernen Leuchter zurückzuholen, nach einer Diskussion mit Monique, bei der sie sich gefragt hatten, warum sie dieses Werk mir überlassen sollten, wo doch erstens der Stand unserer Beziehungen nicht mehr so war, daß sie mir Geschenke machten (sie sahen nicht ein, warum), und es mir zweitens vollkommen egal zu sein schien.

»Siehst du, Luc, man glaubt, daß man Freunde hat… bis zu dem Tag, wo man bemerkt, daß man sich irrt.«

Er stand oben auf der Leiter, und es war, als spräche er zu den Schrauben, die er nur mit Mühe aufbekam (vielleicht kam daher der knirschende Ton in seiner Stimme). Es waren die ersten Worte, die er mir nach langen Minuten gönnte, obwohl ich ihn nichts gefragt und mich, noch voller Staunen über die Eisblumen auf meinen Fensterscheiben, darauf beschränkt hatte, die Leiter festzuhalten.

»Aber ich brauche genausowenig Freunde, wie du dieses Ding hier brauchst«, fügte er hinzu. »Wir können aufhören, uns irgendwelchen Blödsinn zu erzählen.«

»Hör zu, ich werde meine Zeit nicht damit vergeuden, mich zu entschuldigen. Monique hätte sich nicht einmischen dürfen.«

»Es geht nicht um Monique!«

Na gut, ich wollte Unruhe stiften, Chaos, und ich hatte es geschafft. Was meine Versuche anging, den Schaden zu begrenzen, dessen Ausmaß von Tag zu Tag wuchs, so hatten sie die Wirkung eines Streichholzes gehabt, das bei einem Erdbeben eine wackelnde Wand stützen soll.

»Er sagt die Wahrheit, Liebling! Die Heizkörper sind glühend heiß!«

»Sie können beruhigt sein, meine Frau fröstelte leicht. Wir haben die ganze Heizungsanlage vor drei Jahren neu machen lassen.«

Bei dem finsteren Blick, den er mir zuwarf, meinte ich zu verstehen, daß Paul ihm viel von mir erzählt hatte, jedenfalls mehr als nötig.

»Und der Kamin da, funktioniert der?«

Einen Moment lang fragte ich mich, ob es mir, falls es so kam, wirklich etwas ausmachen würde, das Haus an

Leute zu verkaufen, die mir nicht gefielen. Ich entschied mich für nein.

Ich beugte mich vor, um ein Feuer anzuzünden, das Josianne vor vierzehn Tagen vorbereitet hatte: aus Zeitungen, Reisig und ein paar von ihr selbst geschnittenen Zweigen vom Aprikosenbaum, die sie geschickt auf die Feuerböcke gelegt hatte. Sofort flammte ein Kaminfeuer wie im Bilderbuch auf.

»Ja. Schade, daß die Küche nicht abgeschlossen ist, aber nun gut.«

Ich konnte sie mir sehr gut vorstellen, wie sie auf einem der Hocker saß, mit nacktem Hintern, und ihr Frühstück aß, während ich die Morgenzeitung überflog, an einem sonnigen, ruhigen und glücklichen Wochenende, trotz unserem ganzen Ärger.

Ich ließ sie das Zimmer inspizieren, mit dem Rücken zum Kamin. Ich sah es mir auch an, mit einem ziemlich dummen Schuldgefühl. Eileen war davon überzeugt, daß ich nicht den Mut hätte. Oder daß ich jedenfalls nicht sehr weit gehen würde, denn wozu sollte das schon gut sein, doch nur dazu, sie weiter zu nerven, sie einmal mehr grausam zu quälen, oh, man könnte meinen, das wäre das einzige, woran mir etwas lag (was sie schließlich noch glauben würde, wenn das so weiterging). Wenn man sie so hörte, war sie immer noch irgendwie mit diesem Haus verbunden, und daß ich auf ewig hier der Blödmann von Wächter bleiben würde, schien für sie selbstverständlich.

»Eileen, ich bleibe nicht hier in der Gegend, das kannst du mir glauben.«

»Du weißt sehr gut, daß du es doch tust.«

»Nein, du wirst schon sehen.«

»Ach, hör auf!… Ich sollte mir weiß Gott wünschen, daß du dich ans Ende der Welt verziehst, nach allem, was du mir angetan hast!!«

»Ja, das finde ich auch.«

»Aber es ist nicht so, stell dir vor! Also manchmal frage ich mich, ob ich nicht total verrückt bin!«

»Das merkst du ein bißchen spät.«

»Daß ich verrückt bin?«

»Nein. Daß du dir nicht wünschst, daß ich woanders bin.«

»Das bedeutet nicht, was du glaubst.«

»Hör mal, du nervst mich. Ich lege jetzt auf.«

»Leg nicht auf. Sei nicht immer so brutal! Warum versuchst du nicht zu verstehen, was ich empfinde?«

»Und Victor? Was treibt der? Kann er sich nicht darum kümmern?«

»Ich rede von dir und mir.«

»Ist dir überhaupt klar, was du sagst, du arme Irre?!«

In diesem Augenblick wünschte ich mir aus tiefstem Herzen, daß sie zwischen all den Kartons im Feuer stehen, in den hochschlagenden Flammen brennen würde, deren unruhiges Flackern bis ins Zimmer herein zu sehen war, wo sich schlimme Schmerzen in meinem Magen zusammenbrauten, weil mich plötzlich eine Angst packte: Konnte es sein, daß sie recht hatte? Kannte sie mich besser, als ich mich selbst kannte? Wer war ich eigentlich? War ich fähig, dieses Haus zu verlassen, oder war das nur reine Angeberei? War ich an dieses Haus mit Ketten gebunden, von deren Existenz ich nicht einmal etwas ahnte?

»Ja, ich gebe zu, der Raum ist ziemlich hell ... und man kann eine Menge Leute empfangen, das ist schon mal gut.«

»Möchten Sie etwas trinken?«

»Nein danke, sehen wir uns doch erst einmal die Schlafzimmer an.«

»Nun, ich habe gehört, Sie sind Schriftsteller gewesen«, sagte der Mann auf der Treppe zu mir.

»Ich habe meine ganze Inspiration aus diesen vier Wänden geschöpft.«

»Hörst du das, Liebling?!«

Als sie die Handschellen an den Bettpfosten entdeckten, wechselten sie einen Blick, wobei der Mann sich wegduckte und die Frau, deren Nasenspitze vor kalter Wut bebte, blaß wurde. Die Sache schien ziemlich frisch. War das gut für mich? Würde er sich von seinen Verirrungen mit dem Scheckbuch freikaufen? Man hatte hier einen herrlichen Fernblick, der meiner Ansicht nach nicht zu bezahlen war.

»Was kann man hienieden mehr verlangen«, witzelte ich, »als mit friedvollen Gedanken in Schlummer zu sinken?«

»Ja, das hier ist nicht schlecht. Sehen wir uns die anderen an.«

Das Gästezimmer gefiel ihnen.

»Ah, sieh an! Da wirst du dich wohl fühlen!«

Das Kinderzimmer, verwandelt in einen Abstellraum.

»Und das hier ist noch besser«, brachte sie heraus.

Der Platz in meinem völlig leergeräumten Arbeitszimmer beeindruckte sie. Mich auf gewisse Weise auch, denn die Erinnerung daran, wie ich es ausgeräumt, oder um genau zu sein: wie ich alles weggeworfen hatte, war verschwommen. Als sie den Raum mit entschlossenem Schritt durchmaß, die Hände in die Hüften gestützt, richtete der Mann sich wieder auf, wohl weil er die Illusion eines Neuanfangs hegte (schwierig, auf dem Gebiet originell zu sein).

»Es ist wirklich schön groß«, erklärte er. »Ich kann mir sehr gut vorstellen, wie du das einrichten könntest, auf deine Art...«

»Ja vielleicht... Laß mich überlegen...«

»Ich muß Sie warnen, die Treppe ist ein Problem. Also denken Sie daran...«

Die Situation hatte irgend etwas ungemein Peinliches. Und die Leere des Raums bedrückte mich mit einem Mal. Wo waren meine ganzen Sachen abgeblieben?

»Ich, sexuelle Beziehungen mit Josianne? Hör mal, das ist doch wohl nicht dein Ernst, Élisabeth...«

»Schau sie dir an. Sieht sie aus wie ein verlassenes spätes Mädchen?«

Ich stellte mich dumm und beugte mich vor, um mir Josianne drei Ränge weiter unten anzusehen. Auf dieser Seite der Sitzreihen war das Spätnachmittagslicht vorteilhaft. Selbst Francis, der ja arbeitslos war und deshalb direkt zu uns ins Stadion kommen konnte, nachdem er Patrick zum Gericht begleitet hatte (aber ich hatte bei Nicole erreicht, daß ihre Tochter die Klage zurückzog und Patrick sich nur noch wegen Behinderung des Straßenverkehrs verantworten mußte), wirkte entspannt und gesund.

»Verdammt noch mal, Luc! Was erhoffst du dir denn davon?«

Die Lokalmannschaft warf einen Korb, ein großes Mädchen wie aus Fels gehauen.

»Was meinst du, soll ich mir denn erhoffen?«

»Ich kann mich noch so sehr anstrengen. Tut mir leid, ich packe es nicht. Und dabei bin ich deine Schwester. Ich habe selbst genug Probleme, da brauche ich nicht noch welche mit dir, aber ich glaube, du bist komplett durchgeknallt. Oder so abgedreht, daß es über meine Vorstellungskraft hinausgeht ... Ist dir eigentlich klar, was du uns da aufhalst?! Ist das ein Witz oder was?! Luc, ich will dir eines sagen: Wenn du nicht mit ihr schläfst, dann bist du wirklich bescheuert, denn du zahlst auf jeden Fall den Preis dafür, und du hast noch nicht alles bezahlt.«

»Mir ging es eben dreckig, und du und die anderen, ihr mußtet ja nicht da durch.«

»Konnten wir vielleicht irgendwas dagegen tun?!«

»Schon recht, und deshalb braucht ihr jetzt auch nichts zu tun. Hör mir mal zu: Ich bin vielleicht bescheuert, aber nicht bescheuert genug für irgendwelche Hirngespinste ... Weißt du, was komisch ist? In dem Moment, wo ich absolut nicht berechnend bin, wo ich keinerlei Hintergedanken habe, da bin ich für dich ein Monster. Das macht dich jetzt hoffentlich baff, oder?!«

Später, bei Tisch, glaubte ich, es würde sich irgendwie einrenken, aber die Unterhaltung brach immer wieder ab, und die arme Élisabeth hatte viel Mühe, ihr Essen runterzukriegen. Bis sie dann plötzlich vom Tisch aufsprang und ins Wohnzimmer floh, um sich vor den Fernseher zu hängen.

Wir sagten Francis, daß wir keinen Nachtisch wollten. Auch keinen Kaffee. Ich faßte Élisabeth an der Schulter, bevor ich ging. Aber ich zog meine Hand zurück, bevor sie die ihre darauflegte.

»Ich habe in *Kriminelle* ein sehr schönes Porträt von dir gezeichnet. Aber es ist dir nicht sehr ähnlich.«

Am nächsten Morgen kam sie nicht ins Reisebüro. Ich rief Francis an, der sich mir gegenüber besonders mürrisch verhielt. Er ließ sich aber trotzdem erweichen, mir zu sagen, daß Élisabeth gewartet hatte, bis ich bei ihnen vorbeigefahren war, und dann hoch zu meinem Haus sei, um einmal ernsthaft mit Josianne zu reden.

»Und das hast du zugelassen?!«

»Hör mal, ich habe langsam genug von dieser Geschichte! Ich bin nicht drauf erpicht, mich wegen dir mit Élisabeth anzuschreien, und das ist gestern abend und heute morgen wieder passiert, wenn du's wissen willst! Mag ja noch angehen, daß ich, weil ich dich verteidige, mit jedem anderen Streit kriege, aber mit Élisabeth, das läuft nicht. Ich scheiß drauf, ob du recht oder unrecht hast.«

»Ich habe in *Kriminelle* ein Porträt von dir gemacht, das dir sehr ähnlich ist.«

»Du bist nicht mehr der gleiche, Luc. Weißt du das?«

»Hmm, ich glaube, das ist nicht ganz so einfach.«

Er legte keinen Wert darauf, dieses Gespräch mit mir fortzusetzen, er sei nicht in der Stimmung, behauptete er. Schade. Wir hatten keine einzige erwähnenswerte Unterhaltung während meiner Genesung gehabt, und jetzt ließen wir uns eine entgehen, zu der es vielleicht nicht so bald wieder kommen würde.

Ich machte das Reisebüro zu (nach den neuesten Nachrichten versuchte Marc auf einem Frachter, der auch Passagiere mitnahm, nach Nordeuropa zu kommen – und Gladys wollte nichts mehr von ihm hören).

In dem Moment, als ich mit meinem Volvo die Hügel in Angriff nahm, um meine Schwester von meiner Geliebten zu trennen (die Möglichkeit flackerte wie ein Irrlicht in meinem Kopf auf), wurde ich plötzlich brutal am Kragen gepackt, von einem Wahnsinnigen, den ich nicht hatte kommen sehen. Es war ein Würgegriff, gegen den ich keine Chance hatte, wahrscheinlich etwas Fernöstliches (ich mußte an einen ähnlichen Griff denken, den mir ein alter Chinese in dem Stripteaseschuppen, wo Nicole arbeitete, gegen einen angesichts meines Interesses für Kampfsportarten teuer bezahlten Whisky Soda beibringen wollte, wobei er mir dann noch etwas draufgegeben hatte – ich hatte es eilig, ihn loszuwerden, weil Nicole in ihren gekonnt zerfetzten Dessous auftrat –, eine ziemlich simple Ausweichbewegung, die mir gegebenenfalls das Leben retten sollte, weil ich ihm sympathisch sei), ein Griff, der mir augenblicklich die Luft abdrehte und die Tränen in die Augen schießen ließ.

»Na, du Scheißkerl«, zischte eine grausame Stimme in mein Ohr, »wolltest du, daß ich mir den Arsch verbrenne?«

Wie dem auch sei, ich konnte nicht antworten, und mein Hirn, unter akutem Sauerstoffmangel, hätte keine zwei Worte auf die Reihe gebracht. Ich klammerte mich also weiter still ans Lenkrad, bereitete mich darauf vor, in dieser kleinen Provinzstadt zu sterben, die sich plötzlich durch einen vorhersehbaren, keinen Bereich mehr ausnehmenden Verfall der Sitten in eine Kopie der Bronx verwandelt hatte.

»Du hast mir da einen ganz schön beschissenen Vulkan verkauft, du Schweinehund!« machte mein Angreifer weiter und versuchte mich jetzt durch das halbgeöffnete Fenster aus dem Auto zu zerren.

Aus heller Verzweiflung trat ich aufs Gaspedal.

Ich schleppte den Kerl ein paar Meter mit, bevor er losließ und auf die Straße fiel, wo unglücklicherweise gerade kein Auto vorbeikam.

Bezahlter Urlaub war eine echte Plage! Keine Minute später hätte ich den Zwischenfall bereits vergessen, wenn er mir mit seinen Mörderpranken nicht fast die Kehle zugedrückt hätte, weshalb ich mir jetzt im Rückspiegel mit verzerrtem Gesicht die roten Flecken besah. Hatte er sich wenigstens die Mühe gemacht, das Museum Einar Jonsson zu besuchen, wie ich es ihm geraten hatte, diese Dumpfbacke?!

Um es kurz zu machen: Josianne war nach dem Besuch Élisabeths auf 180 (ich mußte ihr wohl auf dem Weg begegnet sein, ganz in Gedanken versunken, ob es möglich wäre, ein paar Tage lang nicht zu arbeiten), und es war nicht leicht, sie zu beruhigen. Sie in meine Arme zu nehmen reichte nicht und auch keine lange Rede darüber, daß man in unserer Lage nicht auf Gerüchte achten dürfe, nicht auf Was-werden-die-Leute-sagen, auf die Meinung der anderen, auf boshafte Bemerkungen, Ratschläge von Freunden, Enzykliken.

Blieb das Arbeitszimmer, wo sie noch immer keinen Fuß hineingesetzt hatte, nicht wegen meines Verbots ganz zu Anfang, sondern weil sie es selbst so wollte, einfach um nett zu mir zu sein (Eileen aß hier früher Chips und Erdnüsse und fragte mich tausend Sachen, während ich über einem Kapitel brütete, das meine größte Aufmerksamkeit erforderte, was auch immer sie davon hielt).

Von unserer ersten Umarmung an (nichts wird je die Erinnerung an diesen ersten Morgen zerstören können, als wir in einem Zimmer erwachten – dem meinen – lichtdurchflutet – es war Mittag – und an die unendliche und unglaubliche – sicher im Leben eines Mannes einzigartige – Vögelei, die darauf bis zum Einbruch der Dunkelheit folgte und uns in einem der Verblödung nahen Zustand zurückließ), von da an blieb unsere Lust aufeinander wach und war absolut nicht zu unterdrücken (wir machten es, wenn ich aus dem Reisebüro kam, doch es war trotzdem selten, daß wir unser Abendessen normal beenden konnten). Wir waren also schon halbnackt, als wir die Tür zu meinem Arbeitszimmer aufstießen, und ich trug Josianne, die ihre Beine um meine Taille geschlungen hatte und mir schon ihre Zunge ins Ohr schob, während ich mich darauf vorbereitete, in sie einzudringen, und dabei auf meinen Schreibtischsessel zuging, als Élisabeths Stimme auf uns runterdonnerte.

»Mein Gott!« stöhnte sie. »Ihr seid wirklich wie die Kinder! (Sie stand von meinem Schreibtisch auf und drückte eine gerade erst angefangene Zigarette aus.) »Das hätte ich natürlich wissen müssen...«

Für mich war die Situation doppelt peinlich, weil sie meine Schwester war. Wie dem auch sei, Josianne und ich gaben keinen Ton von uns (ich zögerte, ob ich mein Ding einpacken oder draußen lassen sollte, ob das jetzt die Scham gebot) und waren wie vor den Kopf geschlagen.

»Mach doch, was du willst, aber gib acht, daß du nicht abstürzt«, zischte mein Schwesterchen, bevor sie die Tür mit den kleinen Scheiben zuknallte, von denen eine in Scherben ging und in den Garten fiel.

Ich schüttelte mich, um dieser seltsamen Besucherin zu helfen, die mein Arbeitszimmer in ein interkontinentales Hauptquartier verwandeln wollte und sich gegen meine vom Schnee blockierte Außentür stemmte, um nachzusehen, ob es möglich wäre, auf dem Dach eine Satellitenantenne zu installieren.

»Wir brauchen die internationale Presse und die Börsenkurse immer topaktuell«, erklärte mir ihr Mann.

Sie sah mich mit einem argwöhnischen Blick an: »Es ist eine sehr eigenartige Atmosphäre in diesem Zimmer... Was genau haben Sie hier gemacht?«

»Alles, was man in einem Arbeitszimmer eben macht. Es standen auch ein Bett und ein Kühlschrank drin. Und da ist fließendes Wasser, sehen Sie.«

»Sehr gut. Wir können wieder nach unten gehen.«

»Seien Sie vorsichtig auf der Treppe. Da kann man sich wirklich den Hals brechen.«

Im Keller entdeckte sie sofort die Spuren der Überschwemmung. Salpeterränder liefen an den Mauern entlang, die durch die Feuchtigkeit schwarz geworden waren.

»Ja, hier ist Wasser eingesickert. Ich muß Sie darauf hinweisen, daß wir nahe an der Sainte-Bob sind. Ich habe das Wasser hier bis zu einem Meter hoch stehen sehen, ein echter Horror...«

»Mach dir keine Sorgen, Josianne. Ich denke, wir können das Problem mit einem Abfluß regeln, nicht, Monsieur Paradis?«

Monsieur Paradis dachte, daß manche Zufälle die Welt zwangsläufig niederträchtig erscheinen ließen. »Na ja, das ist ein besonders hartes Gestein. Ich weiß nicht...«

»Wollen Sie das Haus eigentlich verkaufen oder nicht?!« unterbrach mich Josianne und wandte sich mir zu.

»Ja, natürlich.«

»In dem Fall stellen Sie sich sehr ungeschickt an.«

Sie inspizierten eine ganze Weile den Kessel, die Wasserleitungen, die elektrischen Anlagen und ich weiß nicht was sonst noch. Dann stiegen wir wieder hoch und setzten uns an den Kamin. Es wurde langsam warm im Haus, und Josianne ließ ihren Mantel von den Schultern gleiten.

»Monsieur Paradis, hören Sie mir zu... Mein Mann und ich, wir haben weder die Zeit noch die Gewohnheit, Winkelzüge zu machen. Also: Es kann sein, daß uns dieses Geschäft interessiert. Ich bin mir nicht sicher. Ich muß mir die Räumlichkeiten noch genauer ansehen. Aber wenn wir uns entscheiden, dann nicht in einem Monat und auch nicht in einer Woche. Wir werden unterschrieben haben, wenn ich durch diese Tür gehe.«

»Was unterschrieben?«

»Was wohl? Richard hat schon alle Papiere vorbereitet, nicht wahr, mein Schatz? (Ohne es zu wissen, stand sie unter dem Zauber eines weißen, schimmernden Sonnenstrahls, vor dem man sich hüten mußte, doch da ich mich ja so ungeschickt anstellte, machte ich mir nicht die Mühe, sie darauf hinzuweisen.) Gut, wir werden also vor Einbruch der Dunkelheit übereinkommen...«

Bevor ich nur ein Wort dazu sagen konnte, war sie schon wieder auf dem Weg in die Schlafzimmer. Ich hatte Lust, nach oben zu gehen und mich schlafen zu legen.

»Soll ich Pizzas bestellen?« fragte ich Richard ohne große Begeisterung.

Eines Morgens hatte ich bei Thomas angehalten, um ihm die Schuldscheine zu bringen. Jackie hatte mich ja mehr oder weniger aufgefordert, sie verschwinden zu lassen, während ich auf die Idee gekommen war, damit mein teuflisches Kegelspiel fortzusetzen. Glücklicherweise war das nicht mehr der Stand der Dinge. Ich wollte nur einen allseitigen Frieden schließen, um abends zu mir nach Hause zurückkommen zu können, ohne das Gefühl zu haben, feindliches Gelände zu durchqueren, und mit Josianne in Ruhe ein Bad nehmen.

Ich gab Thomas die Papiere und sagte ihm, er könne sie verbrennen (ich fühlte mich, falls nötig, in der Lage, Josianne den Vorteil gewisser Opfer zu erklären).

»Und ich glaube, ich kann dir versichern, daß sie nicht mal was von ihrer Existenz weiß.«

Er sah verträumt vor sich hin.

»Du mußt mir nicht danken. Vernichte sie.«

Er hielt sie in der Hand und schien ihnen kaum Bedeutung beizumessen. Er sah müde und abgekämpft aus, wie wenn sich das Ende der Angelsaison näherte.

»Luc, was meinst du ... Woran erkennt man, daß man eine Frau endgültig verloren hat?«

»Lieber Himmel... Nach meiner persönlichen Erfahrung sind Magenkrämpfe ein Zeichen.«

»Sag mal... Könnte Jackie eine Affäre haben, was glaubst du?«

»Hör zu ... Würdest du bitte darauf verzichten, bestimmte Themen mit mir anzusprechen, das wäre sehr nett von dir.«

»Ich habe mich nun mal entschieden, weißt du, und ich

kenne keinen Angler, der diese Bezeichnung verdient, der nicht früher oder später eine Ehekrise hätte. Und wenn du Vertreter bist, dann ist es erst recht so, daß ein anderer in deinem Bett liegt, das wollen wir doch mal festhalten...«

Ich verbrannte die Schuldscheine an seiner Stelle (und fragte mich dabei plötzlich, ob er und André in ihrer Anglergummimontur nicht Sex gehabt hatten).

»Aber trotzdem möchte ich nicht, daß sie mich verläßt«, fuhr er fort. »Was hätte sie davon?«

»Mach dir keine Sorgen. Sie ist vernünftig. Sie ist nicht der Typ, der alles über den Haufen wirft.«

»Manchmal bin ich mir da nicht so sicher... Ich bin zu oft zu Hause im Moment, und genau das geht nicht. Scheiße, es würde reichen, daß die Geschäfte wieder ein bißchen besser gingen! Glaub mir, das könnte man messen: die negativen Auswirkungen der Rezession auf den Zustand der Zweierbeziehung. Das wäre niederschmetternd!«

»Warum kommt sie nicht runter, ist sie krank?«

»Nein, sie ist mit Monique da oben.«

»Auweia! (Als ich einen kurzen Blick in den ersten Stock warf, hatte ich das Gefühl, die Gardinen vibrierten noch von zwei Gestalten, die sich hastig zurückzogen, damit ich sie nicht sah, aber ich hätte es nicht geschworen.) Ich fürchte, daß Monique bei der Sache keine sehr gute Ratgeberin ist... Ralph macht sie fertig, und sie hält uns alle für Schweine, das ist bei ihr zur zweiten Natur geworden. Weißt du, sie hat mich jahrelang wie einen Bruder geliebt und wollte dann von heute auf morgen nichts mehr von mir wissen.«

»Ja, du hast dich gegenüber Eileen allerdings auch ziemlich komisch benommen, aber ich, was kann man mir denn vorwerfen? Meinst du, daß sie mir eins auswischen will? Nein, das ist unmöglich!«

Na ja, er irrte sich. Ein paar Stunden später, kurz vor Mittag, bekam ich den Beweis, daß sie bereit war, ihm zu schaden.

Ich saß auf der Terrasse eines eleganten Restaurants (ich belebte nach und nach ein paar zukunftsträchtige Kontakte, gab viel Trinkgeld und steckte diskret die Rechnung ein, streute das Gerücht, ich hätte ein neues Buch in Arbeit) vor einem frischen Fisch in Butter mit Wildreis, über den ich gerade eine Sauce verteilen wollte, von der man mir vorgeschwärmt hatte. Der Himmel war blau, und ich hatte Hunger (seit vierzehn Tagen schlief ich mit Josianne, und ich, der ich seit langer Zeit kaum mehr etwas gegessen hatte, ich, der ich mich so schlecht ernährte oder gelangweilt in mich hineinstopfte, was Sonia kochte, ich hatte jetzt plötzlich einen Mordsappetit und überflog ernsthaft die Dessertkarte).

Und wen sehe ich in diesem Moment kommen? Monique und Eileen. Sie schoben sich zwischen den Tischen durch und kamen geradewegs auf mich zu. Ich stellte die Soßenschüssel wieder hin und stand auf, um sie an meinem Tisch zu begrüßen (man sieht, mir war jetzt nichts wichtiger, als zu allen nett zu sein, selbst wenn ich Beleidigungen einstecken, alle Kröten schlucken müßte), entzückt darüber, daß man hier und da die neue Wendung unserer Beziehungen zu würdigen wußte.

Sie sahen strahlend aus, alle beide, trugen Ensembles in fröhlichen Farben, bezaubernde Sonnenbrillen. Und ich spürte ihnen gegenüber nicht den leisesten Groll, nicht die kleinste Spur von Bitterkeit, nicht das geringste Mißtrauen, sondern im Gegenteil ein heftiges Verlangen, nett zu ihnen zu sein, unsere Wut zu vergessen, uns gegenseitig zu vergeben und einen Schlußstrich unter die Vergangenheit zu ziehen. In diesem Augenblick wünschte ich mir nichts sehnlicher, als aus diesen beiden Frauen meine besten Freundinnen zu machen (und dann, stellte ich mir schon fast vor, würde ich mit ihrer Hilfe meine *Mörder* und meine *Kriminellen* zurückerobern, einen nach dem anderen, wie in den guten alten Zeiten, und wir würden aus diesem Alptraum stärker und schöner herauskommen, als wir es je gewesen waren). Also fragte ich sie ganz treuherzig: »Darf ich euch zum Essen einladen?«

»Luc, Monique hat dir etwas zu sagen...«

»In Ordnung. Aber nehmt doch wenigstens ein Glas. Ist das nicht ein schöner Tag!?«

Sie nahmen zwei Mineralwasser, aber das war ja immerhin ein Anfang. Während sie ihnen serviert wurden, sah ich sie weiter freundlich an, obwohl ich nicht so recht erkennen konnte, was für ein Gesicht sie hinter ihren Brillen machten.

»Also, Monique, ich höre. Worum geht es?«

»Um deine Affäre mit Jackie, stell dir vor, alter Freund. So besonders geheim ist sie ja nicht, das gebe ich zu.«

»Äh, Monique, warte mal eine Sekunde...«, sagte ich lächelnd und schüttelte den Kopf. »Du redest da über eine absolut private Angelegenheit, habe ich das Gefühl. Nimm's mir nicht übel, aber ich würde mich lieber über ein anderes Thema unterhalten, wenn es dir nichts ausmacht. Du verstehst mich doch, Eileen, nicht?«

Doch Eileen regte sich nicht. Und ich hatte plötzlich nicht mehr soviel Hunger.

»Laß Eileen in Ruhe und hör mir gut zu«, sprach Monique weiter und beugte sich zu mir vor. »Wenn du Josianne nicht aufgibst, und wir lassen dir drei Tage Zeit, keinen Tag mehr, gehe ich zu Thomas und kläre ihn auf, hast du das verstanden?«

Ich konnte ihre Augen hinter der Brille nicht sehen. Doch mit einem sanften Nicken fixierte ich sie trotzdem neugierig.

»Und warum übernimmst du diese delikate Mission?«

»Du weißt sehr gut, daß ich es nicht könnte«, erklärte Eileen in einem entschiedenen Ton.

»Und es ist auch nicht deine Aufgabe, das habe ich dir schon erklärt. Außerdem ist Jackie dermaßen verlegen dir gegenüber, weißt du, du hättest sie mal hören sollen... Was dich angeht (sie wandte sich an mich – als wäre ich ein kleiner Junge), ich glaube, es ist wichtig, daß du weißt, woran du bist: Vergeude keine Zeit damit, dich zu fragen, ob ich zögere oder nicht. Ich schwöre dir, ich werde es tun. Und falls Thomas Beweise brauchen sollte (sie legte die Hand auf ihre Handtasche), haben wir mehr als genug.«

»So ist das also«, seufzte ich. »Es hat wohl nie ein Ende!«

»Aber nein, sag das nicht...«, entgegnete Eileen wütend.

»Und wer ist schuld daran?! Du hast keine Skrupel, keine Seele, keine Moral!«

»Entschuldige mal, Monique, aber *ich* habe eine Seele.«

»Ach?! Wirklich?!«

Mir blieb noch genug Wille und Kraft, ihr die linke Wange hinzuhalten, aber ich zog es vor, meinen Teller mit den Fingerspitzen ganz sachte so weit vorzuschieben (»Monique, weißt du denn nicht, daß auch die elendesten Kreaturen eine Seele haben?«), bis er hinunterfiel und das Essen auf ihren Knien landete.

»*O mein Gott!!*« stöhnte sie.

Sie nahm ihre Brille ab. So konnte ich, während sie das Gesicht verzog und nach unten sah, um sich den Schaden zu betrachten, die Soßenschüssel packen und ihr den Inhalt ins Gesicht spritzen.

Dann verließ ich sie auf der Stelle, ärgerlich darüber, der Wut nachgegeben zu haben, schon aufrichtige Entschuldigungen in meinem Kopf hin und her wendend, von denen ich kein Wort so meinte.

Mitten am Nachmittag leuchtete die Sonne noch wie ein Goldknopf auf einer schillernden Seidenbluse, doch bald würde sie hinter den Bergkämmen versinken, und wir wären in ein graues, milchiges Dämmerlicht getaucht, in dem mein Wohnzimmer nicht mehr so gut aussah. Ich wußte eigentlich nicht so recht, ob ich mich darüber freuen oder es bedauern sollte. Seit jetzt gut zwei Stunden inspizierte Josianne das Haus von oben bis unten (wenn sie nicht am Telefon hing und dabei ziemlich unsensibel meine Sachen betatschte). Das sei ein eher gutes Zeichen, meinte Richard, dem die Pizza geschmeckt hatte und der sich zu ein paar Vertraulichkeiten hatte hinreißen lassen: über die schwierige Phase, die ihre Beziehung gerade durchmache und die er durch einen baldigen Umzug zu überwinden hoffe.

Mir war ziemlich beklommen zumute. Doch andererseits machte der Umstand, daß mein Schicksal nicht von mir abhing, die Sache weniger quälend. Auch wenn ich abwechselnd die Kinnbacken anspannte, wenn Josianne sich die Hände rieb, oder wieder locker ließ, wenn sie finster den Kopf schüttelte.

Ich legte Holz im Kamin nach, um mir zu beweisen, daß ich kein Feigling war, aber nicht diese Äste vom Aprikosenbaum, die so schön rot glühen, daß man wie hypnotisiert ist. Wie sah die Alternative aus? Sollte ich weiter diesen unfruchtbaren, nackten Boden aufkratzen, der kaum etwas abwarf, oder ihn verlassen, auf das Risiko hin, daß es noch viel schlimmer kam? Konnte ich in meinem Alter ins Auge fassen, ein Mann zu sein, der keine Geschichte mehr hatte, so jämmerlich und lächerlich meine auch sein mochte?

»Monsieur Paradis, könnte ich mit meinem Mann unter vier Augen sprechen?«

Ich ging raus, obwohl sie vorgeschlagen hatten, sich in eines der Schlafzimmer zurückzuziehen, aber ich mochte es nicht besonders, daß sie da oben waren (sie hatten schon eine halbe Stunde oben verbracht, und ich traute ihnen alles zu, zum Beispiel das Bett eines armen Mannes auszuprobieren, den ein vager Abdruck auf dem Kopfkissen noch immer schaudern ließ). Die Luft war kalt (jedenfalls dachte ich das, weil mein Atem zu sehen war), und das Tageslicht verschwand jetzt hinter den Bergen.

Ohne was Besonderes vorzuhaben, ging ich ein paar Minuten durch den blasser gewordenen Wald, in einem aschgrauen und ruhigen Licht, bis ich an der Sainte-Bob stand. Würde ich auch sie verlassen? Das schien derart absurd, derart überzogen!

Als ich ein bißchen später zurückkam, stürzten sie auf mich zu.

»Guter Gott! Was ist denn mit Ihnen passiert?!«

»Lieber Himmel, Sie sind ja ganz blau! Richard, so tu doch irgend etwas!«

Sie setzten mich nahe ans Feuer. Ich hatte schon viel kältere Bäder genommen, doch es war das erstemal, daß ich vollständig angezogen ins Wasser gesprungen war und mit triefnassen Klamotten am Leib zurückkam. Na ja, ohne trockene Kleider und ohne Handtuch, das ist schon ein Unterschied. Während ich bibbernd und mit bebender Stimme mein Abenteuer erzählte (plötzlich dunkel – und ich auf einem Stein ausgerutscht) und mich mit Richards Hilfe recht und schlecht auszog, ging Josianne im Bad irgend etwas suchen, mit dem ich mich zudecken könnte.

Als sie zurückkam, saß ich in der Unterhose da, und sie sagte: »Was für eine sonderbare Narbe! Wie die von Christus, würde man sagen!«, worauf ich nicht antwortete, weil meine nicht so glorreich und ganz violett war. Und diese Unterhose, mein Gott! Total schlabbrig! Ich schlüpfte schnell in den Bademantel, den sie mir hinhielt.

»Hören Sie, ich bin nicht mehr sicher, ob ich verkaufen will...«

»Ich bitte Sie! Sie stehen noch unter Schock. Und ich habe noch nichts entschieden.«

»Was? Das Haus gefällt Ihnen nicht?« brummte ich.

»Das habe ich nicht gesagt... Was meinen Sie, könnten wir ein Glas trinken? Das würde Ihnen schon einmal guttun. Sie müssen sich von innen heraus erwärmen.«

Ich zeigte ihnen die Bar und ging nach oben, um mich umzuziehen. Mich von innen heraus erwärmen – das war ein kluger Rat. Doch wie stellte man das an? Ich saß schluchzend auf meinem Bett und hatte nicht die leiseste Idee.

»Luc, ich will nicht einmal, daß wir darüber reden... Ich bitte dich, laß uns nicht so dumm sein«, sie lächelte, »mein Gott, sieh dich mal an, man könnte meinen, du sitzt auf einem Nadelkissen! Wir können sehr gut zusammen schlafen, ohne ein wahnsinniges Problem daraus zu machen, weißt du... Laß sich die anderen an unserer Stelle den Kopf zerbrechen und sich weiß Gott was vorstellen. Ich gebe zu, daß wir etwas ganz Außergewöhnliches erleben, aber weißt du, was ich glaube? Je weniger wir darüber nachdenken, je mehr wir es in Ruhe lassen, desto besser kommen wir damit zurecht. Solange es keine Form angenommen hat, ist es geschützt. Vor allem vor uns. Glaubst du nicht? Luc, eine Frau von dreiundsechzig Jahren träumt nicht mehr viel, da kannst du sicher sein. Das ist das einzige Geschenk, das ich dir machen kann, aber nimm es, es ist nicht schlechter als andere. Als Dankeschön. Oh, deine Gesellschaft wäre mir genug gewesen, mehr hätte ich nicht verlangt... Ich hätte nicht erwartet, noch einmal soviel Sex zu haben, nein, also ehrlich! Was, die frische Luft, sagst du? Was soll's? Drück mich an dich, mach meine Bluse auf, wir essen heute noch ein bißchen später, bleiben lange draußen, an diesem Abend, dessen Düfte uns richtig berauscht haben. Soll unser Essen doch anbrennen, wir haben keinen Hunger mehr, nur noch Hunger aufeinander, sieh mal, ich trage nicht mal mehr ein Höschen, wenn ich im Haus bin, ich will dich ganz verschlingen, Luc, ich will dich in mir spüren wie einen Gast in einem leeren Haus, und ich fordere nichts von dir. Laß uns zu deinem Schaukelstuhl gehen. Es gibt keine süßere Melodie in meinen Ohren als das Knarren des Holzes. Laß uns noch ein bißchen leben, ich bitte dich. Zerwühl mein Haar, stöhne dabei, ich liebe es, wenn du das tust, wenn du dein Gesicht darin birgst, um unverständliche, aber so süße Worte zu murmeln. Und was habe ich dir anderes zu sagen als Worte ohne Bedeutung, wenn ich auf deinen Knien komme und wir uns aneinandergeschmiegt auf dem warmen, in silbernes Licht getauchten Holz der Veranda wälzen, in dieser Welt, die so seltsam ist? Luc, so etwas wird uns nie wieder geschenkt, also genießen wir es. Du wirst mich später ins Schlafzimmer bringen. Laß mich noch einen Augenblick den Himmel über deinen Schultern bewundern, versink zwischen meinen Beinen und stöhne, so lange, wie es dir gefällt, mein schwieriger und sanfter und wunderbarer Freund, dessen Herz so schnell schlägt.«

Kurze Zeit später war ich trotz allem wieder unten und trank ein Glas in Gesellschaft der beiden, die mir dazu gratulierten, daß ich wieder Farbe bekommen hatte. Der Abend war nicht mehr fern. Josianne hatte angefangen, auf und ab zu gehen und hin und wieder auf ihre Uhr zu schauen.

»Ich muß noch einmal einen Rundgang machen!« erklärte sie mit entschlossener Miene.

»Du hast noch Zeit genug, Liebling! Deine Entscheidung ist auch meine!«

Richard und ich schenkten uns nach. Die spitzen Absätze Josiannes hämmerten energisch auf die Dielen in meinem leeren Arbeitszimmer, und es klang wie ein unheimliches Trommeln.

»Sie werden sehen, jetzt dauert es nicht mehr sehr

lange... Das ist ein absolutes Prinzip bei ihr: Sie fällt keine Entscheidung nach Einbruch der Dunkelheit.«

»Warum? Hat sie Angst vor dem Dunkeln?«

Ein fahles Dämmerlicht waberte vor dem Fenster, begleitet von einer Handvoll dicker Flocken, die so leicht waren, daß sie kaum fallen wollten.

Marc rief an. Er wollte wissen, ob ich nicht kommen könne, um Gladys Gesellschaft zu leisten, bevor er verrückt würde, und wenn es nur für ein oder zwei Stunden wäre, damit er ein bißchen frische Luft schnappen könnte, weil ihm sonst schlecht würde. Ich ermutigte ihn durchzuhalten, nannte ihm die – schlechten – Gründe, weshalb ich ihm nicht helfen konnte. Er dachte auch, daß ich nicht den Mumm hätte zu verkaufen. Nach einer tief deprimierten Sekunde (»Ist das meine *Strafe,* sie sterben zu sehen? Ist das meine *Sühne,* sag mal?!...«) versuchte er mir zu erklären, warum Josiannes Tod auch etwas Gutes habe (die Lösung eines Problems, für das es keine Lösung gab – was ich gar nicht erst leugnen wollte) und warum ich keinerlei Grund mehr hätte, vor irgendwas zu fliehen.

»Aber wenn es keine Flucht, sondern etwas anderes wäre, Marc?«

»Was zum Beispiel? Sag mir's, wenn du's rausgefunden hast!«

Ich hatte es natürlich rausgefunden. Aber der Motor der Flucht war viel stärker als das, was ich jetzt in Händen hatte und was mich immer ratloser machte, fast schockierte und sehr wenig auf meine körperliche und geistige Leistungsfähigkeit vertrauen ließ, wenn sich die Stunde X näherte.

Josianne durchquerte das Wohnzimmer mit eiligem Schritt, um erneut in den Keller hinunterzusteigen.

Ich spürte einen Druck auf der Brust und ging wieder auf die Veranda. Die Fenster der anderen leuchteten schon im Schatten, unter dem grauen Himmel, matt wie vernachlässigtes Zinn (ausgenommen die von Jackie auf der dunklen Fassade, aber daraus zog ich keine Ermutigung), und es fiel zweierlei Schnee: dicke Flocken und Schneeregen.

»Na also, Paul, jetzt bist du Besitzer eines neuen Briefkastens. Ich hoffe, er gefällt dir. Er ist solide, darauf kannst du gehen. Ich habe nicht genau den gleichen gefunden, aber du mußt zugeben, es ist kein schlechter Tausch. Damit ist die Sache doch erledigt.«

»Wir werden sehen. Inzwischen setzt Ralph keinen Fuß mehr in dieses Haus.«

»Paul, du kannst niemanden ohne Beweise beschuldigen.«

»Er verdächtigt mich doch tatsächlich, seine Hündin geschlagen zu haben, verdammt noch mal!«

»Hör zu, ich würde gerne ein Treffen von euch beiden organisieren. Stell dir vor, wie sich zwei Dummköpfe gegenübersitzen, die sich schließlich die Hand reichen, was meinst du dazu?«

Er machte auf dem Absatz kehrt, ohne zu antworten.

Mit der flachen Seite meiner Schaufel häufte ich sorgfältig die Erde um den Pfahl, den ich, das Herz voller Hoffnung, ersetzt hatte, so, wie ich Janis unter Kilos von Diäthundekräckern erstickt hatte, anonym (»Von ihren zahlreichen Bewunderern und Freunden!«), alles umsonst. Nein, ganz entschieden nein, nichts schien sich in der Gegend wieder einrenken zu wollen, ein scharfer, schneidender Wind, dessen verbrecherischer Urheber natürlich ich war, wehte weiter über den gegenseitigen Beziehungen, nährte sich gar von seinem eigenen Miasma, das einem den Atem verschlug, also ja, Flucht, Flucht, warum nicht? Der Gedanke spukte mir schon im Kopf herum und juckte mich an jenem Morgen erneut, als ich den Chemin du Chien-Rouge wieder hochging, meine Schaufel und meine Kreuzhacke auf der Schulter.

»Das Wort gefällt mir auch nicht besser als dir«, sagte ich zu Josianne, die auf der Wegseite unsere Hecke schnitt, die sich unten lichtete, weil sie nicht richtig gepflegt worden war (und mit dem Geißblatt kämpfte). »Doch wie man dazu sagt, ist nicht wichtig.«

»Luc, das Problem stellt sich für mich nicht. Ich denke, es ist einzig und allein dein Problem. Doch wenn du eine Entscheidung in diesem Sinn treffen mußt und ihr eine Erfolgschance geben willst, dann finde bessere Gründe zu gehen. Und denk daran, daß es einen gewissen Mut braucht. Doch den wirst du haben, wenn der Moment gekommen ist, verlaß dich auf mich.«

»Sieh an«, witzelte ich, »André war vielleicht homosexuell, aber er hat keine dumme Frau geheiratet! ... Hör zu, Josianne, ich glaube, daß du mich überschätzt. Seit meiner Scheidung ist bei mir nur Regression angesagt. Ich bin nur ein kaputter Typ, dem du sehr viel mehr gibst, als er verdient. Ich bin eine Illusion, so, wie du mich siehst. Glaub mir, wenn du verschwindest, wird sie in der gleichen Sekunde ebenfalls verschwinden, wie eine Attrappe. Ich bin heute nicht mehr wert als vor einem Monat. Ich habe heute

nicht mehr Mut, als ich in den drei Jahren gehabt habe. Und
der wird nicht vom Himmel fallen.«

»Und wo soll er deiner Meinung nach herkommen?«

Was den Sex anging, hatte sie natürlich wahre Wunder
gewirkt. Das konnte ich nicht leugnen, das war keine Illusion. Ein Blick genügte.

»Wollen wir reingehen?«

Sie war einverstanden. Ich brauchte diesen verdammten
Mut jedenfalls nicht sofort. Ich legte meinen Arm um ihre
Taille, wir gingen ein paar Schritte, bevor wir uns umdreh-
ten, weil wir ein Auto auf dem Weg hatten kommen hören.

Wir wollten an die Böschung treten, um es vorbeizulas-
sen, doch es bremste scharf, ein paar Meter, bevor es auf unsere Höhe kam, und die Tür öffnete sich. Dann stieg ein
Mann aus. Wir waren wieder in der Bronx.

»Wer ist das?«

»Sag ihr, wer ich bin!«

»Ein Kunde aus dem Reisebüro.«

»Was ist ihm denn passiert?«

»Sag ihr, was mir passiert ist!«

»Er ist gestürzt.«

Mit einer brutalen Bewegung schlug er die Autotür zu.
Ich konnte ihn mir jetzt in aller Ruhe ansehen. Kurz gesagt:
Er war viel größer und muskulöser, als ich ihn in Erinnerung hatte. Die Schrammen in seinem Gesicht, das Heft-
pflaster auf seiner Stirn, seine verbundene rechte Hand, sein
finsterer Blick, all das gefiel mir gar nicht. Und ich hatte
nicht mal Geld, das ich ihm geben könnte.

»Das ist ein schöner Tag, um zu sterben, nicht?« witzelte
er (jedenfalls *versuchte* er, witzig zu sein, aber mit dem Hu-

mor ist es nicht so einfach, und er hatte schon bei unserer ersten Begegnung besonders wenig davon). Er holte Handschuhe aus seiner Gesäßtasche hervor und machte sich daran, sie sorgfältig anzuziehen. »Aber du möchtest vielleicht lieber eine schöne Tracht Prügel. Was hältst du davon?«

»Luc, das hier ist doch ein Scherz, nicht?«

»Hören Sie zu … Ich bin nicht für Naturkatastrophen verantwortlich. Aber ich bin bereit, mit Ihnen über irgendeine Art von Entschädigung zu reden. Ausnahmsweise natürlich. Was Ihren Vorschlag angeht (ich zog mein T-Shirt hoch, um ihm meine Narbe zu zeigen), so bin ich neulich auf offener Straße niedergestochen worden, ich denke, das sollte Ihnen genügen …«

Aber hatte er mir überhaupt zugehört? Wie ferngesteuert kam der Kerl mit rollenden Schultern auf mich zu. Ich ließ die Kreuzhacke los, behielt aber die Schaufel, und das schien mir angemessen, wenn ich mir ansah, welche Kräfte sich hier gegenüberstanden, um so mehr, als er sicher auch schneller laufen konnte als ich (er hatte lange Beine und einen gut entwickelten Brustkorb).

Er blieb einige Meter entfernt stehen. Noch nie hatte ich eine solche, gegen mich gerichtete Wut gespürt. Selbst Eileen in ihren schlimmsten Momenten war nicht dazu fähig gewesen, mir gegenüber eine solche Wut aufzubringen. Zum ersten Mal spürte ich wirklich, daß mein Leben bedroht war, und zum ersten Mal, wenigstens mit solcher Intensität, wurde ich mir durch diesen Wahnsinnigen bewußt, wie sehr ich noch an diesem jämmerlichen Leben hing (es verdiente es wirklich, daß man sich besser darum kümmerte).

»Wirf die Schaufel weg und kämpfe wie ein Mann!«
grunzte er.

Ich hatte die Absicht, wie ein Mann mit einer oder auch
zwei Schaufeln zu kämpfen, wenn die Gelegenheit sich bot.

»Geh weg«, riet ich Josianne, die immer noch hinter mir
stand.

»Ich bitte Sie, lassen Sie uns in Ruhe!«

Ah, diese Worte, die sie plötzlich so voller Gefühl aus-
sprach! Wie gut sie das einzige, tiefe Verlangen zusam-
menfaßten, das wir seit einer ganzen Weile hatten! Wie
schmerzlich sie in meinen Ohren klangen! Und wie finster
es mit einem Mal wurde!

Was meinen Angreifer anging, so schien er knapp davor
durchzudrehen, als er sah, daß ich mein Werkzeug nicht
losließ. Mein Instinkt riet mir, ihm augenblicklich einen
harten Schlag mit der Schaufel zu verpassen, doch dazu war
ich schon nicht mehr aggressiv genug.

»Willst du Sport oder was?!« rief er verächtlich. »Ge-
bongt! Kannst du haben!!«

Er ging zu seinem Auto. Ich wagte nicht mal, mir vorzustellen, was jetzt noch kommen mochte. Er holte einen
langen Säbel heraus. Ohne mich damit auszukennen, würde
ich sagen, daß es ein japanischer Säbel war.

»Mein Gott, Luc! Der ist vollkommen verrückt!!«

Natürlich war er verrückt.

Mir hatte unbedingt ein Verrückter über den Weg laufen
müssen.

Ich fuchtelte mit meiner Schaufel in der Luft herum.

»He! Gar nicht schlecht!« meinte er anerkennend.

»Josianne, geh weg! Bring dich in Sicherheit!«

Mit ein bißchen Glück würde diese ganze Geschichte blutig enden.

Das Gesicht durch ein schreckliches Lächeln entstellt (ja doch, das war möglich), schwang er mit tückischer Langsamkeit seinen Säbel. Es war grauenhaft. Ich wußte, daß er mich in einer Sekunde durchbohren würde, das war klar. Ich konnte schon fast den Geruch meines warmen Bluts riechen, wie er sich verbreitete und sich über den Geruch des Geißblatts legte.

Ich weiß nicht, warum ich es getan habe, doch ich spuckte ihn an. Wohl aus Abscheu. Um nicht zu sterben, ohne meine Wut und meine Ohnmacht gezeigt zu haben.

Im gleichen Augenblick holte er zum Schlag aus. Welche Hoffnung blieb mir? Keine. Nein, keine, soweit ich sah. Keine, höchstens vielleicht diese überraschende Ausweichbewegung, die mir einst ein alter Chinese in einem schummrigen Stripteaseschuppen gezeigt hatte, als die frühen Morgenstunden langsam verrannen. Das war nicht viel. Ein tief unten in einer Tasche vergessenes Tombolalos. Ja, sicherlich ein Gewinn, werdet ihr denken. Hm, wahrhaftig.

Noch schneller als die Klinge, die waagrecht auf mich zuschoß, war diese Bewegung plötzlich in meinem Kopf präsent (»die Lilie der Liebe, gebeugt über den seidigen Mondstrahl«, soweit ich mich daran erinnerte) und entzog mich wie durch ein Wunder dem Schlag, der mich töten sollte und von dem die Luft noch vibrierte, während Josiannes Kopf vor meine Füße rollte.

»Gut, es ist entschieden! Wir nehmen es!«

»Liebling, so kenne ich dich! Komm in meine Arme!«

»Nein. Es ist bald dunkle Nacht. Laß uns gleich die Papiere herausholen.«

»Aber hallo!...« brummte ich in meiner Ecke.

Ich mußte mich hinsetzen. Sie umkreisten mich wie hungrige Wölfe und nutzten den plötzlichen Schwächeanfall aus, der mir in die Beine gegangen war.

»Hier, da müssen Sie unterschreiben.«

»Ich fühle mich nicht gut.«

»Was ist los?«

»Nehmen Sie die Möbel?«

Brennende Tränen stiegen mir jetzt in die Augen. Ich wußte nicht recht, wie ich mich verhalten sollte, denn das war schließlich etwas sehr Intimes, und mir die Augen zu reiben brachte es im allgemeinen nicht, sie wurden schnell rot und sahen aus, als hätte ich Bindehautentzündung.

»Also? Nehmen Sie die Möbel?« fragte ich nach.

»Meine Güte, ich weiß nicht. Was meinst du, Richard? Würde Ihnen das passen?«

Ich nickte.

»Na gut, abgemacht. (Sie beugte sich vor, um aus dem Fenster zu sehen.) Aber auf eines muß ich Sie hinweisen, Monsieur Paradis, in fünf Minuten unterschreibe *ich* nicht mehr!... Also, seien Sie so nett, und kommen Sie mir nicht mit einem Heulanfall. Sie werden nicht mehr herausschlagen, auch wenn Sie drohen, sich aus dem obersten Stockwerk zu stürzen...«

Ich stand auf und sah mir ebenfalls den Himmel an.

Dann setzte ich mich wieder hin und unterschrieb.

»Meinen Sie, Sie können bis Anfang der Woche ausgezogen sein?«

»Ich weiß nicht. Ich werde es versuchen.«

Und später, als die schwarze Nacht über das Land hereingebrochen war, wie eine trauernde Frau über dem Grab ihres Kindes zusammenbricht, nahm ich mein schnurloses Telefon und rief Eileen an.

»Erinnerst du dich an unser Gespräch neulich? Also halt dich fest: Ich habe es getan!«

»Wirklich?! Das glaube ich dir nicht.«

»Ich kann es selbst kaum glauben. Aber es ist trotzdem wahr. Ich sitze in diesem Augenblick auf den Stufen der Veranda. Ich habe meinen Koffer gepackt. Ich muß nur noch durch den Garten gehen und ins Auto steigen. Und ich will dir etwas sagen, in einem Punkt hattest du recht: Mut allein genügt nicht. Nein, Feigheit ist genauso nötig.«

»Hör zu, Luc, ich bin gerade beim Essen. Können wir nicht morgen in Ruhe darüber reden?«

»Es sind nur noch zwanzig Schritte bis zum Auto. Dafür brauche ich wohl nicht lange. Ich hoffe, du hast noch eine Minute? Ich lege auf, sobald ich am Steuer sitze, einverstanden?«

»Herrgott!... Könntest du mal eine Sekunde mit deinem Blödsinn aufhören?! Muß ich wirklich unangenehm werden?!«

»Ob du unangenehm wirst oder nicht, ist ziemlich egal. Es geht nur darum, diese paar Meter hinter mich zu bringen. Nervt dich das? Aber wen soll ich denn sonst darum bitten?«

»Schwör mir, daß du in diesem Moment draußen bist! Schwör mir, daß du keinen Scheiß erzählst!«

»Das schwöre ich dir, mein Schatz! ... Ich habe diesen

großen Koffer mit dem Schottenmuster neben mir, ich habe die Tür geschlossen, ich habe alle Lichter ausgemacht, es schneit ein bißchen, und ich plaudere ein letztes Mal mit dir – hier, hörst du das? Das ist der Schaukelstuhl, und das, das bin ich, der mit den Stiefeln gegen die Stufen tritt. Glaubst du mir jetzt? Warum sollte ich dir diese Komödie vorspielen?«

»Gut... Na gut. Ich versuche zu kommen.«

»Aber du mußt wegen mir nicht kommen, was für eine Idee!... Willst du mir einen Kuß geben?«

»Wirst du schon sehen. Aber du verdienst es nicht, das weißt du! Hör zu, ich kann jetzt nicht sofort weg. Gib mir ein Stündchen Zeit.«

»Weißt du, ich war einen Moment lang ganz durcheinander, bevor ich unterschrieben habe. Ich habe eine klägliche Figur gemacht. Aber wie ich dir schon erklärt habe: Feigheit hat auch ihr Gutes. Wie soll ich es dir sagen? Meine eigene Angst hat mir Angst gemacht, weißt du, was ich meine? Also, wie dem auch sei, die Sache ist geregelt... Lieber Himmel, ich traue mich nicht mal mehr, mich umzudrehen, das ist vollkommen lächerlich!«

»Es war richtig, daß du mich angerufen hast. Jetzt geh rein, bevor du dich erkältest, gieß dir ein Glas ein und sei so nett und warte auf mich.«

»Ich schaffe es nicht mal aufzustehen, stell dir vor. Glaubst du, das ist schlimm? Ich sollte doch jetzt, wo es darauf ankommt, genug Selbstvertrauen haben. Ach, mein Schatz, sag mir nicht, daß ich das Schlimmste nicht hinter mir habe... Versuch mir ein bißchen zu helfen, verdammt noch mal!«

»Luc... tu, was ich dir gesagt habe... Geh zurück ins Haus. Denk an nichts mehr. Entspann dich... Ich werde nicht lange brauchen.«

»Eileen, ich bin erledigt, wenn ich wieder reingehe. Weißt du das?«

»Aber nein, das hast du dir in den Kopf gesetzt. Hör zu, ich glaube, ich kann eine Möglichkeit finden, über Nacht bei dir zu bleiben. Siehst du, wozu du mich bringst?!«

»Also dann, ich habe eine gute Neuigkeit für dich: Ich bin aufgestanden. Ja, ich stehe jetzt. Aber ich weiß nicht, ich habe keine Lust, mich zu bewegen. Ich bin noch unentschlossen. Dieses Haus beunruhigt mich. Ich glaube, ich bleibe draußen.«

»Luc!«

»Gut, gut. Reg dich nicht auf. Du würdest an meiner Stelle vielleicht auch zögern. Ob du wohl je verstehen wirst, was mich dieser erste Schritt kostet?... Achtung... Ah, geschafft! Ich bin unterwegs! Ja, die Würfel sind gefallen, wie man so sagt!«

»Ich denke, du wirst die Kraft finden, die Tür aufzumachen und dich auf die Couch zu legen. Oder irre ich mich?«

»Nein, noch ein paar Meter... Aber ernsthaft, ohne dich hätte ich es nicht geschafft. Gut, ich setze mich, später lege ich mich dann hin... Trotzdem, ist dir bewußt, daß dieser kurze Weg mein Leben über den Haufen wirft? Wir können die Tragweite noch nicht ermessen, du und ich, aber denk daran, was ich dir sage. Bist du stolz auf mich? Bist du stolz auf mein Opfer?«

»Ich bin verheiratet, Luc, damit mußt du dich abfinden!... Glaubst du denn, daß ich nicht die beste Lösung für uns beide suche? Glaubst du, daß ich dich aus reinem Egoismus zurückhalten will? Wie viele Frauen kennst du, die mitten in der Nacht zu dir kommen, wenn du sie anrufst?«

»Ich finde es unverzichtbar, daß du bei den wichtigsten Etappen meines Lebens dabei bist. Wie du es immer gewesen bist.«

»Luc, ich glaube nicht, daß ich es nach dem Tod von Mama ertragen würde, daß du gehst.«

»Aber wie kommt es, daß wir uns beide gegenseitig so weh getan haben?! Eileen, kannst du mir das erklären? Sind wir beide so schlecht? Ist das möglich? Sind wir simple Moleküle, die der Zufall voneinander entfernt oder wieder annähert, wie er gerade will?«

»Wir können wenigstens die Schuld teilen, scheint mir. Oh, ich bitte dich, laß uns jetzt nicht plötzlich die Unschuldigen spielen. Versuchen wir lieber, einen guten Neuanfang zu finden, was meinst du?... Luc?... Was treibst du denn bloß?!«

»Ich versuche zu starten, aber es geht nicht. Ich muß wohl das Frostschutzmittel vergessen haben, das wird's sein. Aber echt, hat sich denn alles gegen mich verschworen?«

»Luc, tu das nicht!«

»Na gut, wenn ich laufen muß, dann laufe ich eben.«

»Behalt mich in der Leitung! Ich bin in zehn Minuten da!«

»Wenn ich dich behalten muß, behalte ich dich. Wenn ich dich vergessen muß, vergesse ich dich.«

»Du hast bestimmt getrunken!«

»Wenn ich noch mal anfangen muß, fange ich noch mal an. Wenn ich mich verlieren muß, verliere ich mich. Wenn ich laufen muß, dann laufe ich.«

Ich warf das Telefon ins Gebüsch und lief querfeldein durch den Wald, der sich unter dem Schnee duckte.

Philippe Djian
im Diogenes Verlag

»Djians Sprache und Rhythmus verschlagen einem den Atem und ziehen einen in die Geschichten, als wäre Literatur nicht Folge, sondern Strudel.«
Göttinger Woche

»Djian schreibt glasklar und in einem Tempo, dem ältere Herren wie Grass und Walser schon längst durch Herzinfarkt erlegen wären.« *Plärrer, Nürnberg*

Philippe Djian, geboren 1949, lebt in Lausanne. Pierre Le Pape über Djians Stil: »Die Puristen mögen getrost grinsen; morgen werden die Schulkinder, sofern sie dann noch lesen, bei Djian lernen, was viele der besten jungen Autoren längst von ihm erhalten haben: eine Lektion in Stilkunde.«

Betty Blue
37,2° am Morgen
Roman. Aus dem Französischen von Michael Mosblech

Erogene Zone
Roman. Deutsch von Michael Mosblech

Verraten und verkauft
Roman. Deutsch von Michael Mosblech

Blau wie die Hölle
Roman. Deutsch von Michael Mosblech

Rückgrat
Roman. Deutsch von Michael Mosblech

Krokodile
Sechs Geschichten. Deutsch von Michael Mosblech

Pas de deux
Roman. Deutsch von Michael Mosblech

Matador
Roman. Deutsch von Ulrich Hartmann

Mörder
Roman. Deutsch von Ulrich Hartmann
(vormals: *Ich arbeitete für einen Mörder*)

Kriminelle
Roman. Deutsch von Ulrich Hartmann

Heißer Herbst
Roman. Deutsch von Ulrich Hartmann